洛克伍德
靈異偵探社

尖叫的階梯

1

The Screaming Staircase

Jonathan Stroud

喬納森・史特勞 ——著 楊佳蓉 ——譯

洛克伍德靈異偵探社 ■書評推薦

「這故事會讓你讀到深夜，不敢關燈。史特勞是個天才，他創造了與我們世界相似且可信度極高的世界，卻又那麼駭人地不同。把《尖叫的階梯》放到你的待讀清單上！」

——《波西．傑克森》系列暢銷作家　雷克．萊爾頓（Rick Riordan）

「從頭到尾充滿樂趣……犀利如鞭子，風趣又機智，有時誠實得令人驚訝……充滿了鬼魂，沒有成人監督的獨立少年，以及一大堆美味的餅乾。」

——《學校圖書館學報》書評家伊莉莎白．柏德（Elizabeth Bird, *School Library Journal*）

「史特勞一樣才華洋溢，結合冷面笑匠的幽默與刺激的動作場面，洛克伍德偵

探社三名調查員的互動更是充滿火花（更不乏嚇人的時刻）。」

——《出版人週刊》（*Publishers Weekly*）

「（這個故事）讓人心滿意足，有娛樂性十足的毀滅性失敗，還充滿了聲聲驚叫與鬼哭神嚎。」

——科克斯書評（*Kirkus Revies*）

「迷人的角色、緊湊的動作、駭人的故事！」

——《衛報》（*The Guardian*）

「發揮縝密想像力，史特勞的作品有口碑保證又生動……成功將令人毛骨悚然的鬼故事與青少年的機智鬥嘴結合在一起。」

——《紐約時報》（*The New York Times*）

「冷調幽默與毛骨悚然的美妙結合。」

——《金融時報》（*Financial Times*）

Lockwood & Co.

洛克伍德靈異偵探社 1 尖叫的階梯 目次

獻給媽和爸，愛你們——

Lockwood
& Co.

第一部
鬼魂

1

我並不想透露太多剛加入洛克伍德偵探社那陣子經手的幾樁鬧鬼案件，不僅是為了保護被害人的身分，也因為那些事件的殘酷特質，但最重要的是，我們的種種行動碰巧都搞砸了那些案子。對，我承認！早期的案子沒有半次照著我們的期望乾淨俐落收尾。是的，我們確實驅逐了莫特雷區的鬼魂，但只把它趕進里奇蒙公園，直到現在，它夜裡仍舊會在寂靜的樹林中徘徊。是的，艾爾德城門的灰色惡靈，以及名為喀啦骸骨的存在都遭到摧毀，只是在那之前造成了數人死亡（仔細想想，他們死得有些冤枉）。至於糾纏安德魯斯太太的詭異陰影呢，嚴重危害她的精神狀態，也害她磨平了好幾雙鞋底，無論她躲到世界上的哪一個角落，它總是如影隨形。所以呢，在那個霧氣迷濛的秋日午後，洛克伍德和我踏上席恩路六十二號門口的小徑拉響門鈴時，我們的資歷老實說不太好看。

我們站在門前，背後的人車喧譁聽起來有些模糊，洛克伍德戴著手套的右手握住門鈴的繩子，在屋子深處迴響的鈴聲漸漸消逝。我凝視著門板——油漆被曬得膨脹起泡，信箱上的擦痕；四片菱形霧面玻璃彼端只有一片黑暗。門廊飄散著無人聞問的孤寂氣息，濕答答的山毛櫸葉片散在小徑和草坪上，也塞滿了門廊角落。

「很好。」我說：「記住我們的新規矩。不要看到什麼就說出來。不要直接推測誰在什麼時候用什麼殺了誰。最重要的是不要模仿客戶。拜託，這招每次都沒有好下場。」

「露西，也太多『不要』了吧。」洛克伍德說。

「你說得對。」

「妳知道我的耳朵擅長捕捉口音，不用思考就能模仿別人的腔調。」

「好，在事件結束後再來小聲模仿。不要太大聲，不要當著別人的面，特別是別在離大馬路半哩遠的鬼地方，當著有語言障礙的六呎六吋高愛爾蘭碼頭工人的面這麼做。」

「真的。以那傢伙的體型來說，還真是靈活。」洛克伍德說：「不過多跑幾步路有益健康。感覺到什麼了嗎？」

「還沒。不過在外頭我的能力有限。你呢？」

他放開拉繩，稍微整理了下大衣領子。「說來奇怪，我感覺到了。庭院裡幾個小時前有什麼東西死掉。在小徑中段旁邊的月桂樹下。」

「我猜你要說那只是小型的死亡光輝？」我的腦袋歪向一側，雙眼半閉，細聽屋內的寂靜。

「是的，和老鼠差不多大小。」洛克伍德承認。「可能是田鼠吧。我猜凶手是貓咪之類的。」

「所以說……如果是老鼠的話，可能與我們的案子無關？」

「大概沒有關係。」

隔著門上的霧面玻璃，我瞥見屋子深處的一絲動靜，漆黑的正廳裡有什麼東西在動來動去。

「好了，上吧。」我說：「她來了。記住我說過的話。」

洛克伍德屈膝拎起腳邊的裝備包。我們一同後退半步，擠出討喜恭敬的笑容。

我們靜靜等待。毫無反應。門板依舊緊閉。

屋裡沒人。

洛克伍德才剛張開嘴，背後的小徑便傳來一陣腳步聲。

「眞是抱歉！」婦人從霧氣中冒出，步伐緩慢，但是當我們轉過身時，她轉爲小跑步。「抱歉！」她重複。「我遲到了。沒想到你們這麼準時。」

對方踏上門前台階。她即將進入中年，身形矮胖、頂著一張圓臉。灰金色直髮用幾個髮夾一絲不苟地往後固定在耳朵上方。她身穿黑色長裙、俐落的白襯衫，搭配巨大的針織外套，兩側口袋鬆鬆垮垮。她一手拿著薄薄的文件包。

「霍普太太？」我向她打招呼。「女士，您好。我們是洛克伍德偵探社的調查員，接獲您的委託來此調查，我是露西．卡萊爾。這位是安東尼．洛克伍德。」

婦人在最後一格階梯上停住腳步，灰色雙眼瞪得大大的，裡頭裝滿了我們習以爲常的情緒——懷疑、憤恨、不安、恐懼——一個不少。在我們這一行，這已經是家常便飯了，因此我們沒有放在心上。

她的視線在我們之間飄移，打量我們整齊的服裝、仔細梳好的頭髮、腰際閃亮的無鋒細刃長劍，以及手中的沉重裝備包。那雙眼在我們臉上多停留了一會。她看起來無意上前開門，空著的那手深深插進外套口袋，布料被撐得往下垂落。

「就你們兩個？」她總算開口了。

「就我們。」我說。

「你們年紀很小。」

洛克伍德亮出他的笑容，暖意點亮了暮色。「霍普太太，正是如此。您也很清楚這是必要條件。」

「老實說我不是霍普太太。」她下意識地勾起嘴角回應洛克伍德的微笑，但下一秒收起表情，只留下濃濃的焦慮。「我是她的女兒蘇西．馬丁。抱歉，我母親沒辦法來見你們。」

「可是都安排好了。」我說。「她要帶我們參觀這棟屋子。」

「我知道。」婦人低頭盯著她時髦的黑色鞋子。「她應該不會想再踏入此地。家父的死亡已經夠駭人了，但近來每一晚的……打擾太過惱人。昨晚格外糟糕，家母說她受夠了。現在她搬來和我住，我們要把這棟屋子賣掉，不過顯然要等到屋裡的威脅解除……」她雙眼微微一瞇。「所以才找你們來……不好意思，不是該有監督員隨行嗎？我以爲調查過程中一定會有成年人在場。你們到底幾歲？」

「夠大也夠小。」洛克伍德笑著回應。「最恰當的年紀。」

「夫人，嚴格來說，法律只規定在訓練階段才需要有成人到場。」我補充說明。「沒錯，某些大型偵探社每次都會派監督員隨行，不過這不是本社的政策。我們具備資格，能獨立作業，這不是必要措施。」

「根據我們的經驗，大人只會礙事。」洛克伍德嗓音悅耳。「如果您有興趣的話，我們的執照當然帶在身上。」

婦人摸摸梳得整整齊齊的金髮。「不，不用了……沒有必要。家母指名要找你們，我相信這是妥當的安排……」她的語氣平淡中帶著不安。我們沉默了一會。

「謝謝您，夫人。」我回頭望向靜靜等待我們的門扉。「還有一件事。屋裡還有其他人嗎？剛才拉鈴的時候，我好像……」

她迅速抬眼看著我。「沒有。不可能。只有我有鑰匙。」

「瞭解。一定是我弄錯了。」

「我就不耽誤你們了。」馬丁太太說：「家母填好了你們給她的表格。」她遞上牛皮紙袋。「希望對你們有幫助。」

「一定的。」洛克伍德把文件塞進大衣裡。「感激不盡。好啦，我們該開始了。請轉告令堂我們明早會與她聯絡。」

婦人交出一串鑰匙。路上傳來一聲又一聲車子的喇叭聲，距離宵禁還有足夠時間，但天色已經暗下，人們越來越焦躁。他們想早點回家。再過不久，倫敦街頭將空無一人，只剩翻捲的霧氣和扭曲的月光。或沒什麼特別的。至少在成人眼中是如此。

蘇西．馬丁也清楚意識到這點。她挺起肩膀，拉攏針織外套前襟。「嗯，我該走了。應該要祝你們好運……」她別開臉。「你們才幾歲大！這世界怎麼會變成這樣！」

「晚安，馬丁太太。」洛克伍德說。

她沒有回應便快步踏下台階。才幾秒就消失在靠近大馬路那側的濃霧與桂冠樹叢間。

「她不太滿意。」我說。「明天早上她可能就會解除委託。」

「那我們最好今晚就解決這個案子。準備好了嗎？」

我拍拍長劍劍柄。「好了。」

他對我咧嘴一笑，走向前門，以魔術師般的花稍手勢打開門鎖。

□

進入被靈異訪客占據的屋子時，腳步一定要夠快。這是入行時最先學到的法則之一。絕對不要猶豫，也不要在門邊徘徊。爲什麼？因爲在剛開門的頭幾秒還來得及。站在門口，面對著無邊黑暗，背後是新鮮空氣，只有白痴才不想轉身逃跑。一旦意識到這點，意志力就會從鞋底洩光，恐慌在胸中積蓄，砰！完蛋了——還沒開始就想退縮。洛克伍德和我都很清楚，沒有浪費時間，直接鑽進門縫，放下裝備包，輕輕關上門。我們默默貼著門板，以雙眼和耳朵捕捉每個角落的動靜。

霍普夫婦過去居住的屋子前廳狹長，不過挑高的天花板讓這個空間顯得格外寬敞。黑白大理石磁磚以四十五度角排列，兩側牆面貼著淺色壁紙。前廳中央右側是道陡峭的樓梯，上方陰影幢幢。再往後還是黑暗。兩側的幾扇門開著，像是大張的嘴巴，黑暗哽在喉中。

當然了，只要開燈就能大幅改善眼前的狀況，牆上就有個開關。但我們無意碰它。各位，第二條法則來了：電力會形成干擾。它會使你的感官遲鈍，讓你變得虛弱愚蠢。在黑暗中凝視傾聽是更好的選擇。保有這份恐懼是好事。

我們默默站著，照著平時的方式辦事。我聽，洛克伍德看。屋裡好冷，空氣帶著那股在缺乏愛情的空間中必定聞得到的微酸霉味。

我湊向洛克伍德，悄聲說：「沒有暖氣。」

「嗯哼。」

「你認爲還有別的東西？」

「嗯哼。」

我的眼睛漸漸習慣黑暗，看清更多細節。在樓梯弧形扶手下擺了一張打磨得光亮的桌子，上頭放著裝了乾燥花的瓷盆。牆上掛著幾個畫框，裡頭大多是褪色的古典音樂家，還有幾張綿延丘陵與平穩海面的照片。不帶半點惡意。這個前廳一點都不難看，在明亮的陽光下肯定是高雅又舒適。但現在絕非如此。從門上玻璃窗透入的最後一絲日光拉得好長，宛如形狀扭曲的棺材般投在我們面前；我們的影子被框在裡頭；霍普先生的死狀沉甸甸地壓在我們心頭。

我深呼吸，冷靜下來，把不祥念頭全趕出腦海。接著閉上眼，擋住惱人的黑暗，側耳傾聽。

傾聽……

走廊、樓梯口、階梯是任何建築物的血管和氣管。它們是一切的通道。我們可以感受到每一間相連房裡發生的事物回音。有時候也能感應到其他嚴格來說不該存在的聲響。那是來自過去的回音，隱藏起來的事物的回音……

就像現在。

我睜開眼睛，拎起裝備包，從前廳緩緩走向樓梯。洛克伍德已經站到樓梯下方的小桌子旁。來自前門的光線微微照亮他的臉。「聽到什麼了？」他問。

「對。」

「什麼？」

「輕微的敲打聲。時有時無。很小聲，我聽不出來源。不過晚點會變得更強——現在天還沒黑。你呢？」

他指著一樓樓梯口。「妳記得霍普先生的遭遇吧？」

「跌下樓梯，摔斷頸子。」

「沒錯。即使他已經死了三個月，這裡還殘留著大量的死亡光輝。我應該要帶墨鏡來才對，太亮了。和霍普太太在電話上對喬治說的沒有出入。她丈夫腳一滑，摔了下來，狠狠撞上地板。」他仰望陰暗的樓梯。「陡峭的樓梯……這種死法太可怕了。」

我彎下腰，在幽暗的光線中瞇眼觀察地板。「對，你看這幾塊磁磚都裂了。他一定摔得很——」

樓梯上傳來兩道刺耳的碰撞聲。空氣猛烈流向我的臉。我還來不及反應，一團龐大、柔軟、極度沉重的物體就砸上了我站的地方。衝擊力震得我牙根發麻。

我往後一跳，扯下腰間長劍。我貼著牆壁，舉起武器，渾身顫抖，心臟在胸中刨抓，雙眼瘋狂掃視。

什麼都沒有。樓梯空蕩蕩。地上沒有扭曲虛軟的屍體。

洛克伍德隨性地靠向扶手，太暗了，看不清楚，但我發誓他對我挑了眉。他什麼都沒聽到。

「露西，妳還好嗎？」

我重重呼吸。「不好。我聽見霍普先生跌落樓梯的回音。很大聲，很眞實。感覺就像他直接摔在我身上。不准笑。不好笑。」

「抱歉。好啦，看來今晚的騷動來得挺快。等一下會更有意思。幾點了？」

準備指針會發亮的錶是我個人推薦的第三條法則。要是能耐得住驟降的溫度和強烈的靈氣衝擊就更好了。「不到五點。」

「很好。」洛克伍德的牙齒沒有我的錶閃亮，不過他燦爛的笑容同樣能點亮我的心。「去找鬼魂前還夠我們喝杯茶。」

2

獵捕邪靈時，簡單的小事最重要。在黑暗中發亮的鑲銀劍尖；撒在地上的鐵粉；準備好幾罐優質的燃燒彈，當作最後的手段……不過呢，足量的新鮮紅茶茶包——（最好是）龐德街的皮克金兄弟出品的貨色——或許是最簡單、最重要的裝備。

好吧，或許茶包不像劍尖或是鐵粉圍成的圈圈一樣能保住各位的小命，也不具備火牆的防護力，但它們確實能帶來同樣關鍵的力量——幫助你維持理智。

待在鬼屋裡等待天黑絕對不是好玩的事。夜色從四面八方圍上來，沉默在耳邊鼓動，再過不久，如果不夠謹慎，就會看見或是聽見從內心生出來的事物。簡單來說，要找事情來分散注意。洛克伍德偵探社內的每一個人各有偏好。我會畫點圖，喬治有漫畫，洛克伍德則是看一些八卦雜誌。不過我們都熱愛紅茶和餅乾，在霍普家的這一夜也不例外。

我們在狹長的前廳末端找到廚房，就在樓梯後方。這個地方挺不錯，擺設整潔，潔白的裝潢充滿現代感，比走道溫暖許多。此處沒有任何超自然痕跡。平靜無聲。聽不到方才的敲打聲，也沒有反覆撞擊階梯的噁心聲響。

我拿茶壺燒水，洛克伍德點起油燈，放在桌上。就著燈光，我們取下細刃長劍和工作腰帶，擱在面前。腰帶上有七個獨立的釦環和小袋子，伴隨茶壺咻咻噴氣的輕響，我們安靜地一一檢查內容物。先前在辦公室已經檢查過所有裝備，不過我們很樂意多來幾回。上禮拜羅特威偵探社那邊有個女孩就因爲忘記塡充鎂光彈而丟了小命。

窗外的日光已經一絲都不剩。薄薄的雲層蓋住藍黑色天幕，霧氣湧起，吞噬整座庭院。在黑漆漆的樹籬外，其他屋舍的窗戶透出燈火。那些人家又近又遠，與我們相互隔絕，宛如汪洋中錯身而過的船隻。

我們重新扣好腰帶，檢查固定長劍的魔鬼氈貼片。我泡好茶，端到桌上，洛克伍德翻出餅乾。我們坐了下來，油燈燄舌翻飛，陰影在廚房角落舞動。

洛克伍德總算拉高大衣的領子。「來看看霍普太太怎麼說。」他朝擱在桌上的牛皮紙袋伸出修長的手。燈光打上他微鬈的短髮，光影搖曳。

趁他讀文件的空檔，我看了看扣在腰間的溫度計。十五度。不算暖，不過這個時節，在沒有暖氣的屋子裡，這是可預期的狀況。我從另一個小袋子裡抽出筆記本，記下位置和數値，連在前廳聽見的異常聲響也一併寫上。

洛克伍德丟開資料夾。「還眞有用。」

「眞的？」

「才怪。這是反諷。還是挖苦？我每次都分不清楚。」

「反諷比較聰明，所以你只是在挖苦。她寫了什麼？」

「完全派不上用場。她就算用拉丁文寫也沒差。簡單來說是這樣：霍普夫婦在這裡住了兩年。先前是住在肯特郡的某處。她給了一堆毫無關係的細節，說他們在那裡多快樂。幾乎沒有宵禁，幾乎沒有點過驅鬼燈，晚間出門散步只會遇到活著的鄰居。之類之類的。我半個字都不信；就喬治的說法，在倫敦之外，肯特郡爆發過最嚴重的鬧鬼事件。」

我小口小口喝茶。「印象中靈擾爆發的起源地就是那裡。」

「大家都這樣說。隨便啦。他們搬到這裡。屋裡一切風平浪靜，沒有起過任何騷動。丈夫轉行，開始在家工作。那是六個月前的事情。還是沒有任何異狀。然後他就摔下樓梯死掉了。」

「等等。」我說。「他是怎麼摔的？」

「顯然是絆了一跤。」

「我是說當時他獨自一人嗎？」

「就霍普太太的說法，是這樣沒錯。她人在床上。事情發生在半夜。她說她丈夫在過世前幾個禮拜有些心不在焉。睡得不太好。她想他是起床要喝水。」

我不置可否地咕噥一聲。「這樣啊……」

洛克伍德瞥了我一眼。「妳認爲是她推了他一把？」

「沒有必要。但這能成爲鬧鬼的動機，對吧？除非有什麼原因，丈夫通常不會糾纏妻子。可惜她不願與我們面談，我倒是很想查查她的底細。」

「妳不能老是看表面就下定論。」洛克伍德回應，聳了聳他說不上寬闊的肩頭。「我有沒有提過惡名昭彰的哈利・克里斯普？那傢伙看起來很討喜，嗓音柔和、眼睛閃閃發亮。和他相處起來可說是如沐春風，還說動我借他十鎊。沒想到他竟然是最駭人聽聞的殺人凶手，最愛的就是——」

我揚手制止他。「你說過了。大概說過一百萬次。」

「喔，好吧，重點是霍普先生回來找宿主或許不是為了復仇。說不定他有什麼未了的心願，沒向妻子提過的遺囑，或是藏在床底下的大把鈔票……」

「也是啦。所以說那些擾動是在他死後不久便開始？」

「隔了一、兩個禮拜。在那之前她幾乎沒待在家裡。她一搬回來，就感受到不速之客的氣息。」洛克伍德用指尖敲敲資料夾。「不管怎樣，她都沒寫在這裡。她說她已經對我們的『總機』說明清楚了。」

我勾起嘴角。「總機？喬治肯定不會太開心。嗯，我帶了他的筆記，你想聽嗎？」

「說吧。」洛克伍德一臉期待地靠上椅背。「她看見了什麼？」

我把喬治的筆記從外套內袋抽出來，在大腿上攤平，迅速掃了一眼，清清喉嚨。「準備好了？」

「嗯。」

「『一道移動的形體』。」我鄭重地重新摺好紙張，放到一旁。

洛克伍德氣得愣了一下。「『一道移動的形體』？就這樣？沒有其他細節？怎麼可能——那個東西是大是小、是亮是暗，還是有什麼特徵？」

「就這樣。我可以一個字一個字照唸給你聽：『一道移動的形體，出現在屋子後側的臥室，跟著我來到樓梯口。』她就是這樣對喬治說的。」

洛克伍德捏著一片餅乾，沾了點茶水。「說不上是最詳盡的描述。我們可沒辦法單靠這句話畫出鬼魂的畫像吧？」

「沒錯，不過她已經成年了，你還能期待什麼？怎麼問都不會有好結果的。她的感受告訴我們更多資訊。她說她感覺到好像有東西在找她，那個東西知道她的位置，可是找不到她。想到它在找她，她實在是忍不下去了。」

「好吧，這樣稍微好一點。她感受到對方的目的。因此有可能是第二型。可是無論過世的霍普先生有什麼打算，今晚這棟屋子裡不是只有他一個。我們也在。所以……妳怎麼想？該四處看看了嗎？」

我喝完茶，小心翼翼地將杯子放回桌上。「這個提議很好。」

□

我們在接近漆黑的一樓巡了將近一小時，拿手電筒迅速掃過每間房的各個角落。油燈，還有蠟燭、火柴、備用手電筒，留在廚房桌上。留下明亮空間是良好的安全守則，讓人在必要時找得到地方撤退，而且就怕訪客有能力干擾火光或電力，永遠都該準備不同形式的光源。

屋子後方的餐具間和用餐室都沒有異狀。裡頭瀰漫著悲傷、陳腐、陰鬱的氣息，殘留了一絲屋主存在的跡象。報紙在餐桌上堆得整整齊齊，邊緣開始捲曲；餐具間裡，擺在托盤上的枯乾洋蔥在黑暗中默默發芽。但洛克伍德沒有找到半點視覺痕跡，我沒聽到任何雜音。剛進屋時感應到的敲打聲似乎沉寂了。

回到前廳，洛克伍德打了個哆嗦，我手臂上的汗毛紛紛豎起。氣溫明顯下降許多。我查看溫度計，現在是九度。

屋子前側的左右兩邊各有一間方正的房間。一間放了電視、沙發、兩張舒服的扶手椅；這裡溫暖了些，和廚房差不多。我們還是用眼睛和耳朵巡視，什麼都沒找到。另一間房是正式的客廳，擺上幾張椅子和酒櫃，面對裝著紗網的大窗戶，以及三株養在紅色陶土花盆的高大羊齒草。

這裡似乎有點冷。夜光面板顯示十二度。比廚房冷。可能毫無意義；也可能意義重大。我閉上眼睛，穩定情緒，準備細聽。

「露西，妳看！」洛克伍德以氣音說：「是霍普先生！」

我的心臟一震，猛然轉身，抽出半截劍身……沒想到洛克伍德從容俯身，盯著邊桌上的照片。他的手電筒讓照片中的人影鑲在金色光圈中。「霍普太太也在。」他補上一句。

「你白痴啊！」我嘶聲咒罵。「我差點一劍刺穿你。」

他輕笑一聲。「別這麼愛生氣嘛。妳看。有什麼想法？」

一對灰髮夫妻站在庭院裡。和方才我們遇到的女兒相比，霍普太太年紀大了些、神情愉快了些，她的圓臉笑得燦爛，衣著整齊，頭頂只到她身旁的男士胸口。他身材高大，頂著光頭，雙肩放鬆垂落，露出粗壯的前臂。他也是眉開眼笑。兩人手牽著手。

「看起來挺美滿的，不是嗎？」洛克伍德說。

我狐疑地點頭。「不過第二型鬼魂一定有存在的理由。喬治說第二型代表某人對某人做了某種事。」

「對，不過喬治心胸狹窄、尖酸刻薄。對了，我們找一下電話，和他聯絡。我在桌上留了訊息，但他還是會擔心。先解決這趟調查吧。」

他沒在小客廳裡找到死亡光輝，我也聽不見什麼怪聲，一樓的調查結束，證實了我們已經猜到的結果——要找的東西在二樓。

□

才踏上第一級台階，我就再次聽見那陣敲打聲。音量起先和剛才差不多，空洞的輕敲，像是指甲敲上石膏，或是被搥進木板的釘子。然而我每往上走一步，回音就增強幾分，執拗地糾纏我的內耳。我向洛克伍德提起這點。

「也更冷了。」像是影子般跟在我背後的洛克伍德說。

沒錯。越往上走，氣溫就越低，九度、七度，到了樓梯中央，只有六度。我停下腳步，抖著手指拉高大衣拉鍊，視線沒有離開過黑暗的二樓。這道樓梯很窄，上方沒有半點光芒。整棟屋子的上半截是一團陰影。我努力壓抑打開手電筒的強烈衝動，光線只會讓我更加盲目。我一手按住劍柄，繼續緩緩往上邁步，敲打聲越來越響亮，寒意啃噬我的皮膚。

越往上走，敲打聲就越大，成爲瘋狂的刨抓撞擊聲。溫度計的數値不斷下降，從六度降到五度，最後來到四度。

漆黑的樓梯口彷彿失去形體。我的左手邊是幾乎和我一樣高的白色扶手，宛如整排森森利齒。

我踏上最後一階，踏上二樓地板——

敲打聲戛然而止。

我再次確認夜光面板：四度。比廚房低十一度。我感覺到自己呼出片片白煙。很近了。

洛克伍德擠過我身旁，打開手電筒，迅速查看周遭環境。滿牆壁紙，一扇扇關閉的門，死寂。沉重的畫框裡裱了一幅刺繡作品：褪去的色彩、童稚的字跡、美好的家園。這東西頗有歷史，當時家家戶戶確實美好又安全，沒有人在孩子床頭掛上鐵製護符。直到靈擾爆發。

樓梯口呈現L型，我們站的地方是一小塊方形交叉口，長邊在我們背後，與樓梯平行。木頭地板磨得亮晶晶。這層樓有五扇門，一扇在右手邊，一扇在正前方，另外三扇以等距分布在左側。每一扇門都關著。洛克伍德和我靜靜站著，全力驅策我們的視力和聽力。

「沒有東西。」我終於開口。「一上到二樓，敲打聲就停了。」

洛克伍德隔了一會才開口：「沒有死亡光輝。」從他凝重的語氣，我知道他也感受到那股無力感——強烈的沉滯感，加諸在全身肌肉上的龐大重量，這是訪客在身旁的徵兆。他輕嘆一聲。

「好啦，女士優先，露西，妳選一扇門吧。」

「不要。之前孤兒院那個案子讓我選門，後來的下場你也很清楚。」

「反正最後也是平安收場啊。」

「因爲我及時閃開了。好吧，就選這一扇，不過你先進去。」

我選了右手邊離我們最近的房間。裡頭是近期整修過的浴室，手電筒一照，現代風的磁磚便閃閃發亮。有個白色大浴缸、洗手台、馬桶，同時隱約飄著茉莉花肥皂的香氣。雖然這裡的溫度和樓梯口一樣冷，但我們兩個都沒找到任何蛛絲馬跡。

洛克伍德試了下一扇門，這房間是寬敞的臥室，被屋主改裝成可能是全倫敦最雜亂的書房。手電筒照亮厚實的木製書桌，背對著拉上窗簾的窗戶。書桌幾乎被一疊疊紙張淹沒，地上四處都是一座座搖搖欲墜的書塔。對著門的那面牆有四分之三被書櫃占據，架上塞得亂七八糟。房裡還有幾個櫃子，桌邊放了一張老舊的皮面辦公椅，帶著微微的男性氣息。我聞到鬍後水、威士忌，甚至還有些許菸草味。

這裡冰冷刺骨，我腰上的溫度計顯示兩度。

我小心翼翼地繞過滿桌文件，拉開窗簾，掀起足以讓我猛咳的灰塵。庭院另一端的屋舍燈火幽幽照進房裡。

洛克伍德盯著木頭地板上的破舊地毯，用鞋尖來回戳弄。「年代久遠的壓痕。」他說：「在霍普先生住進來以前曾經放過床架……」他聳聳肩，打量整個房間。「說不定他回來是想整理文件。」

「就是這裡。」我說：「源頭就在這邊。你看溫度降得多低。不覺得渾身沉重，快要麻痺了？」

洛克伍德點點頭。「而且霍普太太也是在這裡看見那道可怕的『移動的形體』。」

樓下某處傳來門板甩上的巨響。我們嚇得跳了起來。「妳說得對。就是這裡。應該要在這裡布陣。」

「鐵粉還是鐵鍊？」

「喔，鐵粉。鐵粉就夠了。」

「你確定？都還沒九點，它的力量已經很強了。」

「沒有那麼強。更何況，無論霍普先生有何意圖，我不認為他會突然暴動。有鐵粉就行。」

他遲疑了下。「而且……」

我看著他。「而且什麼？」

「我忘記帶鐵鍊了。別用那種眼神瞪我。妳的眼神會讓人渾身不對勁。」

「你忘記帶鐵鍊？洛克伍德——」

「喬治拿去上油，我沒確認他有沒有放回來。所以其實是喬治的錯。聽好，這不重要。這種程度的案子用不到鐵鍊，對吧？妳設置鐵粉，我去巡一下其他房間，然後把重心放在這裡。」

我還有話要說，但現在時機不對。我深深吸氣。「好吧，你別亂搞。上次你在調查案子的時候亂跑，把自己鎖進廁所裡。」

「我說過好幾次了，是鬼魂把我鎖進去的。」

「都是你在講，根本沒有半點證據——」

他已經溜了。

我沒花多少工夫就完成任務，把幾疊泛黃的紙張移到房間角落，在中央騰出空間，拉開毯子，將鐵粉撒成一圈，直徑不大，以節省資源。這是我們的避難處，在必要時退進來，不過根據接下來的發現，或許還需要其他圈圈。

我回到走廊。「我去樓下多拿點鐵粉。」

洛克伍德的聲音從鄰近的臥室傳來：「好啊。可以順便燒一壺水嗎？」

「好。」我來到樓梯口，往敞開的浴室門瞄了一眼。雙手扶上樓梯欄杆時，木頭表面冰得像是結凍了。我在樓梯口躊躇不前，豎起耳朵，接著才往樓下的微弱燈光前進。往下走了幾階，背後傳來奔跑聲，可是我一轉頭卻什麼都沒看到。我一手按著劍柄，繼續走到一樓，沿著狹長的前廳走向從廚房門縫間透出的溫暖燈光。即便提燈光線昏暗，踏進廚房時我還是瞇細雙眼。我厚著臉皮吃了一片餅乾，沖洗兩個杯子，將茶壺放回爐子上。拎起兩個提包，有些艱難地用腳頂開門，回到前廳。多虧了廚房的燈光，這裡看起來更陰暗了。屋裡寂靜無聲，我聽不見洛克伍德的動向，猜測他還沒巡完剩餘的臥室。我緩緩爬上樓梯，沉重的裝備包垂在身體兩側，氣溫從涼爽轉爲冰冷、酷寒。

抵達二樓樓梯口，我吁了一口氣，裝備包放到地上。抬起頭要叫洛克伍德時，一名女子就站在我面前。

3

我僵住了。在急促緊繃的幾次心跳間，我無法移動任何一條肌肉。部分原因自然是純粹的震驚，但遠遠不只如此。冰冷的重量如同墓石般壓迫胸口，我的四肢彷彿埋在泥淖中。寒冰似的睡意悄悄爬過大腦深處。我的思緒麻木，身體機能變得遲鈍；我覺得自己再也不該擁有活動的力量。若是還擠得出絲毫能量去思考，或許能夠感受到絕望蒙上心頭。什麼都不重要了，特別是我。我渴求沉默與凝滯和純然的麻痺，我只配得上如此。

換句話說，我正在經歷鬼魂禁錮，第二型鬼魂決定把力量導向某人時，就會產生這種影響。換作是一般人，可能就無助地站在原處，任由訪客上下其手。不過我可是調查員。老早就應付過這種困境。我痛苦地拚命吸入冰冷空氣，抖去瀰漫大腦的霧氣。我逼迫自己活下去，雙手緩緩移向腰間的武器。

女子站在書房裡，離門不算遠，直直面對我，門框圈著她的身影。她看起來相當模糊，但我還是看得出她光腳站在捲起的地毯上——說得更精確一點，是插在地毯上，她的腳踝陷入布料，像是在海邊踏浪。她身穿漂亮的夏季連身裙，裙襬及膝，印著鮮艷的橘色向日葵。不是近年的設計風格。連身裙和她的四肢與淺色長髮全都亮著缺乏現實感的微光，彷彿是被遠處的光源照亮。至於她的臉……

她的臉是一片高密度的黑暗。沒有任何光打上那張臉。很難判斷，總之我猜她大概是十八歲。比我年長，但不會差太多。我站在原地思考，雙眼對著那個無臉的女孩，雙手一點一點探向腰帶。

這時我想到這棟屋子裡不是只有我一個人。

「洛克伍德。」我高喊。「喔，洛克伍德……」我裝出最輕鬆的語氣。面對訪客時，最好避免展現出恐懼的跡象——不只是恐懼，還有憤怒之類的強烈情緒。那是它們的糧食，幫助它們迅速成長，變得更快、更凶狠。沒有回應。於是我清清喉嚨，又試了一次。「喔，洛克伍德……」我用了唱歌似的愉快語調，像是在和小寶寶或是撒嬌寵物之類的對象說話。老實說效果也差不多，因為他該死地沒有回應。

我轉頭提高音量：「喔，洛克伍德，拜託你來一下……」

他的聲音悶悶地從走廊另一端飄來。「小露，等等。我發現了一些東西……」

「好極了！我也是……」

回過頭，女子靠得更近，幾乎要離開書房。那張臉依舊漆黑，但環繞著她身體的虛幻光芒更加明亮了。她枯瘦的手腕緊緊貼在身側，手指像魚鉤般曲起。袒露的雙腿瘦得要命。

「妳要什麼？」我問。

我側耳傾聽。字句拂過我的耳膜，輕柔似蜘蛛的腳步。「我好冷。」

隻字片語。通常無法得到更完整的訊息。輕細的嗓音既是來自遠處的低語，同時又近到讓人坐立難安。感覺比洛克伍德的回應還要近上許多。

「喔，洛克伍德！」我再次呼喚。「快來……」

各位敢相信嗎？我在他的嗓音中聽出一絲不悅。「露西，再一下就好。我找到很有意思的東西。是死亡光輝，非常、非常微弱。對著馬路的臥室也發生過很糟的事！太微弱了，我差點就錯過，肯定離現在好一陣子了。不過我認爲當時很慘烈……也就是說——這只是理論，我只是在腦力激盪——這棟屋子裡發生過兩起凶案……妳覺得如何？」

我假笑一聲。「我可以幫你證實這個理論。」我唱歌似地說道：「只要你來一趟就好。」

「問題是，我看不出第一起案件和霍普夫婦有什麼關係。」他繼續說下去。「他們不是才搬來兩年？或許我們體驗到的擾動並非——」

「由丈夫引起？」我大叫。「對，說得好！確實不是！」

短暫的停頓。他的注意力總算轉過來了。「什麼？」

「我說，不是由丈夫引起！洛克伍德！你給我過來！」

或許各位發現我稍微放下了保持情緒輕鬆的努力。書房裡的人影已經察覺到我的激動，飄出門外。腳板蒼白細瘦，長長的趾甲末端捲曲。

我雙手摸上腰帶，一手握住劍柄，另一手握住一顆鎂光彈。當然了，我們不該在住宅裡使用鎂光彈，但我可不想冒險。我的指尖凍得像是結了冰，卻又冒出細細汗水，滑過金屬表面。

左手邊閃過動靜，我以眼角餘光看見洛克伍德鑽回走廊。他也煞住腳步。「啊。」

我面色凝重地點點頭。「對，下次我在執行任務期間叫你，拜託你行行好，給我加速滾過來。」

「抱歉。不過看得出妳把場面控制得很好。她有沒有說話？」

「有。」

「她說什麼？」

「說她很冷。」

「告訴她我們可以幫忙。別再摸妳的武器了——這只會讓情勢更惡劣。」女子緩緩飄近樓梯口，我開始抽出劍身。「告訴她我們可以幫忙。」洛克伍德又說了一次。「說我們可以找到她失去的東西。」

我照他的指示，盡力擠出平穩的聲音。沒有多大效果。那道人影沒有縮小也沒有變形、消散、離開，沒有《費茲教戰守則》中給予它們解脫的希望後，會出現的任何一種反應。

「**我好冷。**」細細的嗓音響起，接著以更大的聲音說：「**失落又寒冷。**」

「她說什麼？」洛克伍德察覺到我們的接觸，可是他聽不見。

「一樣。洛克伍德，告訴你，這回不太像是這個女生在說話。聽起來非常的低沉空洞，帶著和墓穴一樣的回音。」

「肯定不是好事，對吧？」

「沒錯。我認爲這算是徵兆。」我抽出長劍，洛克伍德跟著拔出武器。我們默默面對那道人影。絕對不要率先出擊。先等待，探查它的意圖。盯緊它的舉動、往哪裡走；研究它的行爲模式。她已經靠得夠近，我能看清披在肩上的長髮質地，看清臉上的小痣與污漬。殘影的清晰程度總是令我訝異。喬治說這叫作「存在的意志」，拒絕放下曾經擁有的生命。當然了，並不是所有的鬼魂都能如此存在。端看每一個人生前的性格，以及結束生命的方式。

我們繼續等待。「看得見她的臉嗎？」我問。洛克伍德的靈視能力比我好。

「不行。蒙住了。不過其他部分眞的很亮。我認爲——」

我揚手制止他繼續說下去。這回我聽見的話聲只是空氣中的輕微震顫。**「我好冷。失落又寒冷。失落又寒冷……我死了！」**

纏繞在女子身上的一縷縷光芒瞬間轉強，又陷入沉寂，一瞬間，蒙在她臉上的黑紗掀了起來。我忍不住尖叫。光芒應聲熄滅，一道人影伸長枯瘦的雙臂竄向我。冰冷的氣流朝我襲來，把我撞向樓梯。我在樓梯口一個踉蹌，往後摔落。我丟下長劍，拚命抓住牆角。我懸掛在虛空之中，遭受狂風吹襲，指尖滑過光滑冰涼的壁紙。人影靠了過來，我要摔下去了。

洛克伍德衝向我們之間，劍尖在半空中劃出複雜圖形。人影連忙後退，一手遮住臉。洛克伍德又劃出另一個圖形，在圖形周圍豎立起閃亮的障壁。人影往後退縮，衝進書房，洛克伍德緊追在後。

樓梯口空蕩蕩的，狂風止住了。我扶著牆壁撐起身體，跪坐在地。頭髮遮住我的眼睛，我一隻腳掌懸在半空中。

我咬牙緩緩伸手撿回長劍。方才遭受強力拉扯的肩膀陣陣悶痛。

洛克伍德回來了，他彎下腰，雙眼冷靜地掃了黑暗的樓梯口一眼。「她有沒有碰到妳？」

「沒有。她跑哪去了？」

「我帶妳去看。」他扶我起身。「露西，妳真的沒事？」

「當然。」我撥開頭髮，把長劍狠狠插回腰帶上。肩膀微微抽痛，不過沒有大礙。「好啦。」我朝書房邁開腳步。「繼續吧。」

「等等。」他攔住我。「妳要放鬆一下。」

「我沒事。」

「妳在生氣。沒有必要。誰都可能遭到突襲。我也嚇了一跳。」

「你沒有弄掉佩劍。」我推開他的手。「聽好，別再浪費時間了。等她回來——」

「她不是衝著我來。她是針對妳，想把妳推下樓。我想我們可以確定霍普先生怎麼會跌得那麼慘了。重點是妳要冷靜下來，露西。她會一口氣吸掉妳的怒氣，變得更加強大。」

「對，我知道。」我的語氣不太文雅。我閉上雙眼，深呼吸，再一次，專心執行《教戰守則》上的建議：掌握自我，放開情緒。過了一會，我重新控制住自己，從憤怒中抽離，把情緒當成死皮一樣褪下。

我再次豎起耳朵。屋裡很安靜，但這是如同降雪般的寂靜，充滿壓迫感。感覺得到它正在監視我。

我睜開眼睛，而洛克伍德雙手插在風衣口袋裡，在漆黑的樓梯口靜靜等待。他的長劍已插回腰間。

「如何？」

「好多了。」

「不氣了？」

「完全不氣了。」

「很好，要是妳情緒不夠穩定，我們現在就回家。」

「不可能。」我冷冷回應。「告訴你爲什麼——霍普太太的女兒不會再放我們進來。她覺得我們年紀太小。要是不能在明天之前解決這個案子，她就會解除委託，跑去找費茲或羅特威。洛克伍德，我們需要這筆錢。現在就做個了結吧。」

他不爲所動。「在大部分的情況下，我同意妳的說法。可是現在情勢變了。不是某個可憐的老先生回來騷擾他太太；幾乎可以確定是凶殺案死者的鬼魂。妳也知道它們的性質。小露，如果妳腦袋不夠清楚……」

即便現在心頭平靜無波，他的說教還是讓我略感焦躁。「是啦，不過這次的罪魁禍首不是我吧？」

洛克伍德皺眉。「什麼意思？」

「鐵鍊。」

他翻翻白眼。「喔，少來了。那才不是重——」

「鐵鍊是每一個調查員的標準配備，洛克伍德。那是我們與強大的第二型鬼魂對峙時的必要保護機制。你竟然忘記收進裝備包裡！」

「那是因爲喬治堅持要拿去上油！如果我沒記錯的話，一開始也是妳提議要他這麼做。」

「喔，現在是我的錯囉？」我大叫。「大多數調查員就算忘記穿褲子也不會沒帶鐵鍊就出門，沒想到你如此不落俗套。你急急忙忙地趕出門，我們身上還有這兩包裝備眞是奇蹟。喬治還建議我們別來。他想針對這棟屋子多做些調查。可是沒有。你硬是要他屈服。」

「對！我身爲老大，就有責任——」

「做出爛決定？這倒是沒錯。」

我們雙手抱在胸前，在鬧鬼屋子裡的漆黑樓梯口互瞪。接著，像是撥雲見日般，洛克伍德的眼神軟化，嘴角勾起。

「所以說……小露，妳的憤怒管理都管到哪裡去了？」

我哼了一聲。「我承認我剛才被激怒了。不過現在我是對你不爽。這是兩碼子事。」

「這點我是存疑啦，不過妳對於錢的想法很有道理。」他戴著手套的雙手一拍。「好吧，妳贏了。喬治不會認同，但我想我們可以放手一搏。剛才我暫時驅除了她，爭取到一點喘息的空間。如果手腳夠快，我們能在半小時內解決這件事。」

我彎腰拎起兩個裝備包。「帶我過去吧。」

他帶我來到書房深處，在兩組雜亂無章的書櫃之間的牆面。在手電筒刺眼的光線下，我們看到牆上還貼著原本的臥室壁紙，褪成乏味色調，在接近天花板處斑駁翹起。盛開的玫瑰花圖案從地板延伸到天花板，排成一列列斜線。

這面牆的正中央掛著一幅全彩不列顛群島地質圖，牆角被一堆堆幾乎堆到我們大腿高的地質學雜誌掩沒，其中一、兩堆上壓著蒙塵的地質錘。敏銳的直覺告訴我霍普先生八成是地質學家。我查看左右兩側的書櫃，發現一處牆面往外凸出。「以前的壁爐腔。所以她跑進這裡了？」

「她還沒到牆邊就消失了，不過我認爲是這樣沒錯。源頭藏在煙囪裡不是挺合理的嗎？」

我點頭。確實合理。空間恰到好處，足以放下許多物體。

我們搬開成堆雜誌，運到房間另一側；空間很重要。洛克伍德希望能維持我剛才設下的圈子，同時空出牆面到圈子間的動線，所以我們把大部分的雜誌丟到門邊，甚至放到樓梯口。每搬一兩趟，我就停下來細聽，但屋裡依舊寂靜。

騰出足夠的空間後，我打開裝備包，把另一瓶鐵粉在地上撒成弧線，以關鍵牆面爲中心畫了個半圓，直線那一段與牆腳平行，和牆面維持一碼左右的距離，不讓鐵粉與飄落的糊牆石膏混在一起。布好陣形，線內的空間夠我們兩個站立，也容納得下裝備包。安全性夠高，但還是比不上鐵鍊。

我也檢查過房間中央原本的圈子，把剛才我們踩散的少量鐵粉撥回原位。洛克伍德拆下地質圖，斜斜擱在書桌旁，又從樓下廚房拎了兩盞提燈上來。在黑暗中探查的階段結束了，現在我們得採取行動，足夠的光源是必備要素。他把提燈放在半圓內的地上，打開比較弱的燈光，照向那面牆，和舞台照明有幾分神似。

這些前置作業花了大約十五分鐘，最後，我們站進鐵粉圍出的空間，準備好折疊刀與撬棍，凝視著牆面。「想聽聽我的理論嗎？」洛克伍德開口。

「洗耳恭聽。」

「幾十年前，她在這棟屋子裡遇害——過了那麼久，她已經安靜下來了。接著霍普先生把書房設在這個房間裡，把她喚醒。她的什麼東西肯定是藏在這裡，是她非常在乎的東西，讓她逗留在這裡不肯離去。可能是衣服，或是財物；或者是她答應要送人的禮物。不然就是——」

「別的東西。」我說。

「對。」

我們繼續盯著那面牆。

4

自從梅莉莎．費茲和湯姆．羅特威在靈擾爆發後的第一年完成了那幾次偉大的調查任務後，找到鬧鬼事件的源頭便一直是每一名調查員的終極目標。是的，我們也會做其他事，比如協助擔憂的民眾在他們家設下屏障、給予個人防護的建議。我們可以在庭院裝置白鹽陷阱；在門檻埋設鐵片；把護符懸掛在嬰兒搖籃上；塞給你一堆薰衣草棒、夜燈，還有其他日常護身用品。不過我們的主要職責——存在的理由——永遠只有一個：找到與某位不願安息死者有關的處所或物品。

沒有人眞正搞清楚這些「源頭」究竟是如何運作。有人宣稱訪客其實是處於那些物體內；有人認爲它們是世界之間的界線，被暴力或是極端情緒磨得越來越薄。調查員沒空判斷背後的機制，我們忙著避開鬼魂的碰觸，哪有時間思考哲學話題。

正如洛克伍德所說，源頭有很多種可能性。可能是犯行現場，或是與猝死有密切關係的物品、訪客生前珍視的財物。不過呢，在絕大多數的場合（根據羅特威研究機構調查結果有百分之七十三），源頭會是《費茲教戰守則》中的「個人有機殘留物」。各位一定猜得到那是什麼意思。重點在於你找了才知道。

我們現在忙的正是這件事。

過了五分鐘，我們幾乎剝光了牆面中央區塊。有幾十年歷史的壁紙黏膠早已乾透，一碰就化成粉，只要插入刀尖就能輕鬆撕下大片壁紙。有的在我們掌中崩解，有的像層層皮膚般掛在我們手臂上。壁紙下的粉白色石膏四處可見橘棕色的斑點。讓我聯想到邊緣沾上麵包屑的火腿。

洛克伍德舉起一盞提燈，仔細查看，指尖撫過凹凸不平的表面。他調整燈光的高度和角度，觀察光影變化。

「這裡曾有個凹洞。很大。有人把它填起來了。小露，有沒有看到這裡的石膏顏色不同？」

「嗯。你想我們有辦法往裡面拆嗎？」

「應該不會太難。」他舉起撬棍。「沒有動靜？」

我回頭張望。在提燈照亮的小圈子之外，完全看不到房裡的擺設。我們是黑暗大海上的光亮小島。我聽了一陣，什麼都沒聽到，可是沉默中帶著穩定積蓄的壓力，我感覺得到它往我耳膜擠壓。「目前沒事。不過撐不了太久。」

「那就繼續吧。」他揮舞撬棍，刺進石膏板，粉末碎塊撒了滿地。

二十分鐘後，我們的衣服前側沾上片片白點，鞋尖埋在牆壁的碎屑下。我們在牆上挖出高度大約到我腰際、寬度能容納成年人的窟窿。裡頭還有一片片用老舊釘子封起的粗糙深色木板。

「感覺像是合板。」洛克伍德額頭的汗珠閃閃發亮，刻意裝出不經意的語氣。「木箱或是櫃子的側面之類的。露西，牆裡的空間看起來都被占滿了。」

「沒錯。」我說：「小心鐵粉。」他退得太大步，踢散了部分鐵粉。這是我們該專注的細節。遵循鐵則，保住小命。要是有鐵鍊的話就輕鬆多了，鐵粉鬆鬆散散，不易維持。我蹲下來，拿刷子按部就班地輕輕撥動鐵粉，修補破口。洛克伍德深呼吸的聲音從我頭頂上傳來。接著我聽見他手中撬棍陷入木板的細微破裂聲。

我補好線條，撥開幾把差點蓋住前方障壁的灰粉。整理好腳下的環境，我繼續蹲著，一手緊緊按著地板，停留一分鐘左右，或許更久。

等我起身時，洛克伍德已經對一片木板造成傷害，但是還沒鑿穿。我拍拍他的手臂。

「怎樣？」他又往牆內敲了一記。

「她回來了。」

聲響起初微弱到被我們的吵鬧聲淹沒，透過地板傳來的震動我才注意到它的存在。不過就在我開口的同時，音量明顯提高了。緊緊相連的三次撞擊聲——最後那聲柔軟又沉重的可怕碰撞——安靜一會又重複一次，形成永無止盡的迴圈，每次的頻率強弱都一模一樣。這是霍普先生摔下樓梯的聲音記憶。

我向洛克伍德報告聽到了什麼。

他用力點頭。「好。情勢不變。妳繼續留意，別被聲音弄得焦躁不安。這是她的目標。她認爲妳是我們之中的弱點。」

我一愣。「抱歉，你剛才說什麼？」

「小露，現在不是討論這件事的時機。我指的是情緒方面的。」

「什麼？你以爲這樣說就比較好嗎？」

他深吸一口氣。「我要說的是……妳那一類天賦比我的還要敏感許多，諷刺的是這份敏銳使得妳更容易受到超自然力量的影響，在這類案件中可能會惹上麻煩。這樣可以嗎？」

我直盯著他。「我還以爲你在學喬治說話。」

「露西，我才沒有學喬治。」

我們別過臉不看對方，洛克伍德轉向牆面，我看著書房。

我抽出長劍，靜靜等待。黑暗的書房裡平靜無波。砰、砰……砰的撞擊聲在我耳中迴盪。劈啪裂開的刺耳聲音顯示洛克伍德總算把撬棍塞進木板間的空隙。他以全身力氣往旁推。木頭破裂，發黑的鐵釘浮起。

我們放在地上的一盞提燈緩緩熄滅。火焰閃爍搖曳，非常緩慢地黯淡下去，像是被什麼東西榨乾它的生命力似的。與此同時，另一盞提燈一閃。房裡的光影平衡變了，我們的影子在地板上詭異地搖擺。

一道寒風吹過書房，我聽見書桌上的紙張飄動。

「還以爲她希望我們這麼做。」洛克伍德氣喘吁吁。「以爲她想被人找到。」

走廊上某扇門狠狠關上。

「看來並非如此。」我說。

屋裡其他七扇門接連關起，我聽見遠處玻璃碎裂。

「太老套了！」洛克伍德冷笑。「這招用過啦！換點新鮮的手段吧。」

房裡頓時陷入寂靜。

「我說過多少次了？叫你不要嘲弄它們？絕對不會有好下場。」

「是她了無新意。準備好封印。快找到了。」

我彎下腰，往我的裝備包裡翻找。我們隨身攜帶能解除源頭威脅的各式型態道具，全都是以訪客無法忍受的關鍵金屬——銀和鐵——製成。外型各異。有盒子、管子、釘子、網子、墜子、帶子、鍊子。羅特威和費茲會在他們發配的封印道具蓋上公司標記，洛克伍德用的都是簡便又平凡的物品。重點在於爲每一個訪客挑選尺寸最合適的道具，以最有效率的方式擋住它進出這個世界的通道。

我選了一片柔韌牢固的細緻銀鍊網。只要抖開，就能蓋住不小的範圍，摺起來可以收進掌心。我起身，看了看拆牆的進度。

洛克伍德成功撬開一片木板，露出一道細細的無邊黑暗。他繃緊肌肉往外拉扯，上身往後傾，皺著臉使力。他的靴子滑向我們的鐵粉防線。

「來了。」他說。

「很好。」我回頭面對房間。

轉向從我身旁冒出來的女子亡魂，她就站在鐵粉範圍外。

她的身影無比清晰，彷彿還能呼吸、正仰望著晴空。微弱的冷光照亮她整張臉。原來她長這樣——在很久以前，在憾事發生之前。她比我漂亮，圓臉小鼻子，嘴唇豐潤，水汪汪大眼中帶著懇求。感覺是我會反射性地反感的女生——軟綿綿的蠢蛋，碰上大事就逃避，遇上小事就靠著可愛的外表為所欲為。她有著金色長髮的腦袋幾乎貼上我的臉，而我的黑髮沾上一層白灰；她光著雙腿，身穿精緻的夏季連身裙，我則是裹著裙子、厚緊身褲、鋪棉連帽外套直發抖，鼻子都紅了。若是沒有鐵粉劃下的屏障，或許我們可以伸手撫上對方的臉頰。或許這就是她的目的，天知道呢。或許是這層隔閡激怒了她。她一臉茫然，毫無情緒，她的憤怒卻化為波動衝向我。

我舉起握著鍊網的手向她行禮，帶了點挖苦的意味。她回以一記凌厲的氣流，劃破黑暗，颳過我的臉，讓我的頭髮蓋住臉。這股力道狠狠撞擊鐵粉屏障，使得防線稍稍移動。

「趕快找到源頭！」我說。

洛克伍德用力吸氣，木板被剝開了一點，已經出現裂縫了。

書房另一頭突然大肆騷動，雜誌唰地翻開，書本平移，紙張挾著灰塵像鳥群似地飛起。我的外套緊緊貼著身體。狂風繞著書房打轉。女子的衣襬和髮絲紋風不動。她的視線穿透我，彷彿我才是記憶與空氣融合而成的幻影。

我腳邊的鐵粉漸漸飄散。

「快點。」我說。

「找到了！封印給我。」

我盡可能地迅速轉身——現在的關鍵是別跨越鐵粉防線——把鍊網遞給他。就在同時，洛克伍德扯了最後一次，木板終於脫落，在接近底端處斷成兩截，上半截往前折下，帶動左右兩片以鐵釘相連的木板。撬棍滑過原本的著力點，脫離他的掌心，洛克伍德腳步一晃，而如果我沒有衝上前拉住他的話，差點就要往右跌出我們的圈子。

我們緊緊攀附著彼此，在鐵粉線條正上方搖搖欲墜。「謝啦，小露。」洛克伍德說：「差點就完蛋了。」他咧嘴一笑，我點點頭，鬆了一口氣。

就在此時，破裂的木板倒向我們，露出封在牆內的物體。

我們早就知道了。這不是什麼新鮮事，卻還是帶來極大的衝擊。在已經失去平衡，在立足點岌岌可危的當頭，讓人下意識往後閃避的衝擊絕對不是好事。因此我還來不及多看凹洞內的玩意兒兩眼，就與洛克伍德手腳交纏著摔倒在地，他壓在我身上，我們完全脫離了鐵粉圈的保護。

不過我已經看得夠清楚了。清楚到足以把那幅景象烙印在心頭。

她留著一頭金髮，和她的幻影沒有兩樣，只是沾滿了煤灰與棉絮，蜘蛛網糾結其中，看不出兩者的界線。其餘就比較難分辨了，一把枯骨、裸露的牙齒、萎縮的皮膚發黑扭曲如同焦木，倚靠在它長眠了大約五十年的磚牆上。漂亮的夏季連身裙只剩幾條碎布，鬆垮垮地掛在骨架上。橘黃色的向日葵與蜘蛛網一起反射昏暗的燈光。

我重重倒地，後腦勺撞上地板，眼前炸開白光，接著洛克伍德的重量壓上我，把我肺裡的空氣全擠出來。

眼前的白光淡去，我的腦袋清晰，睜著雙眼。我躺在地上，那片銀鍊網還緊緊握在手中。這是好消息。

我又弄掉佩劍了。

洛克伍德迅速從我身上滾開，我翻身以四肢著地的姿勢撐起身體，瘋狂尋找我的長劍。然而我卻看到了什麼？被我們撥得散落各處的鐵粉。洛克伍德雙膝跪地，垂著腦袋，頭髮蓋住臉，試圖從厚重的長大衣下抽出長劍。

女子的鬼魂默默地飄浮在他頭頂上。

「洛克伍德！」他猛然仰頭，膝蓋以下被大衣纏住，摸不到腰帶。他沒辦法及時拔劍。

女子緩緩降落，背後拖著一縷縷異界光芒。纖長蒼白的雙手伸向他的臉。

我不假思索，從皮帶扯下一顆鎂光彈丟出去。罐子穿透那道俯身的幻影，砸中後方的牆壁。玻璃蓋板裂開，一道道鎂光火焰噴出，燄舌舔上女子身軀，她化爲一陣迷霧，消失得無影無蹤。洛克伍德側身閃開，火星在他的髮尾閃爍。

鎂光彈是個好東西，毋庸置疑。鐵粉、鎂光、鹽巴同時從三種層面攻擊訪客。燒紅的鐵粉和鹽巴刺破它的形體，鎂引發的強光帶給它難耐的劇痛。不過呢（重點來了），儘管它很快燒完，還是容易引燃其他物品。因此《費茲教戰守則》強烈建議除非是在受到控制的情境下，千萬別在室內使用。

書房裡到處是紙張，再加上充滿殺意的惡靈。這和「受到控制」沾得上邊嗎？差得遠了。

從某處傳來某個存在痛苦又憤怒的號叫。在書房裡打轉的寒風先是稍稍消退，又在瞬間增強兩倍。鎂光彈引燃的紙張浮了起來，直直撲向我的臉。我拍開紙張，看著它們受到隱形力量捲走。它們在房裡高速旋轉，落在書本和書櫃上，落在書桌和窗簾上，落在被我們撕破的壁紙上，落在乾燥的文件夾和信件上，落在髒兮兮的椅墊上……

如同日落時分亮起的星斗，數以百計的火星燒了起來，一個接著一個，布滿房間各處。

洛克伍德爬了起來，頭髮和大衣都冒著煙。他甩掉大衣，銀光一閃，長劍入手。他的視線越過我，定在黑影幢幢的牆角。在飛旋的紙張間，一道形體漸漸重現。

「露西！」呼嘯的風聲幾乎淹沒他的聲音。「E計畫！執行E計畫！」

E計畫？E計畫是什麼鬼？洛克伍德規畫了許多備案，然而在身旁一堆雜誌陷入火海的情況下實在是難以思考。火焰越燒越高，通往樓梯口的路途瞬間被濃煙和火光堵住。

「洛克伍德！」我大叫。「門——」

「沒空！我拖住她！妳去處理源頭！」

喔，對。這就是E計畫。在關鍵時刻引開訪客的注意。洛克伍德在煙霧間穿梭，以堅定的步伐走向等待出擊的鬼魂。著火的碎片吹向他的腦門，他不閃不避，長劍垂在身側，看起來毫不設防。女子突然衝上前，洛克伍德往後跳，長劍在最後一刻揮出，格擋一隻伸向他的幻影手掌。她的長髮帶著煙霧，從另一個方向朝他捲來；他矮身躲過，晃了個虛招，被他砍落的虛幻觸手化爲無形。他的劍勢快得只見殘影，劍尖劃出安全的金屬光網，他一步步後退，引導鬼魂遠離壁爐腔和牆洞。

換句話說，他是在替我爭取機會。我頂著狂風，一個箭步衝上前。氣流撞向我，像人似地尖號，火星刺中我的臉頰，我被吹得無法呼吸。一道道火柱阻擋我的去路，空氣中的怒氣濃度加倍。我幾乎停住腳步，但還是一步一步往前推進。

煙囪和書櫃旁已經燃起火牆，一絲絲火舌如同水銀般在地板上奔流。我眼前的牆面被高溫烘得有些扭曲，我們敲破的牆壁是橘光中的黑洞，幾乎看不清封在牆內的物體。在蜘蛛網構成的帷幕間，我瞥見它沒有嘴唇的臉龐勾起笑意。

直接看見這種景象絕對不是好事。會讓你分心。我甩開鍊網，讓它掛在我指間。

越來越近……一步又一步……總算夠近了。如果我想看的話，可以直視她的臉，但我選擇迴避視線。我看見小蜘蛛按照牠們的習性聚集在網子上。我看見枯瘦的頸子、破爛的印花棉布。我也看見金光一閃——有什麼東西掛在她的鎖骨間。

小巧的金鍊。

我站在洞口前，頂著狂風和烈焰，準備好手中的鍊網。盯著懸在黑暗中的精緻項鍊，我瞬間猶豫了。金鍊末端串著像是墜子的東西，我只能看見它在連身裙和枯瘦胸口間的縫隙閃耀。曾經，這名女子戴上這條項鍊，想讓自己看起來更加可人。經過數十年，項鍊依舊掛在她頸子上，依舊閃亮，即便項鍊主人的血肉發黑萎縮，喪失生機。

一股同情湧上心頭。「誰對妳做出這種事？」我問。

「露西！」洛克伍德的叫嚷壓過風聲。我轉過頭，看見鬼魂穿過火焰朝我衝刺。她臉上毫無表情，雙眼直盯著我，像是迎接或是擁抱似地朝我展開雙臂。

我可不喜歡這種擁抱。我盲目地揮出雙手，打散蜘蛛網，小蜘蛛四處亂竄。我想把鍊網放得更低，它卻被突出的木刺勾住，卡在洞口。女子幾乎撲到我身上，我使勁一扯，木刺裂開。我輕聲啜泣，將鍊網披在那頭乾燥柔軟的蒙塵髮絲上。鐵與銀構成的網子從頭頂一路垂向身軀，像籠子般困住整具屍骸。

女子的幻影頓時定住，僵在半空中。一聲嘆息，一道呻吟，一陣顫抖。她的頭髮往前垂落，遮住她的臉。來自異界的幽光越來越微弱……就此消失。她在一眨眼間喪失形體，彷彿從未存在。

填滿整棟屋子的張力隨著她消失無蹤。壓力突然降低，我的耳膜啵啵鼓動。風勢平息下來。房裡只剩點燃的紙張緩緩飄落著地。

就這樣。成功解除源頭威脅時總是如此。

我深吸一口氣，側耳傾聽……

很好。屋裡一片寂靜。她確實離開了。

當然了，我說的寂靜指的是超自然的層面。書房裡烈火熊熊，地板燃起火光，濃煙湧向天花板。我們丟在門邊的書本紙張冒出白煙，樓梯口也著火了。我們沒辦法從那個方向離開。

洛克伍德在書房的另一頭用力揮手，指著窗戶。

我點點頭。不能繼續浪費時間了。這棟屋子即將燒得精光。不過在逃離前，我轉過身，沒有多想，揪住那條金項鍊（同時努力不去感受項鍊之外的物體）——這個女子生前風貌的永恆不滅的象徵物——後頭的鉤子似乎早已鬆開，輕輕一扯就拉下鍊子。我把整團東西——鍊子、墜子加上蜘蛛網和灰塵——塞進大衣口袋。接著才回過頭，左閃右避地來到窗前的書桌旁。

洛克伍德已經跳上桌面，將一疊著火的紙張踢到地上。他推了推窗戶，發現毫不動搖——無論是堵住還是鎖住都沒差。他一腳踹開窗戶，破壞插栓。我跳到他身旁，我們吸進久違的新鮮空氣和潮濕霧氣。

我們並肩跪在窗台上，周圍的窗簾被燒得嘶嘶作響。下方庭院亮起一方翻捲的火光，框著我們蹲踞的身影。

「妳還好嗎？」洛克伍德詢問。「在牆洞那邊發生了什麼事？」

「沒事。我很好。」我硬擠出笑容。「好啦，又解決了一個案子。」

「是啊。霍普太太一定會很開心吧？沒錯，她的房子要被燒掉了，但至少裡頭沒有半個鬼魂……」他看著我。「那麼……」

「那麼……」我往下一看，徒勞地尋找地面的位置。太暗又太遠了。

「不會有事的。」洛克伍德說。「我確定下面大概或許可能有灌木叢之類的。」

「很好。」

「還有水泥花台。」他拍拍我的手臂。「來吧，露西。轉身跳下去。我們可沒有其他選擇啦。」

好吧，他這句話倒是沒錯。我回頭瞄了書房一眼，火已經燒了滿地，擴散到壁爐腔。那個洞——以及洞裡的內容物——遭到燄舌貪婪地吞噬。我輕嘆一聲。「好吧，既然你都這麼說了。」

洛克伍德滿臉煤灰，咧嘴一笑。「這半年來，我什麼時候讓妳失望過了？」

我正想一一列出他的劣跡，但書桌上方的天花板就在此時崩落。一條條木板、一塊塊石膏砸在我們背後。有什麼東西從我背後撞過來，把我撞離窗台。洛克伍德伸手要抓住我，卻失去平衡。我們的手在半空中握住。感覺我們懸了好幾秒，飄浮在炙熱與冰冷之間，在生與死之間——

接著，我們一同墜入夜色，除了奔流的黑暗什麼都看不到。

Lockwood & Co.

第二部

過去

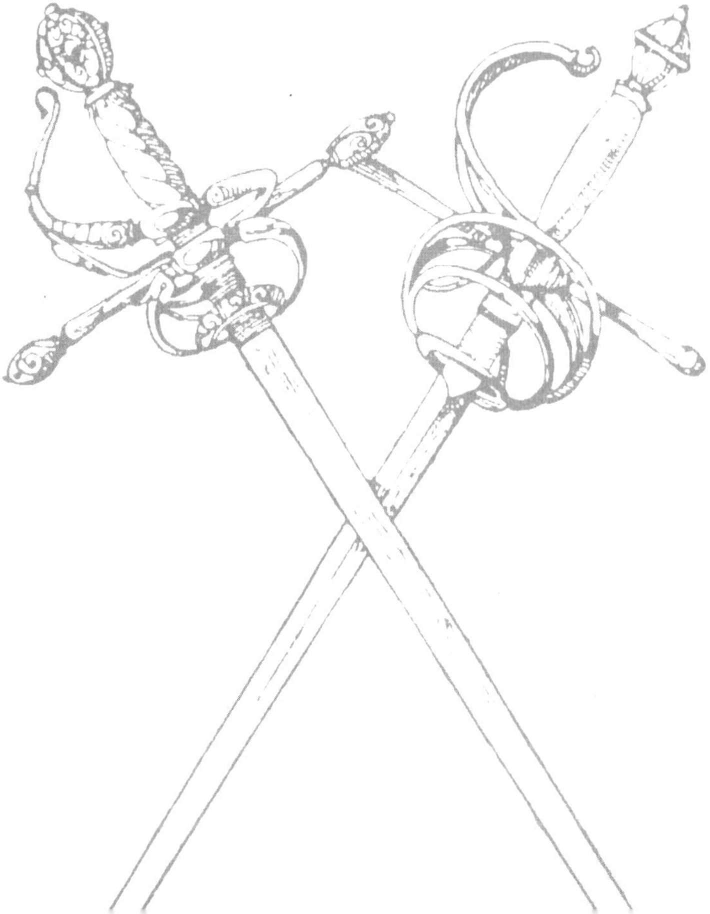

5

有人宣稱靈擾其實一直都在我們身旁。他們說鬼魂不是什麼新鮮的玩意兒，行爲模式亙古不變。羅馬作家小普林尼兩千年前就寫過一個故事，提到一名學者在雅典買了棟屋子，房價便宜到可疑的地步，他很快就發現那是棟鬼屋。入住的第一晚，就有一個被鎖鏈銬住的老人惡靈找上門來。訪客向他招手，他沒有逃走，反而跟著鬼魂來到門口的院子，眼睜睜看著它遁入地裡。隔天學者派僕人挖掘老人消失的地方，很快就找到纏著鎖鏈的骨骸。他把枯骨隆重地重新安葬，鬧鬼事件就此停歇。故事結束。專家判斷這是經典的第二型鬼魂，擁有單純的典型目的——導正過去的不公不義的欲望。就和今日的鬼魂沒有兩樣。因此眞的沒有任何變化。

抱歉，我才不買帳。很好，這確實是隱蔽式源頭的典型案例——我們可以舉出一大堆類似情境。但請注意兩件事：第一，故事中的學者似乎一點都不在意可能遭到鬼魂觸碰，整個人膨脹、變成藍色，痛苦萬分地死去。或許他只是蠢（而且運氣好）。也許古代訪客沒有現在這麼危險。

它們也沒有如此常見。這是第二個重點。在小普林尼的故事中，全雅典大概就只有那間鬼屋，所以才這麼便宜。換在當代倫敦，城裡有數十棟鬼屋，而且無論調查員多麼努力，仍不斷增加。過去，鬼魂相當罕見；現在已經是流行現象了。因此我很清楚靈擾爆發與以往完全不同。某種陌生的新現象大約從五、六十年前開始蔓延，沒有人知道究竟是爲什麼。

如果各位和喬治一樣成天翻閱舊報紙，可以找到上世紀中期在肯特郡和薩塞克斯郡發生過零星的撞鬼事件。然而過了十年左右，一連串的案件引起軒然大波，比如海格墓園恐怖事件和泥巷幻影。兩起案件都是超自然現象突然爆發，導致多人慘死。傳統的調查毫無斬獲，還害死一、兩名警察。直到兩名年輕調查員——湯姆．羅特威及梅莉莎．費茲各自追蹤一個鬧鬼事件，找到源頭（海格墓園是埋在磚牆裡的頭骨；幻影則是過去在十字路口肆虐的攔路盜匪屍體）。他們的成就獲得各界讚揚，訪客的存在首度深深刻入民眾心中。

接下來的幾年，越來越多鬧鬼事件浮上檯面，起初是在倫敦和市區南方地帶，接著緩緩擴散到全國。恐慌感瀰漫各處，掀起暴動和示威；教堂和清眞寺靠著找上門來尋求救贖的信徒大賺一筆。沒過多久，費茲和羅特威因應需求，各自成立專辦靈異事件的偵探社，在大批同行之間鶴立雞群。最後，政府總算採取行動，頒布宵禁，在大型都市廣設驅鬼街燈。

當然了，這些措施全都無法眞正解決靈擾。以最樂觀的角度來看，可以說國民經歷一陣子磨合，適應了嶄新的現實。大人不敢亂來，在自家門窗布下鋼鐵防線，把超自然威脅交給偵探社處理。偵探社則是摸索出最有效率的行動。對靈異騷動最敏感的絕大多數是我們這些少年少女，也就是說，我們這一代孩子無意間成了抵擋鬼魂的最前線。

□

我名叫露西·瓊·卡萊爾，生於靈擾爆發後的第四十年間，靈異災害已經擴散到全國各地，就連最小的城鎮也裝設了驅鬼街燈，每個村莊都有警鐘。我父親是英格蘭北部某個小鎮火車站的搬運工，鎮上的石板屋頂和石牆屋舍擠在蒼翠山丘間。他身材矮小結實，臉頰泛紅，背脊彎曲，體毛多得像人猿。他呼出的每口氣都帶著濃濃的棕色啤酒味，只要自家孩子打擾到習於寡言疏離的他，拳頭隨時都會揮過來。我不記得他什麼時候叫過我的名字，他是遙遠而專制的力量。他在我五歲那年不慎摔落鐵軌，被火車輾過，當時我只害怕我們可能還無法徹底擺脫他。政府立下的意外死亡法規剛上路，牧師在事故發生的鐵軌上撒滿鐵粉；在死者眼皮上放銀幣；在屍體頸子上套了鐵製護符，切斷身軀與鬼魂的聯繫。這些預防措施相當有效，他再也沒有回來過。我母親說就算他真的回來了，也不會給我們惹麻煩。他只會去鎮上酒吧徘徊。

白天我去上學，水泥堆砌成的小小校舍就在小鎮外圍的河道上方。下午我會跑到河岸或公園玩耍，但總會豎起耳朵留意宵禁的鐘聲，在日光完全隱沒前回到安全的家裡。一回到家，我就幫忙設置各種防禦措施。我負責在窗台上放置薰衣草蠟燭，檢查懸掛各處的護符。姊姊們忙著點燈，往流經前門門廊下的渠道裡倒入清水。一切都在夜幕低垂前、我們母親趕回家時準備就緒。

我母親人高馬大，雙頰泛紅，疲憊困頓，她替鎮上兩間小旅館做洗衣活，她擁有的母愛被勞務和疲勞消磨殆盡，不剩多少力氣關注她生下的一窩女孩——我是排行第七的老么。她白天幾乎不在家，天黑後就癱在沙發上默默看電視，身旁薰衣草煙霧繚繞。她很少看我幾眼，大多把我交給姊姊們看管。她最在意的是我以後要如何養活自己。

正如各位所知，天賦在我們家族的血液裡流傳。母親年輕時看得到鬼魂，而我有兩個姊姊擁有夠格的靈視能力，得以在三十哩外的新堡找到守夜員的工作。然而她們都不是進偵探社的料。打從一開始，我與旁人的差異已顯而易見，對一切與靈擾相關的事物異常敏感。

有一次，大概是我六歲那年吧，我和我最喜歡的六姊瑪莉在河邊玩耍。她的足球被踢進樹叢裡，我們找了好一會兒。等我們在盤根錯節的樹根和黏答答的橘黃泥巴間找回足球，天色已經幾乎全暗。因此當宵禁警鐘響徹田野時，我們還走在河邊小徑上。

瑪莉和我互看一眼。學會走路前，大人就不斷警告要是天黑後還待在外頭會有什麼後果。瑪莉哭了。

但我是個天不怕地不怕的小女孩，黑黑瘦瘦地像個野人。「沒差啦。」我說。「現在還很早，它們和小娃娃一樣弱。前提是它們眞的跑來這裡。」

「不只是那個。」姊姊說。「我還怕媽媽。她會狠狠揍我一頓。」

「她也會揍我啊。」

「我比妳大。她打我打得更凶。露西，妳才不會有事。」

我在心裡反駁。我們的母親每天徒手洗九個小時的床單，手臂和豬大腿一樣粗壯，只要吃她一掌，屁股會痛上一個禮拜。我們在陰鬱的沉默中快步往回走。

四周只有蘆葦和泥地，以及越來越深的灰黑暮色。小鎮的燈火在前方山丘上閃爍，在我們眼中象徵著懲戒與安全。我們精神一振，通往馬路的河堤階梯近在眼前。

「媽媽在叫我們嗎？」我突然開口。

「什麼？」

「她在叫我們嗎？」

瑪莉聽了一會。「我什麼都沒聽到。而且我們家還很遠呢。」

這倒是沒錯。更何況，我不認爲那薄弱的嗓音是從鎮上傳來的。

我轉轉腦袋，望向河流的方向，在山丘間流淌的河水一片漆黑，隔著大片河岸已經無法看清。雖然心中不太篤定，我依稀看到遠處蘆葦叢間有一道陰暗的人影，像是稻草人般歪斜站立。它在我眼前動了起來——不太快，也不怎麼慢——前進的方向會與我們回家的路相交。

無論那個人是誰，我發現自己一點都不想撞見對方。我玩笑似地戳戳瑪莉。「看誰先跑回家！來吧！我好冷。」

於是我們沿著小徑狂奔，每跑一小段路，我就跳起來查看，發現那個陌生人正在蘆葦叢間邁開長腿跋行，盡全力接近我們。雖然對方腿長，不過我們的腳步更快，來到通往安全地帶的階梯。我隔著扶手回頭看，河岸一片灰茫茫，在我們和河灣間空無一人，也沒再聽到來自蘆葦叢的呼喚。

過了一陣子，等到我的屁股不再抽痛，我向母親說起那道人影，她說在她小時候，鎮上有個女人爲情自盡。她名叫潘妮·諾蘭。她涉水踏進蘆葦間，躺在水裡把自己淹死。相信大家都猜得到，她成了第二型鬼魂，渴求人們關注，不時騷擾谷地間的晚歸鎮民。多年來，雅各調查員在那處浪費了大量鐵粉，就是找不到源頭，所以潘妮・諾蘭八成還在那一帶活動。最後他們重新鋪了一條小徑，遠離那片河邊濕地。現在那裡成了開滿野花的漂亮地方。

□

類似的事件一再發生，沒過多久，本地人都知道我擁有這天賦。母親不耐地等到我滿八歲，馬上把我帶去調查員位於鎮中心的辦事處。時機巧到極點，正好他的一名部下才在三天前遇害。進展非常順利。母親得到我的週薪，我得到了第一份工作，雅各調查員得到新的實習生。

我的雇主是一名高大消瘦的男士，在鎮上執業超過二十年。鎮民對他敬畏交加。沒有人想接近他，不只是因爲他的職業，也因爲他刻意打造出的神祕氣質。他的膚色灰白，鷹勾鼻下是一把黑鬍鬚，漆黑的套裝略嫌老派，活像個送葬人。他幾乎菸不離口，外套口袋裡塞著鐵粉，很少換衣服。他的佩劍被靈力污染得處處泛黃。

每天暮色低垂時，他就會帶著五、六個孩童部下在鎮上巡邏，應付警報。若是一切和平，那就巡一下公共區域。年紀最大的幾名調查員已通過第三級測驗，佩帶長劍和工作腰帶；像我這種小鬼頭則只能幫忙扛裝備包。即便如此，我依然爲身爲這個經過篩選的重要組織一員感到愉快，穿著芥末黃色的制服外套抬頭挺胸地跟著偉大的雅各先生走。

入隊後的幾個月間，我學會以正確的比例混合鹽巴和鎂粉、如何根據鬼魂的屬性來撒下鐵粉。我熟悉如何打包裝備包、檢查手電筒、裝塡提燈燃料、檢查鐵鍊是否足夠牢固。我幫忙打磨長劍。我替大家泡茶和咖啡。當貨車從倫敦的日出公司送來補給品時，我就去整理投擲彈和外殼，堆到架子上。

雅各沒過多久就發現雖然我能看清訪客，但我聽見它們聲音動靜的能力比任何人都優秀。還不到九歲，我就已經追著紅褐倉的低語聲，找到標示江洋大盜葬身處的半截路標。在天鵝旅館的惡靈事件中，我在走廊上偵測到偷偷摸摸地跟在我們背後的輕巧腳步聲，替大家省下遭到鬼魂觸碰的麻煩。作爲獎勵，雅各調查員讓我迅速升級，我以一半的時間通過第一級和第二級測驗，在十一歲生日那天拿到第三級的資格。在那個大日子，我回到家，帶著專屬佩劍、護貝證書、屬於我的《費茲鬼魂獵人教戰守則》，以及（我母親最在乎的）三級跳的月薪。我成了家裡的經濟支柱，一週工作四個晚上，就能賺到比母親做六天苦工還要多的薪水。她買了新的洗碗機和更大尺寸的電視來慶祝。

不過呢，其實我很少待在家裡。姊姊們都離家了，只剩在附近超市上班的瑪莉，而我和母親一向沒多少話好講。因此我醒著的時候（基本上都是晚間）大多與雅各公司裡的其他少年少女一起過。我和他們交情很好。一起工作，一起玩樂，幫彼此保住小命。如果各位有興趣的話，他們的名字是保羅、諾莉、茱莉、史提菲、艾菲—喬。他們都死了。

我身子抽高，長成不太合我意的健壯少女，濃眉大眼，鼻梁太長，嘴角下垂。我算不上漂亮，但正如我母親所說，我也不是靠臉吃飯。我腳步敏捷、劍術一流，也懂得進取向上。我能好好執行命令，與隊友合作無間。早日取得第四級資格不是夢想，到時候我就是地方隊長，能帶領自己的小隊，自己下決定。生活既危險又充實，我幾乎可以心滿意足了——只除了一件事。

據說雅各調查員小時候在費茲偵探社受訓。因此他曾是炙手可熱的人材。好吧，現在不是了。沒錯，就和其他成人一樣，他的感官早就變得遲鈍，無法輕易感知鬼魂所在，所以他依靠我們擔任他的耳目。這很公平。所有的監督員都是如此，在訪客現身時，運用他們的經驗和應變能力來引導手下調查員，統籌攻擊計畫，危急之際提供支援。加入這間公司的頭幾年，雅各非常盡責，然而在執業時光中，在黑暗中永無止盡地等待監視間，他漸漸喪失理智。他賴在鬧鬼區域的邊緣，不願意深入。他的手抖個不停，菸一根接著一根抽；他從遠處大吼下令，對每一道陰影疑神疑鬼。某天夜裡，我上前向他報告時，他把我誤認成訪客，驚慌失措地抽出長劍，割破我的帽子。幸好他連劍都拿不太穩。

我們這些調查員自然都知道他是什麼德性，也懶得理會他。但他付我們薪水，又是小鎮上的重要人物，我們也只好任其自然，信任我們自己的判斷。長久以來相安無事，直到衛斯磨坊的那一夜。

□

衛斯河谷中段有一座風評不佳的磨坊，出過意外，死了一、兩個人，這幾年都關著沒人用。

本地的伐木公司想接管磨坊，改造成分區辦公室，不過他們想先確保此處安全無虞。他們找上雅各，請他去看看，別讓任何不乾淨的東西殘留在磨坊裡。

那天傍晚，我們沿著河谷朝磨坊前進，天剛黑就抵達目的地。溫暖的夏季夜晚，鳥兒在樹上吱吱喳喳，滿天星斗。磨坊是谷地間黑漆漆的龐然巨物，卡在岩石和柏樹林之間。河水悠閒地流過碎石子路旁。

磨坊的正門上了大鎖，門上的玻璃破了，有人拿了塊木板隨意遮擋。我們在門外集合，檢查裝備。雅各調查員還是老樣子，四下尋找歇腳的地方，並在一旁找到一截樹樁。他點了菸，我們運用天賦探查，報告所見所聞。只有我聽出一些端倪。

「我聽見啜泣聲。」我說。「非常微弱，不過很近。」

「什麼樣的啜泣聲？」雅各提問。他的視線對著在我們頭上飛旋的蝙蝠。

「像小孩子在哭。」

雅各不置可否地點頭，連看也沒看我一眼。「徹底調查第一個房間。」他對我們下令：「再檢查一次。」

掛鎖經過歲月的摧殘早已鏽蝕斑斑，鉸鍊僵硬變形。我們推開門，拿手電筒照亮寬廣空曠的玄關。天花板低矮，不少瓦礫碎片落在裂開的油氈地墊上。前廳擺了幾張辦公桌和簡便辦公椅，牆上貼著老舊的告示，四處飄散家具腐朽的氣味。地板下傳來潺潺流水聲。

我們挾著一絲菸草味踏入屋內，雅各調查員沒有跟著進來。他坐在樹樁上，垂眼盯著膝蓋。

我們緊跟彼此，再次使用天賦。我又聽見那陣啜泣，這回響亮多了。我們關掉手電筒，四處探查，沒過多久就看到一道發著光的小小形體，蹲在通往磨坊深處的走廊盡頭。我們再次打開手電筒，走廊上空無一物。

我回屋外報告我們的發現。「保羅和茱莉說看起來像是小孩子。我看不太清楚。很微弱。而且它不會動。」

雅各調查員往草地上彈彈菸灰。「它完全沒有回應你們？沒有試著接近你們？」

「沒有，先生。其他人認為這是微弱的第一型，或許是很久以前在這裡工作的小孩的殘像。」

「很好。拿鐵粉擋住它。這樣你們就能繼續調查了。」

「是的，先生。可是……」

「怎麼了，露西？」

「這個鬼魂有點……讓我很不舒服。」

雅各調查員輕輕吸了口氣，菸頭在黑暗閃著紅光。近日來他的手總是不斷輕顫，語氣充滿不耐：「不舒服？不過是小孩子在哭，妳當然會不舒服。還有聽到別的嗎？」

「沒有，先生。」

「有沒有另一道聲音？有第二個更強大的訪客？」

「沒有……」確實是如此。我沒聽見任何危險的聲響。磨坊裡的鬼魂反應輕盈而脆弱，代表它的力量不強。聲音、形體……它們幾乎不存在。只是典型的微弱虛影。吹口氣就散了。但我依舊不相信它。我討厭它縮得那麼緊那麼小。

「其他人怎麼說？」雅各問。

「他們認爲可以輕鬆解決，先生。他們急著要推進了，但我還是覺得……不對勁。」

我聽見他在樹椿上挪了挪屁股。微風吹過林間。「露西，我可以命令他們撤退，可是抽象的感覺沒有用。我需要確實的理由。」

「不了，先生……我想應該沒事……」我嘆了口氣，遲疑幾秒。「或許您可以和我一起進去？」我問。「您可以給予我們建議。」

沉默無比凝重。「做好妳的工作就好。」雅各調查員說。

其他人眞的很不耐煩。回到屋裡，他們已經抽出佩劍，準備好鹽彈，要往走廊深處前進。不遠處，那道身影察覺到金屬物質的接近而瑟縮變形，像是轉台沒有轉好的電視畫面一樣明滅不定。它飄向走廊角落。

「它動了！」有人說。

「它要消失了！」

「盯緊！可別追丟啦！」

要是錯過了幻影的消失點，那就得付出更多心力才能找到源頭所在。眾人紛紛衝上前，我跟著拔劍，加快腳步趕上。那道人影已經淡到幾乎消失。我的顧慮似乎只是無的放矢。

只剩嬰孩大小的鬼魂持續縮小，它歪歪斜斜地繞過轉角，離開我們的視野。我的同伴匆忙追趕，我也努力加速。即便如此，我還是來不及在那道熾烈的鬼氣劃破我眼前牆面之前轉彎。鐵片扭曲的刺耳聲響伴隨著鎂光彈爆發。在短暫的閃光中，我看到一道巨大的身影浮起。光線熄滅。取而代之的是慘叫聲。

我扭過頭，望向走廊彼端的玄關和打開的門，在遠處的暮色中看到紅色菸頭。

「先生！雅各先生！」

沒有回應。

「先生！我們需要你幫忙！先生！」

紅色光點隨著調查員的呼吸閃爍。沒有任何反應。他一動也不動。狂風沿著走廊捲來，差點把我擊倒。磨坊的牆面震動不已，前門砰地關上。

我在黑暗中咒罵，從腰間抽出一顆鎂光彈，高舉長劍，轉了個彎，奔向慘叫聲的來源。

□

在驗屍官主持的法庭上，雅各調查員遭到死者家屬的嚴厲抨擊，據說他應訊出庭，最後卻不了了之。他聲稱自己完全照著我對於鬼魂力量的評估行事。他說沒聽見我求助的叫聲或是任何來自磨坊內的聲響，直到我撞破二樓窗戶，沿著屋頂斜面滾下來逃生。他對慘叫聲毫無所覺。

我在作證時盡力描述一開始感受到的不安，但還是不得不承認當時我沒有半點實際的證據。驗屍官在結語中提到可惜我的報告對於訪客的力量評估不夠精確，不然說不定可以挽救幾條人命。他的判決是意外死亡，在這類任務中是常見的結果。家屬得到來自費茲基金的補償金，鎮中心廣場還立了小紀念碑緬懷他們的孩子。磨坊全數拆除，遺址撒滿鹽巴。

沒過多久，雅各回到工作崗位上。大家都認定我稍事休息、擺脫這起事件的影響後，便會欣然回到他的麾下。我可不這麼想。我花了三天恢復體力，在第四天清晨，趁著母親和姊姊還在睡夢中，我把家當塞進小背包裡，長劍插在腰際，頭也不回地離開小小的家。一小時後，我搭上了前往倫敦的火車。

6

洛克伍德偵探社

遠近馳名的靈異事件調查機構洛克伍德偵探社徵求一名現場調查人員。勤務內容包括靈異場所的現場分析及抑止。應徵者得對超自然現象極度敏銳、衣著整潔，女性佳，十五歲以下。不允許閒雜人等來浪費時間，亦不歡迎騙徒及有犯罪前科者。請將手寫應徵信和照片寄至：倫敦西一區波特蘭街三十五號。

我站在路旁目送計程車駛離。引擎聲遠去。這一帶很安靜，蒼白的陽光照得柏油路閃閃發亮，道路兩側停滿了車，車尾與車頭幾乎連在一起。不遠處，有個小男生在陽光下玩耍，拿著塑膠做的鬼魂和調查員在髒兮兮的水泥地上打鬥。調查員佩著迷你長劍，鬼魂看起來像是飄浮在半空中的小片床單。除了這個小孩，周圍沒半個人。

顯然倫敦這一帶是住宅區。屋子都是大骨架的維多利亞風格，以粗柱撐起的門廊掛著一籃籃薰衣草，地下室的樓梯直接通往馬路。一切都散發出一種老氣的優雅風情——緬懷過往美好時光的屋舍和住戶。街角有間小雜貨店，就是那種擁擠狹窄，從橘子到鞋油，從牛奶到鎂光彈什麼都賣的店。店外豎立一根飽經風霜的金屬驅鬼街燈，足足八呎高，立在扇貝形的基座上。連著鉸鍊的遮罩關著，閃光燈泡毫無生氣，鏡片藏在遮罩後。鏽斑宛如地衣般在鐵製表面上綻放。

先解決眼下的問題再說。我就著路旁車子的窗戶倒影檢查儀容，摘下帽子，撥撥頭髮。我看起來像個優秀的調查員嗎？看起來資歷與能力都合格嗎？還是說我像個一頭亂髮的無名小卒，七天內就被六間偵探社拒絕？很難說。

我朝目的地前進。

波特蘭街三十五號門面以白色爲基調，四層樓的民宅，百葉窗褪成淺綠色，窗外的小花台種著粉紅色花朵。比起鄰近住戶，它的荒廢感更加濃厚。每一片屋牆看起來都需要重新粉刷，或者好好清理一下。一塊木板招牌掛在屋外的柵欄上：

A·J·洛克伍德偵探社，專業調查人員。

天黑後請拉鈴，在鐵線外稍候。

我在屋前站了一會，眷戀不捨地想起譚迪與桑斯偵探社時髦的外觀；艾特金與阿姆斯壯偵探社寬敞的辦公室；以及攝政街上的羅特威偵探社，氣派的建築物，玻璃擦得雪亮……可惜這幾次面試都不太順利。我別無選擇。就和我的外表一樣，這是無可奈何的事情。

推開不太牢固的金屬柵門，我踏上狹窄的小徑，地磚處處破損。右手邊是通往低陷庭院的陡峭樓梯，常春藤遮住大半陽光，種滿未經修剪的植物和盆栽。一道細細的鐵磚橫過小徑，旁邊桿子上掛了大型叫人鈴，木頭鐘舌垂在下方搖搖晃晃。前方是漆成黑色的門板。

我直接忽略叫人鈴，跨過鐵線，在門上敲出俐落的聲響。過了一會，一名矮矮胖胖、頭髮油膩膩的少年頂著大大的圓框眼鏡探頭。

「喔，又來一個。」他說。「我以爲都結束了。還是說妳是亞利夫那邊的新人？」

我瞪著他看。「亞利夫是誰？」

「轉角那間店的老闆。他平常會在這個時段派人送甜甜圈過來。妳看起來手邊沒有半個甜甜圈。」他一臉失望。

「沒有。我只有佩劍。」

少年嘆息。「那麼妳就是另一個應徵者了。名字？」

「露西．卡萊爾。你是洛克伍德先生嗎？」

「我？不是。」

「喔。我可以進去嗎？」

「好啊。前一個女生才剛進去，從她的表情來看，肯定沒辦法撐太久。」

他話還沒說完，一聲滿懷驚恐的尖叫就傳遍整棟屋子，在小院子爬滿常春藤的牆面間迴盪。附近路樹上的鳥兒紛紛飛起。我嚇得大步後退，雙手直覺地摸向劍柄。尖叫聲崩解爲可憐兮兮的嗚咽，漸漸平息。我瞪大雙眼，看著門邊不爲所動的少年。

「看吧，我說得準不準？好啦，下一個輪到妳了，進來吧。」

少年和尖叫聲都無法帶給我太多信心，我有點想離開，然而在倫敦虛耗了兩個禮拜，我快要走投無路了；要是再搞砸這次機會，我只能隨其他高不成低不就的小孩加入守夜員。此外，眼前少年的神態，他站姿中透出的不屑傳達出他猜我也會逃走。我才不吃這一套。於是我輕巧地繞過他身旁，踏入涼爽寬敞的玄關。

地上鋪著木紋磚，走道兩側擺了整排深色桃花心木書櫃，架上陳列著亂七八糟的異國面具和其他手工藝品——陶壺、塑像、色彩鮮艷的貝殼與葫蘆。門邊狹窄的鑰匙桌上放了一盞提燈，底座形似水晶骷髏頭。旁邊是個缺角的大花盆，裡頭插滿雨傘、手杖、長劍。我停在衣帽架旁。

「等一下。」少年在敞開的門邊等候。

他年紀比我稍微大一些，沒有我高，不過粗壯許多。他圓潤的五官缺乏特徵，除了特別方正的下巴，沒有值得一提的地方。鏡片後的雙眼很藍很藍。他的淺黃色頭髮質地讓我聯想到馬匹的尾巴，厚重劉海蓋住他的額頭。他身穿白色運動鞋、褪色的牛仔褲、襯衫下襬紮得很隨便，在腰間擠成一團。

「快了。」他說。

屋子深處，一陣低語漸漸拔高，旁邊一扇門被人狠狠推開，打扮得體的女孩從房裡竄出，眼中閃著怒火，臉色慘白，大衣胡亂掛在手上。她憤怒又鄙夷地掃了我一眼，對著胖嘟嘟的少年狠狠咒罵，踏出前門時踹了門板一腳，揚長而去。

「嗯，這個肯定是用了第二套面試素材。」少年評論道。他關上門，抓抓胖嘟嘟的鼻子。

「好啦，請跟我來……」

他帶我踏進採光良好的客廳，白色的牆面氣氛明朗，擺放了更多手工藝品和圖騰。兩張舒適的扶手椅和一張長沙發圍繞著低矮的咖啡桌。桌邊還有一名瘦瘦高高的少年，他笑容可掬，身穿黑色套裝。「喬治，我贏了。」他說。「我就知道還有一個。」

上前向他打招呼的同時，我和往常一樣運用了感知能力。我指的是全面的感官——無論是外在還是內在。才不會漏掉任何資訊。

最顯眼的是桌上那顆被一塊綠白點點手帕蓋住的碩大圓形物體。和前一個女生不悅的反應有關嗎？很有可能。還有極度細微的雜音——我幾乎能聽見，卻又與我的腦袋保持距離。要是夠專心，或許我能找到它的位置……但這代表我得要像根木棍似地直挺挺站著，閉上雙眼，張著嘴巴——面試才剛開始，不適合這麼做。於是我轉而和少年握手。

「哈囉。我是安東尼．洛克伍德。」

「露西．卡萊爾。」

他的黑眼閃閃發亮，勾起一邊嘴角燦笑。「幸會。要喝茶嗎？還是喬治已經端茶給妳了？」胖男孩比了個不屑的手勢。「等到第一輪測驗結束再說吧。看她到時候還在不在這裡。今天早上我已經浪費掉太多茶包了。」

「先入為主可不是好事。」安東尼．洛克伍德說：「你就去燒水吧。」

少年一臉不平。「好吧——不過我敢說她一定是個飛毛腿。」他以腳跟為軸心緩緩轉身，拖著腳步鑽回走廊。

安東尼．洛克伍德擺擺手，要我坐下。「請不要太在意。我們從早上八點開始面試，他已經餓了。他一直深信前一個女生是最後一個。」

「那還眞是抱歉。」我說。「不好意思，我也沒幫你們送甜甜圈來。」

他的眼神轉爲銳利。「怎麼說？」

「喬治對我提到你們的固定送餐時段。」

「喔。我還以爲妳是靈媒呢。」

「我是啊。」

「我的意思是不太尋常的那種。別在意。」他坐上對面的沙發，攤平幾張紙。他的臉頰消瘦，長長的鼻梁，黑髮亂成一團。意識到他不比我大上多少時，我有些訝異。他的應對如此沉穩，我完全沒注意到他的年紀。我首度納悶房裡怎麼沒看到監督員的身影。

「我看過妳的信了。」少年說：「妳來自英格蘭北部的薛維特山區。幾年前那一區是不是發生過很有名的爆發事件？」

「莫頓礦坑恐怖事件。」我說。「是的，當時我五歲。」

「他們找了費茲的調查員從倫敦趕過去對付訪客，對吧？」洛克伍德說。「我的《不列顚靈擾事件簿》裡面有提到。」

我點點頭。「我們不能多看，就怕它們帶走我們的靈魂，大家都拿木板把一樓窗戶封起來，不過我還是偷看了。我看到它們在月光下飄過路中間。像是小女生的淡淡人影。」

他疑惑地看我一眼。「小女生？我以爲它們是出意外死在地底下的礦工鬼魂。」

「一開始是這樣沒錯。可是它們是變形鬼，在消滅前會不斷變幻形體。」

安東尼．洛克伍德點頭。「原來如此。這樣就說得通了……好，顯然妳很早就知道自己擁有天賦。妳比其他的孩子都看得清楚，有勇氣運用這能力。不過根據妳信件的內容，那不是妳的強項。妳也能聽見，並有觸碰的能力。」

「其實聽覺是我的專長。」我說：「還睡在搖籃裡的時候，我就能聽到屋外的各種細語——在宵禁之後，所有活人都待在屋裡時。我也有良好的觸覺，不過通常伴隨著我聽見的聲音。很難分開兩種感官。對我來說，觸覺有時後會觸發往事的迴響。」

「這招喬治也懂一些。我就不行了。我在訪客面前根本是聾子。我負責看。死亡光輝和蹤跡，還有各種死者留下的詭異殘渣……」他咧嘴一笑。「很棒的話題吧？然後妳的信上說妳一開始在北部的地區型偵探社工作……」他看看我的信件內容。「老闆叫雅各，對吧？」

我臉上不動聲色，腸胃緊繃扭絞。「沒錯。」

「妳在他手下做了好幾年。」

「是的。」

「所以說妳是接受他的訓練？妳從他手中拿到第四級證書？」

我稍稍換了個姿勢。「是的。從第一級到第四級都是。」

「很好……」洛克伍德細細打量我。「看來妳沒有帶上通過最終測驗的證明，或是雅各先生的信件或推薦函。這是不是有點不尋常呢？在這種場合，一般來說都會附上相關文件。」

我深吸一口氣。「他沒有給我這種東西。我們的雇傭關係……結束得很突然。」

洛克伍德沒有回話，看得出他在等我詳細說明。

「你想聽來龍去脈的話，我可以告訴你。」我語氣沉重。「只是……我不想繼續忍下去了，就這樣。」

我懸著一顆心等待他的反應。就是這一刻。前面幾次面試差不多都在這裡結束。

「那就之後再聊吧。」安東尼．洛克伍德說。他對我笑了笑，房裡彷彿被溫暖的光芒填滿。「眞不知道喬治怎麼能拖這麼久。經過訓練的狒狒泡茶都比他快。測驗的時間要到了。」

「如果不介意透露的話，」我連忙詢問。「請問是什麼樣的測驗？。」

「沒什麼啦。那是我們用來評估應徵者的方式。老實說我不怎麼信任履歷或推薦函，卡萊爾小姐。我偏好親眼見識他們的天賦……」他瞄了手錶一眼。「我再給喬治一分鐘。順便向妳說明一下本社的背景。我們是新開的偵探社，三個月前才剛登記成立。我去年取得完整的執照，通過靈異部的認證，不過呢——先對妳說清楚——我們和費茲或羅特威那些偵探社不同，沒在他們的名冊上。我們是獨立的事務所，這樣比較適合我們。接下想接的案子，回絕其他委託。所有客戶都是受到訪客所苦的民眾，希望能迅速低調地解決。我們解決他們的困擾，他們支付優渥的酬勞，依照案件難度調整。有什麼問題嗎？」

背負著那樣的經歷，這是我的大好機會。我不想搞砸。我屁股往前挪，挺直背脊，雙手整齊地疊在大腿上。「你們的監督員是哪幾位？我也要和他們面談嗎？」

少年眉間一皺。「這裡沒有監督員。沒有成年人。這是我的公司，我負責一切，喬治・庫賓斯是我的副手。」他直視我。「有些應徵者無法接受這樣的安排，因此她們沒有待到最後。妳對這點感到困擾嗎？」

「喔，不會。」我回答。「聽起來挺不錯的。」沉默幾秒。「所以說……一直都只有你們兩個？就你和喬治？」

「這個嘛，一般來說呢，我們還有個助理。兩個人足以對付大部分的訪客，比較棘手的案子就三個人一起上。妳也知道無三不成禮。」

我慢條斯理地點點頭。「原來如此。請問你們的前任助理出了什麼事？」

「可憐的羅賓？喔，他……轉換跑道了。」

「轉行了？」

「或許該說是『傳送到』別的道路上。嗯，用『離開』這條道路會更準確一點。啊——茶來得正好！」

通往走廊的門敞開，胖男孩倒退進門，大搖大擺地轉身上前，手中的托盤上放了三個冒著白煙的馬克杯和一盤餅乾。不知道他在廚房摸這麼久都在幹嘛，他看起來比方才還要邋遢——襯衫下襬散在褲腰外，蓬亂的劉海垂下來遮住雙眼。他把托盤放到蓋著手帕的物體旁，半信半疑地盯著我看。「還在嗎？還以爲妳早就溜了。」

「喬治，測驗還沒有開始。」洛克伍德語氣輕快。「你剛好趕上。」

「很好。」他端起最大的馬克杯，窩到沙發上。杯子遞來遞去，糖罐送上來又退回去，再尋常不過的社交場合。「來，拿一片餅乾。」洛克伍德說著，將盤子推向我。「請用。不拿的話最後也是被喬治吃光。」

「好的。」

我拿了一片餅乾。洛克伍德咬了一大口餅乾，拍掉手上的碎屑。

「好了。」他說：「卡萊爾小姐，幾個小測驗而已，什麼都不用擔心。準備好了嗎？」

「當然。」我感覺到喬治的小眼睛緊盯著我，就連洛克伍德輕鬆的語調也無法掩飾急切的心情。不過在他們眼前的可是衛斯磨坊事件中唯一的倖存者。我才不會為這種小事亂了陣腳。

洛克伍德點點頭。「那就從這個開始吧。」他懶洋洋地朝圓點手帕伸手，煞有其事地停頓幾秒，掀開手帕。

手帕下面是厚重的玻璃圓柱，頂端封著紅色塑膠塞，接近開口處有兩個方便拿取的小把手，讓我聯想到父親以前拿來釀啤酒的巨大玻璃甕。裡頭裝的不是帶著腐敗氣味的棕色液體，而是黏膩的黃色煙霧——並非靜止不動，極度緩慢地變幻。煙霧中心是一團黑暗。

「妳認為這是什麼？」洛克伍德問。

我傾身細看。湊近觀察，發現塑膠塞上有幾個安全栓和雙重封印。瓶身印著一個小小的符號，像是對摺成眼睛形狀的太陽。

「這是銀玻璃。」我說：「日出公司的產品。」

洛克伍德微笑點頭。我靠得更近一些，以中指指甲敲敲瓶身，煙霧頓時醒過來，以受到衝擊處爲中心，泛出一圈圈波動，同時變得更濃厚、更具實體。過了一會，煙霧分開，露出瓶中物體的眞面目——一顆人類頭骨，已經變成棕色，處處是污漬，固定在瓶底。

煙霧的波紋扭曲，變成類似面孔的形狀，眼珠子轉來轉去，嘴巴大開。五官在頭骨外層凝聚起來，持續了好一會。我猛然退開，那張臉崩解成流水般的帶狀煙霧，在瓶子裡轉了幾圈，最後停滯下來。

我清清喉嚨。「嗯，這是拘魂罐。頭骨是源頭，鬼魂就綁在上面。無法分辨是哪種鬼魂。可能是幽影或是惡靈。」

一邊說著，我若無其事地恢復原本的坐姿，彷彿面對裝在瓶裡的訪客是家常便飯似的。老實說我還是第一次看到，幻影把我嚇了一跳。但沒有嚇得太嚴重，聽到前一個女生的驚叫，我早就有了心理準備。此外，我以前也聽說過這類容器。

洛克伍德的笑容一僵，似乎是不確定該訝異、開心，還是失望。最後開心占了上風。「妳說得沒錯。做得好。」他重新拿手帕蓋住瓶子，費了點力把它塞到桌下看不見的角落。

胖男孩大聲吸起茶水。「她整個人嚇壞了。」他說：「你明明就看得一清二楚。」

我無視他的評論。「這個瓶子是從哪裡弄來的？我以爲只有羅特威和費茲手上有這種東西。」

「晚點再讓妳問。」洛克伍德拉開咖啡桌的抽屜，取出一只紅色小盒子。「現在容我測試一下妳的天賦。這裡準備了一些東西。」他打開盒子，將一樣物體放在桌上。「如果妳做得到，請告訴我妳在這裡感應到什麼樣的超自然力量殘渣。」

這是一個樸素的老舊白瓷杯，杯底帶了波浪形設計，把手有個銳利的缺口。杯口內緣沾了一圈奇怪的白色污垢，越往杯底越厚，積成一層沉澱物。

我捧起杯子，閉上雙眼，將杯子在掌中翻來覆去，指尖撫過杯子表面。

我豎起耳朵，等待迴響……什麼都沒有。

不妙。我搖搖頭，屏除一切雜念，盡全力阻擋外頭零星的車聲，以及來自喬治位置、不怎麼零星的咻咻喝茶聲。

還是沒有。

過了幾分鐘，我放棄了。「抱歉，我感應不到任何東西。」

洛克伍德點點頭。「確實該是如此。這是喬治用來插牙刷的杯子。很好。來試試下一個。」

他拎起瓷杯，扔給胖男孩，後者將之接住，鼻孔裡噴出笑聲。

我渾身發冷，知道自己的臉頰漲得通紅。我一把拎起背包，迅速起身。「我不是來這裡出醜給人看的。不用送了。」

「喔。脾氣真壞。」喬治說。

我瞪著他。那頭黏膩亂髮，那張平凡圓臉，那副可笑的小眼鏡，他的一切都讓我火冒三丈。

「沒錯。你給我過來，我馬上讓你知道我脾氣有多壞。」

少年一愣。「我這就過去。」

「我沒看到你在動。」

「喔，這張椅子很深，要花點時間才能爬起來。」

「兩位都冷靜點。」安東尼．洛克伍德說：「這是面試，不是拳擊比賽。喬治，你閉嘴。卡萊爾小姐，抱歉惹妳不開心，不過這是嚴肅公正的測驗，妳取得了卓越的分數。光是今天早上就不知道聽了多少應徵者編出光怪陸離的故事，毒藥、自殺、謀殺什麼的。要是其中最沒有殺傷力的說詞是真的，那這肯定是全倫敦受到最多惡鬼糾纏的杯子。請坐下。妳能在這些東西上感應到什麼嗎？」

他又從桌下的抽屜裡摸出三樣新玩意兒，一一排在我面前。一只男用懷錶，鑲著金邊，繫著破舊的棕色皮繩；一條紅蕾絲緞帶；一把刀柄鑲嵌著象牙、刀刃細長的折疊刀。

他們方才的把戲帶來的不悅漸漸消退。這是不錯的挑戰。我狠狠瞪著喬治，坐下來，把三樣物品挪得遠一點，不讓上頭殘留的能量（如果有的話）相互影響。接著我盡力放空，一一拿起面前的小東西。

時間一分一秒過去，我把每樣物品都感應了三次。

結束了。等到我的雙眼重新對焦，我發現喬治不知道從哪裡摸出一本漫畫書看得入神，洛克伍德和先前一樣坐著，雙手交握，直盯著我。

我慢慢喝完冷掉的茶水。「其他應徵者有說對嗎？」我低聲詢問。

洛克伍德笑了笑。「妳呢？」

「這些迴響混在一起。我猜這是你一口氣丟給我的原因。上頭的能量都很強烈，但性質差異極大。你想先聽哪一個？」

「小刀。」

「好。這把小刀上有好幾種相互衝突的迴響，男人的笑聲、槍聲，可能還有鳥叫聲。如果這把刀和死亡有關——我想一定是的，因爲我能感應到這些東西——也不是激烈或是悲傷的情境。我得到的感受很溫和，接近快樂。」我直視著他。

洛克伍德的表情沒有透露出半點端倪。「緞帶又是如何？」

「緞帶上的痕跡比小刀還要微弱，不過情緒強烈多了。我似乎聽到啜泣聲，但是很難分辨。我在上頭感應到強烈的悲傷。拿著緞帶的時候，我覺得心都要碎了。」

「懷錶呢？」他的視線沒有離開我。喬治還在看漫畫——《驚奇的一千零一夜》——懶洋洋地翻了一頁。

「懷錶的……」我用力吸氣。「迴響沒有緞帶或是小刀強烈，因此我認爲物主還沒死——或者不是在帶著懷錶的時候死去。但這樣東西也和死亡有關。許多人的死，還有……不是什麼舒服的死法。我聽見有人扯著嗓子，然後……然後尖叫，然後——」看到在咖啡桌上閃著微光的懷錶，我打了個哆嗦。鑲著金邊的外殼上的每一道刮痕、那一小段彎曲皮繩上的磨損，全都帶給我無比的恐懼。「這個東西很可怕。我沒辦法拿太久。不知道這是什麼，也不知道你從哪弄來這個。總之不該讓任何人碰到它，絕對不行。這不該是你們愚蠢的面試考題。」

我湊上前，拿起盤子上最後兩片餅乾，回到位子上大口咀嚼。腦中掀起名爲「我一點都不在乎」的巨浪，我躺在浪頭上仰望天空。我累壞了。這是幾天來的第七次面試。好吧，我盡力了，要是洛克伍德和白痴喬治沒有好好珍惜我這個人才——我現在也管不了那麼多。

客廳陷入漫長的沉默。洛克伍德雙手在膝上交握，前傾的坐姿活像是蹲馬桶的牧師，雙眼望著虛空，臉上露出沉思般的痛苦表情。喬治還是一頭埋在漫畫裡。在他心目中，我可能根本不存在於此地。

「好啦。」我總算擠出聲音。「我知道門在哪裡。」

「告訴她我們的餅乾規矩。」喬治開口。

我望向他。「什麼？」

「快講，洛克伍德。一定要說清楚，不然以後就慘了。」

洛克伍德點點頭。「我們的規矩是偵探社內的每個成員輪流，一次只能拿一片餅乾。公平與秩序。在氣氛緊張的時候一口氣搶走兩片餅乾是不行的。」

「一次一片餅乾？」

「沒錯。」

「你的意思是我通過面試了？」

「這是當然了。」他說。

7

波特蘭街三十五號是洛克伍德偵探社的總部，也是調查員的住處，裡頭充滿出乎意料的事物。從街上看過來低矮方正，其實這棟屋子位於一道緩坡頂上，因此後側高起，比一片圍繞著磚牆的庭院還高。包括小小的閣樓和占地寬廣的地下室，總共四層樓。理論上一到三樓是我們的生活區域，辦公室位於地下室；實際上的功能畫分卻相當模糊。比如說生活區域有各種形式的暗門，後頭藏著武器架，或是拉下來就是飛鏢標靶、行軍床、巨大的倫敦地圖（上頭插滿五顏六色的圖釘）。目前地下室也兼任洗衣房，也就是說當你在練劍室練習招式時，腦袋旁就是掛在曬衣繩上的整排襪子，或是得在洗衣機發出隆隆巨響時塡裝鹽彈。

儘管它帶給我不少疑惑，但我也馬上就喜歡上這個地方。這棟屋子很大，到處都是屬於大人的昂貴家具，卻沒見到半個成年人的身影。就只有安東尼．洛克伍德和他的副手喬治。現在多了個我。

入社當天下午，洛克伍德帶我參觀了整棟屋子，先帶我上閣樓，天花板不高，往兩側傾斜。這層樓有兩個隔間，一間是小型盥洗室，洗手台、蓮蓬頭、馬桶全都擠在一起；隔壁是漂亮的臥室，只擺得下單人床、衣櫃、五斗櫃。床鋪正對著俯瞰波特蘭街的拱頂窗，可以看到街角的驅鬼街燈。

「我小時候睡這裡。」洛克伍德說：「好幾年沒人用了。前一位助理——願神保佑他——選擇住在別處。妳喜歡的話可以住這裡。」

「謝了。」我說。「這房間很不錯。」

「我知道盥洗室很小，不過至少是專屬於妳的。樓下有間大一點的浴室，但要和喬治共用毛巾。」

「喔，我覺得這裡就夠了。」

我們離開閣樓，爬下狹窄的樓梯。昏暗的樓梯口中央擺了金色圓形地墊。角落的書櫃塞滿類別不一的平裝書，破破爛爛的《費茲年鑑》、莫特蘭的《精神學理論》、成堆的廉價小說——大多是噁心驚悚小說與偵探小說——搭配嚴肅的宗教和哲學書籍。就與一樓的前廳和客廳一樣，各式各樣的民俗藝品沿著牆邊擺放，包括看起來像是用人骨做的沙鈴。

洛克伍德發現我在看那樣東西。「那是玻里尼西亞的驅鬼道具。十九世紀的玩意兒。應該是用吵雜聲響來趕走惡靈。」

「有效嗎？」

「不知道。我還沒試過。或許值得一試。」他指著旁邊的一扇門。「這就是我剛才說的浴室。這邊是我的房間，那是喬治的。建議妳進他房間時要格外謹慎。有一次我撞見他全裸做瑜伽。」

我費了點工夫才將這幅影像驅散。「所以這棟屋子從你小時候就是你的？」

「喔，以前是我爸媽的，現在是我的了。當然了，只要是妳在這裡工作的期間，這屋子也屬於妳。」

「謝啦。請問你的雙親——」

「我帶妳去廚房看看。」洛克伍德說：「喬治應該正在弄晚餐。」他踏上樓梯。

「那間是什麼？」我突然詢問。他沒有提到這層樓的另一扇門。外表毫無特別之處，離他的房間很近。

他笑了笑。「那是私人空間。請別介意。裡面沒什麼好玩的東西。來吧！樓下還有很多東西要向妳介紹。」

一樓——客廳、書房、廚房——顯然是這棟屋子的核心，我們在廚房度過大半時光。我們會在出勤前聚在這裡喝茶吃三明治；也會在任務隔天早上吃遲來的早餐。廚房裡的擺設反映出公私混合的氣氛。雜亂的檯面展現出居家感——餅乾罐、水果盤、洋芋片——同時也有一包包經過仔細秤重分裝的鹽巴和鐵粉，隨時可以派上用場。長劍插在垃圾桶與水桶後方，水桶裡泡著被靈力污染的工作靴。最突兀的是蓋住整個餐桌桌面的白色桌布，已經被隨手寫下的筆記圖表占據一半面積，像是蛛網般擴散，上頭還有幾個訪客的亞種塗鴉——死靈、獨行者、虛影。

「這叫作思考布。」洛克伍德說：「外頭沒人知道這事，不過我是在某天清晨四點喝茶配起司吐司，在這裡畫下街道圖，推敲出芬教堂街餓鬼的骨頭落在哪裡。我們可以寫下筆記、推論，追尋有趣的思路……這是很有用的工具。」

「要是辦案不太順利，我們又陷入冷戰，也可以在這裡交流無禮的訊息。」喬治接著說。他站在爐邊照料晚餐的燉菜。

「呃，這種事情很常發生嗎？」我問。

「怎麼可能？」洛克伍德說：「根本沒發生過幾次。」

喬治攪拌燉菜的手沒停過。「等著瞧吧。」

洛克伍德雙手一拍。「好啦。我還沒帶妳看過辦公室吧？妳絕對猜不到入口在哪。看——就在這裡。」

□

原來廚房直通洛克伍德偵探社的地下辦公室。其實也算不上是暗門——門把就在大家眼前——但它乍看之下只是個普通的櫥櫃，大小、色澤、形狀都和廚房其他收納櫃一模一樣。不過門一開，裡面會透出一點燈光，一道陡峭的螺旋階梯往下蜿蜒。

金屬梯階的底部是幾個大房間，磚牆裸露在外，由柱子、拱門、幾面石膏牆隔開。光源來自面對屋前草木蔓生的庭院的大窗戶，以及設在屋側的幾扇曲角天窗。最大的辦公室裡有三張辦公桌、一組檔案櫃、兩張略顯年代感的綠色扶手椅、一座洛克伍德自己組裝來容納文件的不牢靠書櫃。厚實的黑色分類櫃設置在中央的辦公桌上。

「我們的案件紀錄本。」洛克伍德說：「裡面記錄了我們辦案的經歷。喬治負責整理，拿每一個細節和這裡的其他檔案交叉比對。」他輕嘆一聲。「他就喜歡這種事。我個人是把每一個案子視爲獨立個體。」

我望向架上的檔案盒，每一個都整整齊齊地貼上標籤，標明類型和亞種，**第一型：虛影；第一型：潛行者；第二型：騷靈；第二型：幽影**——諸如此類。最末端有個標記第三型的薄薄資料夾，吸引了我的目光。

「你們眞的遇過第三型嗎？」我問。

洛克伍德聳聳肩。「算不上吧。我甚至不確定它們是否存在。」

辦公室側邊的拱門通往幾乎空無一物的房間，只有擺放長劍的架子、一盆粉筆灰，還有兩個用鐵鍊掛在梁上的稻草假人。其中一個假人戴著小圓帽，另一個頭戴高禮帽。兩個當作訪客的假人上滿是小洞。

「來和喬和艾美拉妲打個招呼。它們的名字來自梅莉莎．費茲在《回憶錄》中提及的知名鬼魂，艾美拉妲夫人和漂浮老喬。這裡當然就是練劍室啦。我們每天下午在這裡練習。如果妳已經通過第四級測驗，應該早就精通劍術了……」他瞄了我一眼。

我點點頭。「沒錯。當然。確實。」

「……活動一下筋骨也不會有壞處吧？很期待妳的身手。這個呢——」洛克伍德帶我來到一扇嵌在牆上、掛著大鎖的金屬門前。「是我們的保險庫。讓妳看看裡面是什麼樣子。」

保險庫不過是地下室一個獨立空間——沒有窗戶的小房間，被層架和紙箱塞滿。裡頭放了最重要的裝備——各種銀製封印、鐵鍊、直接向日出公司訂購的燃燒彈和閃光彈。那個封著棕色頭骨的拘魂罐目前就收在這裡，仍用那條圓點手帕蓋住。

「喬治有時候會把它拿出來做實驗。」洛克伍德說：「他想觀察鬼魂對不同的刺激會有什麼反應。我個人比較想摧毀那個東西，但他一顆心都放在上頭了。」

我狐疑地瞥向那條手帕。在面試中，我幾乎聽見了超自然雜音那種遊走在感知邊緣的低鳴。

「所以說……他是從哪弄來這個的？」我問。

「喔，他偷來的。我想他總有一天會對妳說起這件事。其實這不是我們唯一的戰利品。妳來一下。」

在地下室後側的牆上裝了一扇充滿現代感的玻璃門，加設防鬼鐵桿，外頭就是庭院。門邊有四組釘死在磚牆上的架子，上頭擱著好幾個銀玻璃製成的匣子，各自存放不同的物體，有的看起來年代久遠，有的是當代物品。我看到一組撲克牌、一縷長長的金髮、一只染血的女用手套、三顆人齒、一條摺起的男士領帶。其中最顯眼的匣子裡裝著一隻木乃伊化的手，像是發黑萎縮的腐敗香蕉，安放在紅色絲綢軟墊上。

「那是某個海盜的手。」洛克伍德說明：「大概是十八世紀的東西。這隻手的主人在處刑碼頭上被吊死風乾，現在那個地方蓋起旅店。他的鬼魂成了潛行者，在我把它挖出來前，帶給酒吧女服務生一堆麻煩。這些是喬治和我在接案過程中收集來的。有些是真正的源頭，非常危險，得好好鎖起來，特別是入夜之後。如果妳是靈感者的話，其他的就像是剛才面試時拿給妳的三樣東西，只要小心對待就好。」

我看到它們回到最底層的架子上。小刀、緞帶、難以言喻的懷錶。

「對了……」我說。「你還沒告訴我這些是什麼東西。」

洛克伍德點點頭。「抱歉讓妳留下如此難受的印象，我真的沒有料到妳的感應能力這麼強。小刀是我叔叔的東西，他生前總是在國外到處探險打獵，這把小刀就帶在身上，包括他在射擊大會途中心臟病發猝死的那一天。他人很好，根據妳的說法，小刀上還殘留著他的某些人格特質。」

我回想從刀上感應到的祥和氣息。「沒錯。」

「緞帶來自肯薩綠地墓園的一座墳墓，去年要在周圍設置鐵柵欄時，碰巧把它挖開，棺材裡有個女人，還有一個小小孩。緞帶原本綁在女人頭髮上。」

捧著緞帶時的感受湧上心頭，我頓時淚眼汪汪。我清清喉嚨，裝模作樣地打量眼前的玻璃匣。在洛克伍德面前示弱沒有好處。脆弱的心靈就是訪客的能量來源；脆弱的心靈與不受控制的情緒。優秀的調查員剛好相反，他們得具備強大的自制力。前任老闆雅各就是失去了理智。後果呢？我差點丟了小命。

我以冷硬的語氣提問：「懷錶呢？」

洛克伍德緊盯著我看。「是的……妳在上頭感應到的殘留邪念確實存在。那是我第一起成功破解的案子的紀念品。」他刻意停了幾秒。「妳一定聽過殺人犯哈利・克里斯普吧？」

我瞪大雙眼。「是那個投幣口殺手？」

「呃，不是。那是克里夫・迪爾森。」

「喔！你是說那個把人頭冰在冰箱裡的傢伙？」

「不……那是科林・巴赫南－普瑞斯寇。」

我抓抓下巴。「那我就不知道了。」

「喔。」洛克伍德看起來有點洩氣。「我有點意外。英格蘭北部沒有報紙嗎？好吧，多虧了我，才能把哈利・克里斯普繩之以法。當時我正在圖丁區巡邏，掃蕩第二型鬼魂途中，注意到他家院子裡有死亡光輝。其他人都沒有發覺，因爲他生性狡猾，在殺人後到處撒上鐵粉不讓鬼魂冒出來。後來才發現當他帶著這只懷錶時，會凶性大發——」

「晚餐！」喬治從螺旋階梯頂端探頭，手握湯勺。

「之後再對妳說。該走了。要是讓飯菜冷掉，喬治會唸到妳耳朵長繭。」

□

我一眼就愛上處處脫離常軌的新家，也在短時間內給予新同事主觀的評價。從外表開始就天差地別。我已經對洛克伍德起了好感。他和疏離又不値得信任的雅各調查員沒有半分相似之處；

他的熱情和付出顯而易見。這是我可以追隨的人，或許可以給予他一點信任。

至於喬治．庫賓斯呢？我就是看他不順眼。面試當天，我竭盡全力按耐對他發火的衝動，可惜這遠遠超越了人類所能。

比如說他的外表。所有要素湊在一起，就成了觸發每一個人心中厭惡反應的扳機。他長得一臉欠揍──就連修女也想甩他一巴掌──背上的每一個細胞都在引誘人狠狠踹上一腳。他無精打采、意氣消沉，拖著腳步在屋裡四處晃盪，彷彿是什麼即將融化的柔軟物體。他的上衣總是沒紮好，運動鞋大了一號，鞋帶拖在地上。就連死而復生的屍體都比喬治有禮貌。

還有那頭亂髮！那副愚蠢的眼鏡！他身上的一切都礙眼極了。

他還具備特殊的才能──以茫然又充滿粗魯想法的表情盯著我看，像是在分析我的一切過錯，思考我接下來又會出什麼醜。第一天晚餐桌上我盡力以禮相待，克制想拿鏟子猛敲他頭的最原始衝動。

那天稍晚，我下了閣樓，在二樓樓梯口逗留片刻，視線掃過書櫃，打量那組玻里尼西亞驅鬼道具……等我回過神來，我已經來到另一扇臥室門前，就是洛克伍德說是私人空間的那間房。門板木紋上有個淡淡的三角形記號，比我的視線略低，看起來像是原本黏在上面的貼紙或是標籤被人撕掉似的。除此之外，門上什麼都沒有，看起來沒鎖。

溜進去看幾眼絕非難事，但顯然這樣不妥。在我仔細觀察門板時，喬治腋下挾著摺起的報紙，從他的房間裡冒出來。他望向我這邊。「我知道妳在想什麼。那可是禁止進入的房間。」

「喔——這扇門？」我若無其事地退開。「也是……爲什麼不打開？」

「不知道。」

「你沒有看過裡面嗎？」

「沒有。」他隔著眼鏡看我。「當然沒有。他請我不要進去。」

「這是當然了。眞的。所以說……」我擠出最討喜的笑容。「你在這裡住了多久？」

「差不多一年。」

「那你一定很瞭解安東尼囉？」

胖男孩將眼鏡順著鼻梁往上推。「怎樣？在面試喔？妳最好有話快說。我要去廁所。」

「抱歉，我只是對這棟屋子很好奇，想知道他怎麼會是屋主。我的意思是，屋裡有這麼多東西，可是洛克伍德自己待在這裡。我是說，我不懂爲什麼——」

喬治打斷我。「妳的意思是，他爸媽在哪？對吧？」

我點頭。「對。」

「他不喜歡提起他們——要是妳在這裡待得夠久，一定看得出來。我認爲他們是超自然現象研究者之類的，看看牆上那些玩意兒就知道。他們也很有錢，看看這棟屋子就知道。無論如何，他們早就不在了。我猜洛克伍德被親戚之類的照顧了幾年，然後他在『掘墓者』希克斯手下受訓成爲調查員，不知道用了什麼手段奪回這棟屋子。」他挾好報紙，大步橫越走廊。「妳當然可以用感應力查出更多。」

我對著他的背影皺眉。「照顧?所以說他的雙親──」

「無論妳怎麼想，我個人認爲這代表他們已經死了。」說完，他關上浴室的門。

□

當晚，我躺在閣樓斜斜的屋頂下難以入眠。不難猜出我偏好哪一位同事。安東尼．洛克伍德活力充沛，急著投入下一個神祕案件；一手按著劍柄踏進鬼屋裡，這是他最快樂的一瞬間。喬治．庫賓斯就和剛開封的乳瑪琳一樣帥氣，與掉在地上的濕抹布一樣充滿魅力。我猜他最愛窩在髒兮兮的檔案堆中，旁邊還有堆積如山的食物。既然他老是針鋒相對，看我不順眼，那我也樂得離他遠遠的。想到和洛克伍德並肩走進黑暗之中，我心頭就一陣雀躍。

8

洛克伍德偏愛在接近中午的時段見新客戶，要是前一晚外出調查，他還有一點空檔好好休息。他一向都在客廳——也就是我接受面試的地方——與客戶洽談，或許是因為客廳有舒服的沙發，陳列在各處的異國驅鬼道具更是營造出適合談論日常與怪異的氣氛。

住進波特蘭街的隔天，就有一位新客戶在上午十一點依約上門。這是一位六十歲出頭的男士，臉頰圓潤，神情憂鬱，稀疏的頭髮無精打采地梳向一側。洛克伍德陪他坐在咖啡桌旁，喬治坐到一旁的斜面寫字桌前，往厚重的黑皮案件紀錄本寫下面談內容。我沒有參與對話，坐在房間一角，旁觀談話過程。

這位男士家的車庫有點問題。他說他的孫女拒絕踏進去，宣稱她有看到東西，但她是個情緒化的女孩子，他不知道該不該相信她。不過他還是違背理性（說到這，他吁了一大口氣，強調自己是多麼地不情願），來找我們諮商。

洛克伍德應對得體。「波特先生，請問令孫女今年幾歲？」

「六歲。整天沒大沒小的，根本管不住。」

「她說她看到了什麼？」

「她講的話完全沒有道理。她說是個年輕男子，站在車庫深處，就在原本裝茶葉的木箱旁。

說他非常、非常瘦。」

「瞭解。他一直都在同一個位置，還是會移動呢？」

「她說他只是站在那裡。第一次他現身的時候，她說她有對他說話，只是他都沒有回應，只是盯著她看。我不知道究竟是不是她編的。她在外頭玩耍的時候聽太多訪客的故事啦。」

「這是有可能的，波特先生。您自己完全沒有注意到車庫裡的任何異狀嗎？比如說無法解釋的低溫？」

對方搖頭。「是很冷沒錯……但那可是車庫啊，還能暖到哪裡去？不用你問，車庫裡沒有出過任何事。沒有人……你知道的，死在裡面還是怎樣的。五年前剛蓋好，而且我總是記得鎖門。」

「好的……」洛克伍德雙手交握。「波特先生，府上有沒有養寵物？」

男子一愣，用短短的手指將一縷滑落的頭髮按回額頭上。「我不懂這有什麼關係。」

「只是想問問你們是不是養了貓狗。」

「我媳婦有兩隻貓。乳白色暹羅貓，一副瞧不起人的模樣，瘦巴巴的小東西。」

「牠們常常進車庫嗎？」

男子思考一會。「沒有。牠們不太喜歡那裡。躲得遠遠的。我認爲牠們是不想弄髒那身寶貝毛皮，車庫裡到處都是灰塵和蜘蛛網。」

洛克伍德抬起頭。「啊，波特先生，您家車庫躲了很多蜘蛛嗎？」

「喔，那裡有一整個殖民地的蜘蛛。我才剛掃掉，牠們又結滿了網。在這個時節是很正常的事情，不是嗎？」

「這可不好說。很好，我很樂意幫您看看。如果方便的話，我們今晚宵禁後就過去拜訪。在我們調查完畢前，希望您別讓令孫女靠近車庫。」

□

「卡萊爾小姐，妳對這個案子有什麼看法？」當天傍晚在開往東區的公車上，洛克伍德開口問道。這是宵禁前的末班車，車上沒有大人，擠滿了要去工廠守夜的小孩。有的還沒完全清醒，有的愣愣看著窗外。他們的守夜杖——六呎長，尖端鑲著鐵片——在車門旁的架子上彈跳晃動。

「聽起來像是微弱的第一型。它站在一個地方，沒有對那個女孩做出明顯的動作。但不能就此安心。」我抿緊嘴唇，想起黑暗磨坊裡散發微光的小小身影。

「沒錯。做好最周全的準備。而且他也說那裡蜘蛛很多。」

「卡萊爾小姐，妳知道蜘蛛代表什麼吧？」喬治坐在前排，隨意回頭瞥了我一眼。

大家都知道貓咪與鬼魂勢不兩立，蜘蛛則是愛它們愛到不行。或者該說牠們熱愛某些鬼魂溢出的靈力。在無人打擾的狀況下維持多年活性的強大源頭，往往會被一層又一層髒兮兮的蜘蛛網纏繞。調查員會先尋找這個跡象。蜘蛛網的分布位置可以帶你直接找到目標。這點誰都知道。波特先生的六歲孫女可能也知道。

「嗯，我知道。」

「很好。只是確認一下。」

我們在離泰晤士河北岸不遠、灰沉沉的東區下車。狹窄的街道兩旁全是連棟排屋，籠罩在碼頭起重機的陰影下。標榜心靈治療的攤商、廉價鐵器的地攤、販賣來自韓國日本的驅鬼符咒的可疑專家——商家在暮色中準備打烊。我剛來到倫敦幾個禮拜，光看到這種規模就讓我腦袋打轉。人們往各個方向移動，匆忙回家。十字路口的驅鬼街燈亮起，遮罩緩緩翻開。

洛克伍德領路繞進一條巷子，厚重的長版風衣下佩劍閃閃發亮，衣襬在他身後飄起。喬治和我追著他快步前進。

「洛克伍德，你老毛病又犯了。」喬治說。「我們來得太急，你沒給我足夠時間好好調查那棟屋子和周遭環境。只要一天，我就有辦法查出更多情報。」

「事前調查成果有限。」洛克伍德說：「無法取代現場探勘。而且我認爲卡萊爾小姐一定會喜歡出任務。或許她能聽見什麼。」

「擁有聽力天賦的風險可不小。」喬治說：「去年艾波斯坦與霍克偵探社有個女生，她耳朵好得很，敏銳到匪夷所思的程度。可是最後她被自己聽到的聲音嚇瘋了，跳進泰晤士河。」

我微微勾起嘴角。「梅莉莎·費茲擁有和我一樣的天賦。她可沒有尋短啊。」

安東尼·洛克伍德笑了聲。「卡萊爾小姐，說得好！好啦，喬治，你先閉嘴。我們到了。」

□

我們的客戶住在另一條連棟住宅街上，是新建屋，和另外三戶連成一片。車庫是牢固的磚房，前方裝設上掀式金屬門，側門直通廚房。車庫裡停了三輛中古摩托車，全都裝修到一半，想來這是波特先生的消遣。還有一張大型工作檯和覆蓋整片牆的工具架，後方則是一大堆木板箱，大多裝滿二手零件、輪子、引擎。

我們首先注意到，雖然工作檯和工具架相對乾淨，儲藏區卻布滿剛結好的灰色蛛網。閃閃發光的細絲掛在木箱之間，斜斜垂向地板。在我們的手電筒光線下，肥碩的蜘蛛鬼鬼祟祟地忙個沒完。

我們花了兩、三個小時仔細測量，觀察各處。喬治不厭其煩地記錄細微的降溫，不過我們都注意到隨著夜幕低垂，超自然的寒意就越發強烈，同時飄出酸臭的瘴氣——輕微的腐敗氣味。到了深夜，空氣中帶著令人顫慄的無形氣息；我感覺到後頸寒毛豎立。淡淡的幻影出現在車庫角落，緊緊靠著那些木箱。這團人形霧氣毫無聲音動靜。我們靜靜看著它，雙手按住腰帶，不過沒有感應到迫切的危機。逗留了十分鐘左右後，人影突然消失，空氣恢復清新。

「年輕男子。」洛克伍德說：「身穿某種皮衣制服。你們有看到嗎？」

我搖搖頭。「抱歉，沒有。我的視覺沒有你那麼好。可是——」

「洛克伍德，我們的目標身分再清楚不過了。」喬治打斷我的回應。「我看到那套制服了，證實了我進門前的猜測。這裡屋齡很新，街上其他建築物年代比較久，是戰前的連棟排屋。以前這裡肯定也是同樣的建築，就在我們現在站的地方。可是已經不見了。爲什麼？因爲在戰爭期間的空襲中炸毀了。我們剛才看到的那個人可能就是爆炸中的死者。他是飛行員，說不定是休假的軍人，他的遺骸埋在我們腳下某處。」他宣告結案似地把原子筆插進褲子口袋，摘下眼鏡，用衣襬擦擦鏡片。

洛克伍德皺眉。「你這樣想嗎？有可能……雖然我沒看到任何死亡光輝。」他若有所思地摸摸下巴。「若是如此，我們的客戶可不會太開心。拆掉這間車庫要花不少錢呢。」

喬治聳聳肩。「是很麻煩，但他一定要找到死者的骨頭，不然還能怎麼辦？」

「抱歉。」我說：「我不贊同你的論點。」

兩人一同望向我。「什麼？」喬治說。

「當然了，我不像你們，沒辦法看得那麼清楚。不過我可能注意到你們漏掉的訊息。在幻影消失前，我聽到了聲音。你們有聽到嗎？沒有？喔，聲音是滿小聲啦，但內容很清楚。『來不及了。沒空檢查煞車。』它是這麼說的。重複了兩次。」

「那是什麼意思？」喬治問。

「意思是源頭可能不在地板下，可能與轟炸毫無關聯。我認爲就在某個木箱裡面。有什麼東西？」

「垃圾。」喬治說。

「摩托車零件。」洛克伍德說。

「對，舊車的零件，我們的客戶從各處撿來的。它們打哪來的？有什麼樣的過去？說不定哪個零件來自事故車輛——說不定是致命的事故。」

喬治哼了聲。「車禍？妳認爲源頭是撞爛的摩托車？」

「那個鬼魂穿的會不會是騎士的皮衣？」我說。

兩人沉默幾秒。洛克伍德緩緩點頭。「確實有這個可能，這樣一來……好，我們確認看看。明天再來問客戶是否可以仔細調查木箱裡的東西。卡萊爾小姐，感謝妳分享如此卓越的看法。妳的天賦沒讓我失望！」

□

先聲明一下，我說得對。其中一個箱子裡裝著越野摩托車的殘骸，我們從上面讀出了非常有趣的殘留痕跡。之後我們把它帶走，送去費茲熔爐，解決了這個案子。那天晚上，等我們終於回到波特蘭街，洛克伍德的稱讚仍舊在我耳邊迴盪。我整個人輕飄飄的，根本睡不著。我沒有心情爬上閣樓，鑽進廚房做了個三明治，溜進我還沒好好探索過的書房。

書房位於客廳對面，房裡很暗，用了大量的橡木板做裝潢。厚重的窗簾遮住窗戶。黑色的書櫃沿著牆壁擺放，架上塞滿精裝書。爐架上掛了一幅油畫，畫中是三顆熟透的綠色梨子。直挺挺的立燈宛如蒼鷺；其中一盞燈照亮安東尼·洛克伍德，他側身癱在單人沙發上，修長雙腿優雅地掛上扶手，劉海在額頭散成優美的弧度。他正在看雜誌。

我在門邊停下腳步。

「喔，卡萊爾小姐。」他跳起來，咧嘴一笑表示歡迎之意。「請進。請隨意坐，除了角落那張棕色椅子。那是喬治的，他常常只穿著內褲就坐在上面。現在有妳在，希望他能改掉這個習慣。別擔心，現在他不會下樓；他已經睡了。」

我坐進他對面的皮椅，觸感柔軟舒適，唯一的小缺點是安放在一邊扶手上的蘋果核。洛克伍德上前打開我後方的燈，順手抄起這個小垃圾，默默丟進垃圾桶。他重新倒回椅子上，雜誌擱在膝頭，雙手在封面上交疊。

我們對著彼此微笑。我突然意識到我們幾乎是素昧平生。面試、參觀、調查一一落幕後，我突然不知道該說什麼。

「我看到喬治上樓去了。」我終於擠出聲音。「他看起來有點……不太好相處。」

洛克伍德隨性地擺擺手。「喔，沒事，他有時候就是那個脾氣。」

又是一陣沉默。我清楚聽見爐架上座鐘穩定的滴答聲。

安東尼·洛克伍德清清喉嚨。「卡萊爾小姐？」

「叫我露西。」我說：「比較簡短也比較好唸，而且感覺比較親切。畢竟我們都要一起工作了嘛。還住在同一棟屋子裡。」

「這是當然。妳說得對……」他垂眼看了看雜誌，再次直視我。「好，露西，」我們尷尬地笑出聲來。「妳喜歡這棟屋子嗎？」

「很喜歡。我的房間很棒。」

「盥洗室……不會太小嗎？」

「不會啊。很完美。非常溫馨。」

「溫馨？很高興聽妳這麼說。」

「關於你的名字。」我突然改變話題。「我聽到喬治叫你『洛克伍德』。」

「基本上這樣叫，我都會應。」

「有人叫你『安東尼』嗎？」

「我母親會，還有我父親。」

幾秒沉默。「那『東尼』呢？有人這樣叫過你嗎？」

「東尼？拜託，卡萊——抱歉——露西。洛克伍德或是安東尼，妳想怎麼稱呼我都可以。拜託，別叫我東尼，或是小安。要是妳叫我大A，恐怕我只能把妳丟出這棟屋子了。」

又一陣沉默。「呃，眞的有人叫你大A？」我問。

「我的第一任助理。她沒有在我這裡待太久。」他對我笑了笑，我也對他勾起嘴角，聽著座鐘指針滴答跳動，聲音大到無法忽略。我開始後悔沒有乖乖回房間休息。

「你在看什麼？」

他揚起雜誌，封面上踏出黑色轎車的金髮女子笑容比驅鬼街燈還要燦爛。她在禮服的翻領上別了一大束薰衣草，車窗也以鐵網補強。「《倫敦社交》。裡面都是些無聊的八卦。不過總要了解一下城裡發生了什麼事。」

「什麼事？」

「多半是各種派對舞會。」他把雜誌拋過來。裡頭刊登了一大堆打扮得光鮮亮麗的男男女女，在擁擠的宴會廳裡搔首弄姿的照片。「還以為靈擾能讓大家珍惜性命。」他說：「對有錢人來說只有反效果。他們盛裝打扮，出門玩樂，整晚在上了層層封印的飯店跳舞，享受訪客在門外潛行的顫慄快感……這是上禮拜靈異現象研究與控制局舉辦的派對，幾乎每一間大型偵探社的高層都出席了。」

「喔。」我迅速翻閱那些照片。「你有受邀嗎？可以讓我看看你的照片嗎？」

他聳聳肩。「沒有。所以不行。」

我又翻了一會，紙張發出規律的沙沙聲。「你在廣告上說洛克伍德偵探社遠近馳名。這是不是有點言過其實？」

紙頁翻動，指針滴答。「我個人認為這只是稍微誇大一些罷了。」洛克伍德說：「很多人都這麼做。比如說妳。妳說妳通過完整的測試，取得第四級證書。面試之後，我馬上打電話聯絡靈異局的北英格蘭分部，他們說妳只完成了第一級到第三級的訓練。」

他看起來沒有生氣，只是用那雙黑色大眼看著我。我突然間口乾舌燥，心臟在胸中狂跳。

「我、我……抱歉。只是……」我清清喉嚨。「我的重點是我有足以取得證書的能力。只是我的訓練期結束得非常突兀，還沒有接受過測驗。我來到這裡的時候……嗯，我眞的需要這份工作。抱歉，洛克伍德。你想聽我在雅各那邊遇到的事嗎？」

安東尼．洛克伍德只是揚手制止我。「不用了。這不重要。以前的事情都過去了，現在我們要往前看。我已經知道妳的能力配得上這份工作。至於我的部分呢，我可以向妳保證我們有朝一日會成爲全倫敦排名前三的偵探社。相信我，我知道一定會有那麼一天。露西，妳可以共享我們的成就。我相信妳的能力，也很高興有妳加入。」

這下我的臉保證紅到要燒起來——謊言遭到拆穿的困窘、獲得讚美的喜悅、聽到他的夢想的興奮全部摻雜在一起。「不知道喬治是否認同你的想法。」

「喔，他也覺得妳很特別。他對妳的面試表現相當驚艷。」

回想喬治當時的冷笑和呵欠，以及他今晚帶刺的態度。「那是他表現贊同的方式嗎？」

「妳會習慣的。喬治最討厭虛情假意——妳知道的，很多人在妳面前說好話，然後在妳背後大肆批評。他以自己的眞性情爲傲。他也是優秀的調查員。以前在費茲待過。」洛克伍德補充道。「那邊非常重視禮儀、口風、謹言愼行。妳知道他在那裡待了多久？」

「我猜二十分鐘。」

「六個月。他就是這麼優秀。」

「既然他們能忍受他的性格那麼久，那我相信他肯定有過人之處。」

洛克伍德對我笑開了臉。「我是這麼想的，社內有妳和喬治，誰都無法阻擋我們。」

我立時對他這句話深信不疑。不久我從經驗學到只要他露出這樣的笑容，幾乎沒有人能和他唱反調。

「謝謝。我也希望是如此。」

洛克伍德哈哈一笑。「別說什麼『希望』。我們三個人的長才加在一起，還能出什麼漏子呢？」

Lockwood & Co.

第三部

項鍊

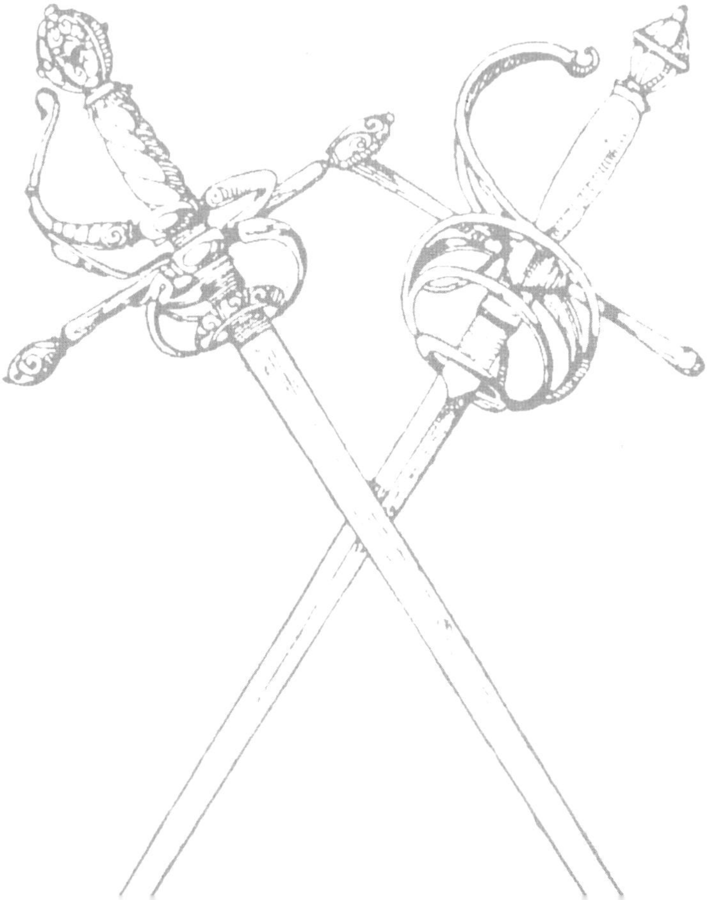

9

位於市郊的普通住宅能燒得這麼快，眞是不可思議。在洛克伍德和我摔出窗外前，說不定是我們還在與幽靈女子纏鬥時，附近居民便已經觸動了警報。救災人員的反應也很快，不到幾分鐘就抵達此處。然而當夜班消防特勤隊套著鏈甲，在一隊羅特威偵探社調查員的護送下衝進院子時，霍普太太家二樓早已化爲火海。

白熱的火焰從二樓窗戶竄出，宛如倒轉的瀑布。屋瓦在高溫下碎裂燒紅，邊緣在夜色中閃耀紅光，像是一排排龍鱗。煙囪噴出烈火，在空中翻捲扭曲，火星如雨般灑向路樹和周圍屋舍。霧氣被染成橘紅色，調查員、急救人員、消防隊員在朦朧光影間狂奔。

我和洛克伍德身處混亂的核心，駝著背坐在救了我們小命的灌木叢旁。我們回答急救人員的問題，讓他們做好他們的工作。四周拉起水線，木材燒得劈啪作響；監督員對著身穿夾克、面色凝重地在草地上撒鹽的少年少女高喊下令。一切看起來是如此虛幻，模糊而遙遠。就連我們僥倖撿回一命的事實也難以進入大腦。

幸好霍普夫婦都沒有頻繁修剪花木的習慣，放任屋後的灌木叢茁壯擴散，長得又高又壯，糾結的枝葉擁有海綿般的彈性，在我們摔落時發揮功效——兩人撞斷上層枝葉，壓扁下層主幹，在砸中地面的前一秒煞住。我們的衣服被枝椏鉤破，皮膚被刺出一個個小洞，痛得要命，但顯然我們沒有摔斷脖子，丟了小命。

一片烈焰從煙囪射出，噴灑在整片屋頂上。我坐在地上凝視虛空，有人拿繃帶包紮我的手臂。我想到封在牆裡的女子。現在她應該幾乎燒得一乾二淨了吧。

如此龐大的混亂……都是我惹出來的。我們不該和那個鬼魂正面對決。明明可以丟下她——不，得知她的危險性之後，我們本來就該丟下她不管。洛克伍德原本想撤退，是我說服他留下來解決這個源頭。因爲這個決定……導致現在的局面。

「露西！」是洛克伍德的聲音。「振作點！他們要送妳去醫院，幫妳縫好傷口。」

我的嘴角腫了起來，張嘴說話有些艱難。「那……那你呢？」

「我得要找人談談。晚點去找妳。」

我的視野漸漸朦朧，左眼完全睜不開。我依稀看到一名身穿黑色套裝的男子站在急救人員的人牆後方，但是難以確認。有人扶我起身，我任由他們帶我離開。

「洛克伍德。都是我的錯——」

「胡說八道。責任在我身上。別擔心。晚點見。」

「洛克伍德——」

然而他已經消失在煙霧與火焰之中。

□

醫院盡責地把我拼回原樣。忙了整夜，我全身上下的傷口全都清洗乾淨，蓋上紗布；持劍的右手用三角巾吊起。整體來說，我渾身僵硬痠痛，關節像是走了位，不過沒有弄斷任何地方，只是走路有點跛。我知道自己沒有大礙。他們打算留我住院觀察，但我已經受夠了。醫生頗有微詞，但我利用調查員的身分說服他們。我在破曉時分踏出醫院。

回到波特蘭街時，驅鬼街燈才剛暗下，可以聽見燈柱內電流運行的嗡嗡聲。偵探社地下辦公室的燈亮著，但樓上一片黑暗寂靜。我沒有力氣找鑰匙，靠在門邊拉響門鈴。

奔跑的腳步聲響起，門板被人匆忙推開。喬治站在門內，臉頰通紅，眼睛瞪得大大的。他的頭髮比平常還亂，身上的衣服和前一天一樣。

看到我傷痕累累的浮腫面容，他牙齒間擠出嘶嘶聲，什麼話都沒說，退到一旁讓我進去，輕輕關上門。

前廳一片黑暗，我往鑰匙桌上的水晶骷髏伸手，打開檯燈，微弱的光暈籠罩在我們四周，中央的骷髏頭咧嘴獰笑。我愣愣看著對面書櫃上五花八門的異國玩意兒，陶壺、面具、挖空的葫蘆——洛克伍德說某些部落的男人不穿褲子，只把這個掛在腰間。

洛克伍德……

「他在哪？」我問。

喬治待在門邊，眼鏡反射燈光，我看不見他的雙眼。他的喉頭一陣鼓動。「他在哪？」我又問了一次。

他的聲音是如此的緊繃低沉，我幾乎聽不見。「蘇格蘭警場。」

「在警察那邊？我以爲他去醫院了。」

「他去過醫院了。現在他在靈異局手上。」

「爲什麼？」

「喔，我也不知道。可能是因爲你們把某人的屋子燒掉？天知道呢？」

「我要去見他。」

「妳進不去的。我說我也要去。他叫我在這裡等。」

我看著喬治，又看看門，最後低頭盯著我的靴子，上頭沾滿煤灰與石膏粉。「你和他說過話？」

「他從醫院打電話給我。伯恩斯督察等著帶他回警場。」

「他還好嗎？」

「不知道。應該還可以吧，只是——」他話鋒一轉。「妳看起來糟透了。妳的手是怎麼了？斷了嗎？」

「沒有。稍微扭到而已。過幾天就會好。你說『只是』。只是什麼？他對你說了什麼？」

「沒什麼。只有——」

他的語氣……我的心跳狂飆，往後靠上牆面。「只有什麼？」

「他被鬼魂觸碰了。」

「喬治——？」

「妳可不可以別靠在那裡？壁紙都被妳蹭黑了。」

「現在誰管什麼壁紙！他才沒有被鬼魂觸碰！我看得一清二楚！」

他還是一動也不動，語氣仍舊毫無起伏。「眞的嗎？他說是在妳對付源頭的時候發生的。那時候他忙著擋住訪客，她的一束鬼氣捲住他，碰到他的手。他們在救護車上給他打了腎上腺素，阻止侵蝕。他說他沒事。」

我腦中一陣天旋地轉。有可能嗎？書房裡的情勢變得太快，坐在庭院裡的那段時間像是陷入迷霧之中。「很嚴重嗎？擴散到哪裡了？」

「等到他接受治療的時候？」他聳聳肩。「那要請妳告訴我了。」

「我怎麼可能知道？」我頂了回去。「我又不在他身旁。」

喬治的怒吼把我嚇得跳起來。「妳應該要陪著他才對！」他狠狠拍了牆壁一掌，一個葫蘆從書櫃上掉落，在地上滾了幾圈。「妳從一開始就應該要阻止他被鬼魂觸碰！對！我猜他的情況不妙！他的手開始腫了。他對我說他的手指腫得像是五根藍色熱狗，可是他們得要硬把他塞進救護車。爲什麼？因爲他想去找妳。看妳是否平安無事！急救人員說怎麼都勸不動他，就算他被鬼魂觸碰到，要不是哪個有常識的人一針捅下去，他活不過一個小時。他就是不聽勸！就像他昨晚根本就沒打算等我回來！就像他根本就沒打算讓我好好調查，讓我查出你們究竟要面對什麼。沒有！就和平常一樣，他總是急著上場。要是他願意等一下——」他猛踢落地的葫蘆，把它踢得撞上牆板，裂成兩半。「就不會發生這些蠢事了！」

來整理一下狀況。在過去的十二個小時內，我差點被惡鬼殘殺。我從二樓摔到樹叢上。我扭傷手臂。有個滿臉雀斑的小伙子拿鑷子花了大半夜把樹枝和小刺從我的敏感部位拔出來。我還把市郊的一棟小房子燒掉了。喔對，洛克伍德遭到鬼魂觸碰，無論他恢復得如何，現在都要接受警方訊問。我現在最需要的是好好洗個澡，吃點東西，大睡一場——然後想辦法見到洛克伍德。

我卻要在這裡聽喬治狂吠，心情根本好不起來。

「喬治，閉嘴。」我疲憊地應付。「現在時機不對。」

他轉身面對我。「是嗎？那什麼時候才對？等到妳和洛克伍德都掛了？等到某天晚上我打開門，發現你們兩個在鐵線外徘徊，背後拖著鬼氣，蛆蟲從你們的眼窩裡鑽出來？好啊，到時候再來敘舊吧！」

我哼了一聲。「你想得美。我才不會以那種面貌回到人間。我要選個好看的外皮。」

喬治怒斥：「是喔？露西，妳怎麼知道自己會變成哪種訪客？妳對它們一無所知。我給妳的資料妳都沒看。妳從來沒抄過筆記。妳和洛克伍德一逮到機會就只顧著跑出去到處找源頭！」

我走上前，湊向他。要是手臂沒這麼痠痛，我可能會狠狠往他挺起的胸膛戳下去。「喬治，因爲這是我們賺錢的管道。像你這樣成天抱著舊報紙對我們沒有好處。」

他的雙眼在那副愚蠢的圓框眼鏡後閃過一絲光芒。「喔？沒有好處？」

「沒錯。要不是你成天巴著那些玩意兒不放，這幾個月我們可以解決兩倍的案子。就拿昨天來說吧。我們整個下午都在等你。你隨時都能回來，和我們一起過去。可是沒有。你忙著泡圖書館。我們在思考布上寫了親切的留言，快到五點才出門。」

他低聲說：「你們應該要等我回來。」

「那又怎樣？有差嗎？」

「有差嗎？過來！我就讓妳看看差在哪裡！」他後退轉身，帶我沿著走廊鑽進廚房，無視我對散落各處堆積如山的髒碗盤發出的作嘔聲，拉開通往地下室的門，咚咚咚地走下金屬階梯。

「妳過來！」他仰頭大喊。「抱歉占用一下妳寶貴的時間！」

要不是桌上的牛奶已經放了一天半，大概會被我口中吐出的尖酸咒罵嚇得發酸結塊。我現在眞的火大了。我也用力踩踏階梯，來到辦公室。喬治桌上的燈開著，紙張、髒杯子、蘋果核、洋芋片包裝、吃到一半的三明治勾勒出他昨晚熬夜的生態。拘魂罐也放在這裡，毫無遮掩，頭骨在黃色霧氣中若隱若現。不知道爲什麼，那個沒有實體的人頭正上下顚倒地飄浮著。

喬治從桌上拎起幾張紙。我沒等他開口，直接開砲。

「你知道你的問題是什麼嗎？你在嫉妒。」

喬治瞪著我。「嫉妒什麼？」

「我。」

他尖笑一聲。我的眼角餘光瞥見拘魂罐裡的臉龐學著他擠出怒容，看了讓人不爽到極點。

「沒錯！妳很厲害！燒了客戶的家！妳是我們請過最優秀的助理！」

「說得好。至少我沒像前一個助理一樣丟了小命。」

他一時語塞。「這不是重點。」

「這就是重點。你說說羅賓是怎麼死的？」

「遇到骨骸。嚇得慌了手腳，從屋頂上摔下去。」

「沒錯，而我活了下來，在前線出生入死。喬治，倒是沒看過你上場幾次啊。你是不是有了危機意識了？覺得被我們排擠了？喔，你一定很不好受。別說得像是我要爲了出勤辦案感到內疚。這份工作不光是抱著髒兮兮的破書就能了事。重點在於有效率的行動。」

「很好。」他把眼鏡往鼻梁上頂了頂。「很好。妳說得有道理。讓我仔細反芻一下。不然這樣好了，妳就趁這個空檔稍微看一下我昨天的研究成果，也就是你們很有效率地窩在這裡忘記打包鐵鍊的時候，我從髒兮兮的破紙堆裡查出來的東西。首先是房屋註冊紀錄。這是你們拜訪過的席恩路六十二號過去一百年來的屋主紀錄。看好了，最後一任屋主是霍普夫婦，這你們一定很清楚。可是你們不知道這位安娜貝爾．E．瓦德小姐，她在五十年前買下這棟屋子。暫時別忘了這個名字。昨天花了那麼多時間是因爲我跑去國家檔案館，拿每一任屋主的名字和報紙內容交叉查詢。爲什麼？因爲我不喜歡驚喜，眞有趣，我確實找到了小小的驚喜。我想知道哪一任屋主爲了某種原因得到公眾關注。而其中一人正是如此。猜不到吧？」

他沾染墨水的手指將另一張紙推過來，這是一篇不太清晰的剪報影本，來自四十九年前的

《里奇蒙考察報》。

失蹤人口：警方徵求民眾協助

昨日，警方呼籲社會大眾提供線索，協尋失蹤的社交界名人安娜貝爾·瓦德小姐。瓦德小姐今年二十歲，居住於里奇蒙的席恩路。六月二十一日星期六在切爾西橋路的飛馳夜間俱樂部與一群朋友用餐，接近深夜前離開，但隔天沒有出席預定活動，就此下落不明。警方調查過她的交友圈，至今仍然毫無斬獲。若是掌握任何資訊，請盡速撥打以下電話號碼。

這名失蹤的年輕女士是充滿抱負的女演員，也是社交界的知名人物。近日，警方不斷搜查她的住處周遭地區，派出潛水夫在池塘與河流打撈。瓦德小姐的父親朱里安·瓦德先生發表聲明，提供可觀的獎金。

「看不懂嗎？」喬治說：「這不怪妳。這篇報導至少有，喔，兩個以上的段落呢。讓我來替妳說明一下。報紙上沒有提及她的詳細住址，但她顯然就是房屋註冊紀錄上的安娜貝爾·瓦德。時間也吻合。所以她住在席恩路六十二號，也就是妳和洛克伍德跑去調查幻影的地方。巧合嗎？也許。但我非常在意這個線索，於是趕回家對你們說——卻發現你們早就出門了，眞是天大的驚喜。當時我還不怎麼擔心，相信你們裝備齊全，直到我發現你們把鐵鍊忘在這裡。」

沉默。瓶裡的鬼魂現在融成一灘發光的鬼氣，像是井底濃稠的污水般緩緩打轉。

「如何？和你們昨晚的體驗對得上嗎？」

我感覺自己像是破了個洞，所有怒氣全都瀉得一乾二淨，只剩下強烈的倦意。「有她的照片嗎？」我問。

當然有。他伸手遞來一張紙。「目前只找到這張。」

那是另一天的《考察報》。身穿毛皮長大衣的年輕女子，在踏出門外的一瞬間成爲鎂光燈的焦點。微微露出的纖細美腿，耀眼的白牙，頭髮往上盤成蜂窩似的髮型。八成正從媒體記者最愛的社交俱樂部或是酒吧走出來。若是她還活著，肯定會在洛克伍德翻閱的雜誌上占去半頁版面，露出我最厭惡的空虛眼神。

我只看過她的另一張臉——沒有眼珠、萎縮的臉頰、被蜘蛛網糾纏——陷在磚牆裡頭。我沒來由地一陣感傷。

「是的。就是她。」

「好極了。」喬治沒再多說什麼。

「報導說警方搜過她家。」我低喃。「他們一定沒有找得很仔細。」

我們站在桌邊，盯著那張照片，那張被人遺忘了五十年的剪報。

「把她藏起來的人很有一手。」喬治總算開口。「別忘了，當時世人還沒有廣泛正視靈擾問題。他們不可能找靈媒同行。」

「爲什麼鬼魂一開始沒有作祟？爲什麼隔了那麼久？」

「答案說不定簡單得很，比如那棟屋子裡有太多鐵製家具裝潢。房裡擺上鋼鐵床架就夠了。假如霍普夫婦翻修了整棟屋子，更動家具擺設，就有機會釋放源頭。」

「他們確實換了家具。他把那間房改成書房。」

「現在說什麼都不重要了。」喬治摘下眼鏡，用衣襬猛擦一陣。

「抱歉，喬治，你是對的。我們應該要等你回來。」

「我應該要趕去與你們會合。只是夜間計程車有夠難叫……」

「我根本沒有理由生氣。我只是很擔心。希望他沒事。」

「他會沒事的。聽好，我不該失控——也不該踢那顆大葫蘆。我是不是把它弄壞了？」

「喔，他絕對不會發現啦。放回櫃子上就好。」

「也是。」他戴好眼鏡，看著我。「妳的手，我很遺憾。」

我們大可這樣互相道歉到天荒地老，但我的注意力被瓶子裡那張臉吸走，它鬼鬼祟祟地再次浮現，扯出誇張的作嘔表情。「那個東西聽不到我們的聲音，對吧？」

「隔著銀玻璃不可能聽到。我們回樓上吧。我幫妳弄點東西吃。」

我走向螺旋階梯。「你要先洗掉碗盤，肯定會花上不少時間。」

□

我說得沒錯。那麼多碗盤，果真在我洗完澡、換好衣服，僵硬地爬下樓時，喬治還沒把煎蛋和培根放上盤子。我才剛把扭到的手肘擱到桌上，小心翼翼地朝鹽罐伸手，門鈴就在這一刻響起。

喬治和我互看一眼，一同前去應門。

洛克伍德站在門外。

他的大衣處處破損燒焦，襯衫領子扯破了，臉上擦破了皮。過度明亮的雙眼與凹陷的臉頰宛如從床上爬起來的病人。幸好他沒有整個人腫脹發青，看起來比平常還要消瘦。他緩緩踏入玄關的光圈，我看到他的左手纏上滿滿的白色細繃帶。

「嗨，喬治。」他的嗓音微微顫抖。「嗨，露西……」他身體一晃，差點摔倒。我們衝上前從兩側扶住他，洛克伍德對我們笑了笑。「回家眞好。」接著，他又說：「嘿，我的葫蘆怎麼變這樣？」

10

不知道是鬼魂的毒性還在血管裡流竄，還是受到其他傷勢影響——再加上蘇格蘭警場的漫長偵訊——洛克伍德累壞了，整天像一團爛泥。他幾乎睡了整個早上（我也是），午餐吃得不多，幾乎沒碰喬治剛做好的牧羊人派和燉豆。他行動遲緩，沒說幾個字，以洛克伍德的性子來說實在是太反常了。飯後他鑽進客廳，拿熱水瓶敷著他受傷的手，呆滯地望向窗外。

喬治和我整個下午靜靜地陪著他。我看起一本廉價偵探小說，喬治拿困在瓶裡的鬼魂做實驗，用小線圈對玻璃釋放電流。鬼魂沒有反應，不知道是以此表示抗議還是另有原因。

接近四點，天色漸漸暗下，洛克伍德突然要求看看我們的案件紀錄本，把我們嚇了一跳。這是他幾個小時來的第一句話。

「喬治，接下來還有什麼案子？」等到喬治拿紀錄本上樓，他又問：「有沒有什麼特別的案子？。」

喬治翻到最近的頁面。「沒有很多。」他說：「某間酒商的停車場有人通報在傍晚目擊『可怕的黑影』。從黑暗惡靈到灰霧都有可能。我們原本預計今晚要去那裡一趟，不過我已經打電話延期了……還有人在尼斯登神廟附近的住宅聽見『邪惡的敲打聲』……可能是投石怪，甚至是微弱的騷靈，但資訊不足，難以判斷。再來是芬奇雷家的院子深處出現『一動也不動的黑影』——

八成是潛行者或虛影……喔，西部喬利鎮的艾琳．史密瑟太太提出緊急委託，每天的凌晨，只要她獨自在家，就會聽到——」

「等等。」洛克伍德開口。「艾琳．史密瑟？我們以前是不是接過她的案子？」

「沒錯。那次是在她家起居室和廚房聽見『難以形容的詭異嚎叫』。我們認爲可能是尖叫怪。大老遠跑過去，結果是她鄰居的貓笨伯，被困在牆面間的空隙裡。」

洛克伍德皺起臉。「老天，我想起來了。這次呢？」

「在她家閣樓聽到『小孩子哭號般的詭譎聲響』。從深夜開始——」

「一定又是那隻該死的貓。」洛克伍德把左手從熱水瓶下移出來，小心地伸展手指。皮膚還是微微發青。「總之呢，那並不是史上最駭人聽聞的靈異案件對吧？潛行者、虛影、橘貓笨伯……媲美莫特雷區恐怖事件和杜維克死靈的優質案件都去哪裡了？」

「如果你對『優質』的定義是具有挑戰性的強大鬼魂，那昨晚的就很符合。」我說：「問題在於——那不在我們的預期中。」

「蘇格蘭警場的警察對我說過好幾次了。」洛克伍德咕噥。「不，我的『優質』指的是能賺錢的案子。這些玩意兒都算不上什麼。」他再次陷入椅子深處。

洛克伍德極少提到錢；這不是他平時接案的動機。房裡陷入讓人坐立不安的沉默。「和你分享一下，喬治查到了我們昨晚見到的鬼魂身分。」我故作開朗地說。「喬治，你說吧。」

喬治懶了一整天，從口袋裡掏出剪報影本，高聲讀出來。洛克伍德冷淡地聽著，他對於訪客的身分一向沒什麼興趣（就算它們沒有傷到他）。

「安娜貝爾．瓦德？她叫這個名字？不知道她是怎麼死的……」

「也不知道是誰殺了她。」我補上一句。

洛克伍德聳聳肩。「五十年很久。我們永遠不會知道答案。我更關注當下。她的鬼魂給我們惹上一堆麻煩。警方對那場火不太滿意。」

「昨晚在警場到底發生了什麼事？」喬治問。

「沒什麼。他們記下我的筆錄。我好好地介紹了我們的案子──危險的訪客，我們遭受性命威脅，得臨機應變，這些都是顯而易見的事實。可是他們沒被說服。」他閉上嘴，再次望向窗外。

「現在呢？」我問。

他搖搖頭。「只能走著瞧了。」

真相大白的速度比我們想像的還要快。還沒過二十分鐘，前門傳來猛烈的搥門聲。喬治前去應門。他帶來一張鑲著藍邊的名片，神情陰沉又不安。

「靈異局的蒙特古．伯恩斯先生。」他語氣中充滿絕望。「你在家嗎？」

洛克伍德咕噥幾聲。「我不能不在家。他知道我今天走不出家門。好吧。帶他進來。」

靈異現象研究與控制局——簡稱靈異局——是國內數一數二有力的機關。它歸政府管，也算是警方單位，但實際上是受到一大群衰老的現場調查員把持，他們已經老到行動遲鈍、身體衰弱，連監督員都當不了。他們的主要業務之一是追蹤所有偵探社，確認我們沒有破壞規矩。

伯恩斯督察比誰都熱愛規矩。他好管閒事的程度遠近馳名，對所有未遵守每一條靈異局規約的事物深惡痛絕。洛克伍德和喬治曾經與他交手過幾次，基本上都是在我入社之前的事情。我是第一次近距離見到他，興致勃勃地看著他走進客廳。

他個子不高，穿著皺巴巴的深色套裝，棕色皮鞋磨損嚴重，褲子過長。套在外頭的棕色防水大衣蓋住他的膝蓋，頭上帶了頂棕色麂皮圓禮帽。他的頭髮細軟稀薄，鼻頭以下的鬍鬚卻相當茂盛，看起來像是全新的棕刷一樣粗糙。難以判斷他的年紀，可能是五十出頭，但是在我眼中，他身上帶著難以形容的蒼老氣息，離訪客只有一線之隔。他臉上掛著鬱鬱寡歡的表情，彷彿接受過切除生命中一切光彩與喜悅的麻醉手術，帶給他鬆垮垮的眼袋，但那雙眼卻是出奇地精明銳利。

洛克伍德僵硬地起身，送上應有的真摯問候，帶他入座。喬治把拘魂罐收到牆邊矮櫃上，拿圓點手帕蓋住。我去廚房泡茶。

回到客廳時，伯恩斯坐在沙發中央，大衣和帽子沒脫，雙手平貼在大開的膝頭上。這個姿勢既跋扈又笨拙。他的視線投向滿牆的手工藝品。

「大部分的人掛個風景畫或是鴨子游水的圖就夠了。」他講話帶著鼻音，「這些東西肯定沒有消毒過。那個被蛾啃過的是什麼玩意兒？」

「西藏的五色旗。」洛克伍德應道。「至少有一百年歷史。我猜那些喇嘛用了某些手法，把肆虐的鬼魂導入掛在旗幟之間的中空金屬管。伯恩斯先生，您眼光眞好，這是我手邊的頂尖收藏品。」

督察埋在鬍鬚裡的嘴巴哼了聲。「我看倒是國外的破爛玩意兒……」他轉過頭，迎上我們的視線。「看來兩位身體狀況良好，我心裡又驚又喜。昨晚在庭院裡看到你們的時候，我以為你們要在醫院裡躺上一個禮拜。」他的語氣模稜兩可，我不禁猜想或許他期望會是這種發展。

洛克伍德擺擺手，表達惋惜之情。「抱歉，我沒辦法留下來幫忙。醫生堅持要我去醫院。」

「喔，反正你也幫不上什麼忙。你只會礙手礙腳。消防隊員和調查員盡心盡力對抗烈焰，他們搶救了屋子的主體，可惜二樓什麼都不剩了，這都要歸功於你的努力。」

洛克伍德硬梆梆地點頭。「我在警場已經向您的同事說明過了。」

「我知道。我也和屋子慘遭燒燬的霍普太太談過了。」

「啊。她還好嗎？」

「你一定能想像她有多悲痛，洛克伍德先生。我沒辦法讓她冷靜些。她和她的女兒都非常憤怒，要求賠償。這是我的茶嗎？好極了。」他端起茶杯。

洛克伍德蒼白的臉色轉爲慘白。「我能理解她們有多沮喪。不過呢，在我們這一行，類似的意外總會發生。露西和我面對的是危險的第二型鬼魂，對方殺過人，並對我們造成極大的威脅。

是的，這是不幸的額外損失，但我相信靈異局將會支援我們付清一切——」

「靈異局半毛錢都不會幫你們出。」伯恩斯說完，喝了幾口茶。「這是我來此的目的。我已經向上級確認過了，他們認定你們在調查席恩路案件過程中，罔顧諸多基本安全程序。最大的關鍵是你們選擇在沒有攜帶鐵鍊的情況下與訪客對峙，而這個決定導致了昨晚的大火。」督察用指側抹掉鬍鬚沾上的茶水。「你們得自己想辦法解決賠償金。」

「太荒謬了。」洛克伍德說：「我們一定可以——」

「沒有什麼『我們』！」伯恩斯突然發飆。他跳起來，揮舞茶杯。「如果你和卡萊爾小姐做出明智的判斷——如果你們一碰到訪客就離開，如果你們帶上更好的裝備，或者是——」他充滿怒氣的眼神掃過我們，「帶上更好的調查員，那棟屋子保證還是完好如初！是你們的錯，我可沒辦法幫忙。接下來才是正題。」他從大衣口袋掏出一個信封。「這封信函來自霍普一家的律師，他們要求即刻補償火災造成的損失，總金額是六萬英鎊。你們得在四週內付款，不然他們會對你們提出法律訴訟。」他抿起嘴唇。「洛克伍德先生，希望你手頭夠寬裕，因爲我可以保證若你無法達成和解條件，靈異局得取消你的登記資格，關閉洛克伍德偵探社。」

沒有人敢動一根手指頭。洛克伍德和我像是被鬼魂的力量束縛住似地呆呆坐著。喬治緩緩摘下眼鏡，在毛衣上擦了擦。

公布完致命的消息，伯恩斯督察一副坐立不安、焦躁難平的模樣。他在房裡兜圈子，狠狠瞪著每一樣手工藝品，不斷喝茶。

「請把那封信放在矮櫃上。」洛克伍德說：「我晚點再看。」

「洛克伍德先生，鬧彆扭對你沒有好處。只要偵探社的營運出現破綻，就是會有這種下場。沒有監督員！要由成年人來確保偵探社內的一切都以最謹慎的態度進行，將人命損失降到最低。可是你們——」他不屑地擺擺手，「你們不過是三個假裝大人的小孩。這棟屋子裡所有的東西都是證據，包括牆上這個垃圾。」他瞄了標籤一眼。「印尼捕鬼器？胡扯！該送進博物館了吧！」

「那是我母親的收藏品。」洛克伍德輕聲說。

督察沒有聽見。他把信封丟到櫃子上，同時注意到被圓點手帕蓋住的物體。他皺著眉頭掀開手帕，顯露出黃霧瀰漫的瓶子。他的眉頭皺得更緊，彎腰凝視瓶子深處。「這個呢？什麼怪東西？哪個早該焚燬的噁心標本……」他輕蔑地敲敲玻璃瓶身。

「呃，我可不會這麼做。」洛克伍德說。

「為什麼？」

黃色鬼氣湧起，鬼魂的臉在伯恩斯面前瞬間凝聚成形。它的雙眼窺視般地突出；嘴巴大張，露出宛如山巒起伏的亂牙。它的舌頭正在做出極度不雅的動作。

難以判斷督察能把鬼魂看得多清楚。他肯定感應到了什麼，叫得像隻吼猴，驚恐地往後竄。他的手高高舉起，熱呼呼的濃茶當頭淋下，一路流到襯衫前襟。杯子在地上敲出清脆聲響。

「喬治。」洛克伍德語氣溫和。「我早就要你把瓶子收在樓下。」

「我知道。看看我有多糊塗。」

伯恩斯瞠目結舌，抹抹臉。「你這個毫無責任感的白痴！那個可怕的東西——那是什麼！」

「不確定。」喬治說：「可能是某種惡靈。抱歉，伯恩斯先生，您真的不該靠那麼近。它很容易被醜臉嚇到。」

督察從端茶的托盤上捏起一張紙巾，往襯衫上按壓吸水，又對著我們怒目而視。「我說的就是這個。這種瓶子不該收在私人住宅裡。它們得送去安全的地點，接受可信賴的機構控管——或者是摧毀，這樣更好。要是那個鬼魂掙脫的話呢？要是哪個小孩子跑進來看到了呢？我看不清它的輪廓就差點被它嚇死了，你們竟然就這樣四處亂放。」他刻薄地搖搖頭。「我說過了，你們只是在玩扮家家酒。我來此的目的已經達成。洛克伍德先生，請看完這份文件，仔細思考你該怎麼做。記住——你只有四個禮拜。四個禮拜，六萬鎊。不用送了，我自己出去就好，應該不會被食屍鬼在玄關一口吞掉。」

他用力戴上帽子，跺著腳離開客廳。我們屏息等到前門被他甩上。

「從各種角度來說都讓人疲憊萬分。」洛克伍德說：「不過最後總算有小小的亮點。」

「可不是嗎？」喬治輕笑幾聲。「有沒有看到他的表情？太經典了。」

我咧嘴一笑。「我真沒看過哪個人動作那麼快。」

「他嚇壞了，對吧？」

「嗯，太棒了。」

「超棒。」

「眞的。」

我們的笑聲越來越小。客廳裡陷入漫長的沉默。我們各自凝視著半空中。

「你付得出賠償金嗎？」我問。

洛克伍德深呼吸，這個動作似乎觸動了他的傷處——他不悅地揉揉肋骨側邊。「簡單來說，沒辦法。我有這棟房子，可是銀行裡沒多少錢。完全不夠修好霍普家。我只能賣掉這裡，而這代表偵探社的末日。伯恩斯清楚得很……」他縮進椅子深處，下一秒又像開關打開似地恢復活力。他對我們露出布滿瘀傷的燦爛笑臉。「不會走到這一步的，對吧？我們還有四個禮拜！夠我們賺到一點錢啦！只要來一個高調的案子，引來社會大眾的目光，事情就成啦。」他指著桌上的案件紀錄本。「別再管那些垃圾虛影和潛行者了——我們需要能讓我們聲名大噪的案子。很好……明天就來動手……不，謝了，喬治——不用幫我倒茶。我有點累了。如果你們不反對的話，我先去睡啦。」

他道了晚安後離開客廳。喬治和我坐在原處，什麼話都說不出來。

最後喬治開了口：「我還沒有告訴他我們已經失去了其中一個案子。他們今天打電話來取消。一定是火災的風聲傳開了。」

「貓的那個？」

「不是。是比較有趣的案子。」

「四個禮拜眞的不夠我們賺到這筆錢，對吧？」

「對。」他在沙發上蹺腳，沉著臉，雙手托著下巴。

「太不公平了。我們可是遇上生死關頭啊！」

「眞的。」

「我們擊退可怕的鬼魂！我們讓倫敦更加和平安全！」

「沒錯。」

「我們應該要獲得表揚才對！」

喬治伸了個懶腰，準備起身。「妳的想法很有道理，可惜世界不是如此運作。餓了嗎？」

「還好。只是累得要命。我也去睡一下。」我看他收好茶具，從躺椅下撿起督察丟下的茶杯。

「至少已經解決了安娜貝爾·瓦德。」我說。「可以稍微放下心來。」

他咕噥道：「是啊，至少妳這件事沒做錯。」

11

深夜的某個時刻，我全身上下痠痛交加地醒過來，房裡一片黑暗。我平躺在床上——這個姿勢比較不痛——微微轉向窗戶。一條手臂往上彎起擱在枕頭上，伸直另一條手臂貼著被子。我睜著眼睛，意識戒備。感覺自己完全沒有入睡，但四周充滿了深夜特有的沉重綿密死寂，我一定有睡著。

各處的傷口隱隱作痛，瘀傷陣陣抽痛，墜樓後過了一整天，我的肌肉很順利地緊繃起來。我知道自己應該要爬起來，吃一點阿斯匹靈，可是藥都放在遙遠的廚房裡，爬下去拿藥會耗掉太多精力，我一點都不想動。肌肉太僵硬，床鋪太溫暖，被窩外的空氣太冰冷。

我靜靜躺著，直視傾斜的閣樓天花板。過了一會，窗外閃過蒼白的光芒，從微弱轉爲刺眼。是街角的驅鬼街燈，如同燈塔光束般穩定地照亮路面，每隔三分半就會以整整三十秒的白色強光刺穿夜色，接著又暗下。原則上它的設計是爲了守護道路的安寧，阻止訪客逗留。事實上呢，沒有多少鬼魂會在大馬路上遊蕩，它更像是定心丸，讓人們相信政府有在做事。

我猜它確實有點效果，帶來些許安慰。但是當燈光暗下時，夜晚顯得更加黑暗。

燈亮時，我可以看清小房間裡的每一個角落，交叉的屋梁、窗外阻擋鬼魂的鐵桿、狹窄到我的衣架得斜擺才進得去的衣櫃。裡頭空間不大，最後我只能把衣服堆在門邊椅子上。我的眼角餘光瞥見那座高聳的衣服山。明天得要好好整理一番。

明天……儘管洛克伍德一副無所畏懼的模樣，看來我們不剩多少明天了。四個禮拜……要在四個禮拜內擠出這筆天文數字的賠償金。都要怪我堅持在鬼魂首次攻擊後繼續留在那棟屋子裡。是我害我們兩個再次與她對峙，要是當時打包離開，現在就不用如此煩惱了。

都是我不好。我做了錯誤的決定，就像在衛斯磨坊那次。當時我沒有遵循自己的直覺，而這次我聽從直覺，最後還是搞砸了。不管我怎麼做，一旦危機降臨，結果總是一樣。我搞砸了，災難隨之而來。

驅鬼街燈關閉，房間再次陷入黑暗。我還是沒有動，只希望能把自己哄睡。開什麼玩笑？我太不舒服、太清醒、太內疚——而且太冷了。我真的該從樓下浴室的烘乾櫃多拿一條被子才對。

太冷了……

我躺在床上，心頭一顫。

真的太冷了。

不是正常十一月中該有的濕冷。冷成這樣，吐息會凝聚成白煙，飄到頭頂上。冷成這樣，窗框內側會結出蜘蛛網似的晶瑩白霜。低溫不斷擴散，讓人四肢麻痺，肺部結凍……我很清楚這是什麼性質的寒意。

我瞪大雙眼。

黑暗。我依稀看到拱形窗的輪廓，窗外是點綴著橘色燈火的倫敦夜景。我專心聆聽，只聽到血液在耳中鼓動的砰砰聲。心臟在胸中狂跳，蓋在胸口的被子似乎也隨之震動。我全身肌肉緊繃，整個人無比清醒，將感知擴散到每一吋皮膚——棉質睡衣的觸感、溫暖光滑的床單、受到石膏壓迫的傷處。擱在枕頭上的手莫名抽動，掌心冒出大量汗水。

我什麼都看不到、聽不到，可是我知道。

房裡不是只有我。

心底響起微弱的尖叫，要我快動。掀開厚重的被子，站起來。不知道該做什麼，但是無論做什麼都遠遠勝過無助地躺在床上，緊緊咬牙忍耐恐慌。

站起來。打開房門。衝下樓……快動啊！

我還是躺著。

冰冷的回憶流入腦中，告訴我開門是不智之舉。因爲我曾經看過……我看過什麼？

我只能等待。等待燈亮。

有時候，三分鐘要過好久、好久才會過去。

在街角的店鋪門外，在驅鬼街燈隱藏的電路中，電流觸動開關。圓形的鏡片後方，鎂光燈泡亮起，讓整條街沐浴在冷冷的白光中。燈光再次掃進我的閣樓窗戶。

我的視線射向房門。

對。就在那裡。椅子和成堆的衣物。它們構成一團沒有固定形體的黑影——可是比我原本的衣服山還要高，超出了應有的高度。就算我把自己擁有的衣物全部堆上去，裙子和毛衣墊底，襪子掛在頂端，它們也不會構成現在門邊陰暗處那道高高瘦瘦的身影。

它沒有動。也不必動。我冰凍似地僵在床上，凝視著它整整三十秒。我眞的覺得自己結冰了。鬼魂禁錮輕輕巧巧、鬼鬼祟祟地奪去我的行動力，而我直到現在才察覺到。

來自街角的燈光熄了。

我僵著身子，一動也不動。

我咬住嘴唇，運用專注力驅逐心中的無助感，把力量灌入肌肉，掀開被子，翻身滾到地上。肌肉痛得陣陣抽搐，這個激烈的舉動對傷口的縫線毫無益處。不過我已經讓床鋪擋在我和房門之間了，那個東西還站在門邊，很好。這是我目前唯一的指望。

我緊緊貼著地毯，腦袋擱在手上。冰冷的空氣啃噬我露出來的小腿。地毯上覆蓋了一層淡淡的幽光，稀薄的白色霧氣貼地翻捲——那是鬼魂霧氣，顯現的副產品。

我閉上雙眼，試著冷靜下來，豎起耳朵靜聽。

衣著完整、裝備齊全、腰間插著閃亮佩劍時，這不是什麼難事，可是當你身穿粉黃配色睡衣，趴在地上的時候就沒那麼簡單了。爲了任務踏進鬼屋只是小菜一碟，然而回到自己的房間，看到某個死掉的東西站在一、兩公尺外，這就不太妙了。因此我完全沒聽到半點超自然的聲響，只有各種生命徵象——我自己的心跳聲、肺部的鼓氣聲。

它到底是怎麼跑進來的？我的窗戶裝了鐵桿。它怎麼有辦法跑到這麼高的地方？

冷靜！快想想。房裡有任何武器嗎？有沒有能夠運用的東西？

沒有。我的工作腰帶在廚房桌上，足足有兩層樓的距離。兩層樓！簡直和中國一樣遠。還有我的長劍，掉在席恩路的火場裡，已經熔掉了。備用長劍都在地下室，在三層樓外！我毫無招架之力。離我更近的地方應該找得到驅鬼道具，但那些都沒用，因爲我的對手就擋在門邊。

是嗎？氣流變了。我的身上浮起一片雞皮疙瘩。

我趴在地上，要是沒用雙手支撐的話頭根本抬不起來。我只能看到離我最近的灰色床腳，一縷縷白綠色的鬼魂霧氣，還有牆壁。我背對著整個房間，那個東西隨時都能悄悄飄到我背後，而我一無所知。

不管房裡是暗是亮，我都得要抬頭看個仔細。我下定決心，準備起身。

來自屋外的燈光再次亮起。我伸手撐起上身，隔著床墊邊緣回頭偷看……

我的心臟差點嚇到停止跳動。那團形體已經不在門邊。沒錯。它正朝這邊逼近，緩緩地，靜靜地，飄到了床鋪上空。它懸在半空中，像是在探查環境似地伸出鬼氣觸鬚，在床墊上游移，長長的黑色手指盲目地戳弄我剛才躺過的溫暖區塊。

只要它的手指越過床鋪，就能碰到我了。

我往後一縮。

用破爛來形容我現在占用的床鋪再貼切不過。或許多年前洛克伍德還是個小小孩時，曾在上頭打呼熟睡。床架的接合處不太穩固，床墊凹凸不平，彈簧充滿野性。不過這張床有個好處，沒有現代床架的收納抽屜，所以床底下有足夠空間容納揉成一團的手帕、書本、塵埃；甚至連我的一小箱家當也放得下。

同時也有足夠空間讓行動敏捷的女孩子鑽過去。

我不知道自己是用爬的，還是用滾的；不知道我壓壞了什麼東西。我可能撞到自己的腦袋，一定扯掉了手臂的石膏，事後我在地毯上找到它們，上頭還沾著血。一秒，或許是兩秒——我只花了這點時間就從床鋪的一端竄到另一端。

從另一頭鑽出來的瞬間，我被某個冷冰冰的物體吞噬。

柔軟的龐然巨物從我頭頂上襲來。我驚慌失措地狠狠將它撥開，下一秒才發現那只是從床鋪邊緣垂落的被子。我把它甩開，掙扎起身。在我背後，在床鋪上方，亮起憤怒的異界光芒。那團黑暗迅速凝聚成形，化爲蒼白淡薄的人影，伸長手臂追著我飄過來。

我朝房門衝刺，狠狠扯開門板，拚命往樓下跑。

來到二樓樓梯口，我撞上扶手，一絲絲寒氣朝我的脖子捲過來。「洛克伍德！」我大喊：「喬治！」

洛克伍德的房間在左邊，一道細細的燈光從門下透出。我慌亂地握住門把，轉頭盯著那道沿樓梯輕盈飄落的幽光。門把往上往下轉都沒有反應；門上了鎖，打不開。我絕望地用力搥門。手指頭從樓梯口伸過來，閃閃發光的手……

門往內大開，柔和的黃色檯燈燈光差點把我照瞎。

洛克伍德站在門邊，身穿條紋睡衣和黑色睡袍。

「露西？」

我從他身旁擠進房裡。「鬼魂！我房間！來了！」

他的頭髮有點亂，處處瘀傷的臉龐帶著濃濃倦意，除此之外他看起來和平時一樣冷靜。他沒有多問，往後退了幾步，視線沒有離開門外的黑暗。他看也不看一眼，沒有受傷的手拉開身旁五斗櫃最上層的抽屜，往裡頭摸索。我鬆了一口氣，暖意流過我全身上下。謝天謝地！他房裡肯定收著鹽彈或是整罐鐵粉。不管那麼多。什麼都好。

他摸出一團木頭和棉線及金屬片。金屬片的形狀像是動物與鳥兒。洛克伍德握住木頭桿子，解開糾結的棉線。

我愣愣看著他。「你只有這玩意兒？」

「我的長劍在樓下。」

「這是什麼鬼東西？」

「旋轉機關。我小時候的玩具。握住這一頭，那些動物會掛在這個轉輪上，發出很好笑的聲音。我最愛這個微笑長頸鹿。」

我望向敞開的房門。「是很不錯啦，可是——」

「這是用鐵做的，露西。發生了什麼事？妳的膝蓋在流血。」

「幻影。先是黑色靈光，現在已經轉成異界光芒。二級鬼魂禁錮、霧氣、惡寒。它跟著我下樓了。」

洛克伍德似乎對手中玩具的狀況相當滿意。他舉起木桿，轉轉手腕，掛在轉輪上的動物自在地晃動。「可以請妳關掉床邊的檯燈嗎？」

我乖乖照辦。我們被黑暗包圍。沒看到來自樓梯口的超自然光芒。

「沒有騙你，它就在外面。」我說。

「好。我們往門邊移動，經過我床邊的時候，妳幫我拿一隻靴子。」

我們讓玩具懸在前方，悄悄移向門口，小心翼翼地往外查看。幻影不在走廊，也不在樓梯上。

「靴子拿了嗎？」

「嗯。」

「往喬治的房門丟過去。」

我使出全力把靴子丟過走廊，它砸中對面房門，發出誇張巨響。我們靜靜等待，凝視黑暗。

「它跟我下樓。」我說。

「我知道。妳說過了。快啊，喬治……」

「我吵成這樣，他應該已經醒了吧。」

「喔，他和豬一樣能睡。除此之外還有其他共通之處。啊，他來了。」

喬治總算從房裡晃出來，瞇眼往外看的模樣活像是近視的鼴鼠。他穿著至少大了三號的超級寬鬆藍色睡衣，上頭印著不太有品味的鮮艷太空船和飛機。

「喬治。」洛克伍德高喊：「露西說她看到訪客，就在這棟屋子裡。」

「我看到了。」我沒有多費唇舌。

「你手邊有什麼鐵做的東西嗎？」洛克伍德問。「我們要去看看。」

喬治揉揉眼睛，徒勞地摸向褲頭，褲腰已經低得太過危險。「不確定。可能吧。等等。」

他轉身鑽回房裡。一陣寂靜，接著傳來翻動各種東西的聲響。過了幾分鐘，喬治回到門邊，肩上斜掛著牛仔似的皮帶，上頭插滿鎂光彈、鹽彈、一罐罐鐵粉。一個空蕩蕩的銀玻璃匣子垂在皮帶下。他手持鐵鍊和一把刀柄充滿花稍裝飾的細刃長劍，手電筒固定在他睡褲褲頭上。他雙腳套進巨大的靴子。洛克伍德和我直直瞪著他。

「怎樣？」喬治說：「我在床邊放了點防身器材。有備無患嘛。洛克伍德，你要的話可以借你一顆鹽彈。」

洛克伍德舉起他的玩具。「不，不用了。我拿這個就好。」

「隨便你。所以說那個幻影在哪？」

我以支離破碎的語句說明來龍去脈。洛克伍德一聲令下，我們爬上樓梯。

沒想到一路上暢行無阻。我們每走幾步就停下來仔細觀察，可是一無所獲。那股駭人寒意消失了；鬼魂霧氣也散去，我就算使用天賦也聽不到任何聲音。洛克伍德和喬治也沒看到半點蛛絲馬跡。眼下唯一的危機是喬治的睡褲，被他掛在腰間的裝備扯得即將落地。

我們總算繞過樓梯口的轉角，喬治抽出手電筒，往我房裡照了一圈。每個角落只看得到寂靜的黑暗。縐巴巴的被子落在原處，就在我亂七八糟的床鋪旁。椅子上的那堆衣物散落一地，肯定是在我逃跑時被我撞倒。

「什麼都沒有。」喬治說。「露西，妳確定嗎？」

「當然。」我氣沖沖地回應，快步繞到窗邊，望向遠處的街道。「雖然我得承認現在感覺不到它的存在。」

洛克伍德跪在地上，瞇眼往床底下探看。「根據妳的說法，那個鬼魂很弱，行動遲緩，難以分辨周遭環境，否則它早就逮到妳了。它可能耗盡了能量，回到它的源頭裡面去了。」

「源頭會是什麼？」喬治問。「這個憑空出現在露西房間裡的源頭在哪？這棟屋子設下了強力的屏障，什麼東西都進不來。」他手握長劍，往我衣櫃裡看了幾眼。「嗯，這裡什麼都沒有，除了幾件漂亮的上衣和裙子，還有……喔，露西——我沒看過妳穿這件呢。」

我狠狠甩上櫃門，差點夾住他的胖手。「喬治，我說過了，我看到鬼魂。你當我是瞎子嗎？」

「不，我只是認爲妳看到幻覺。」

「給我聽好——」

「這沒有道理啊。」洛克伍德插話。「除非露西把哪件超自然工藝品帶上來。小露，妳沒有這麼做吧？妳沒有把那隻海盜的手拿上來看，然後忘記把它放回玻璃匣？」

我低聲怒吼。「說什麼蠢話？我當然沒有。我作夢也不會想到要拿沒有經過妥善……經過妥善防護……喔。」

「喬治老是把他那個罐子到處……」洛克伍德注意到我的表情。「露西？」

「喔。喔不。」

「怎麼了？妳拿了什麼？」

我盯著他看。「對。」我小小聲說：「對，我想我有拿。」

喬治和洛克伍德同時轉向我，背對著我的衣櫃與滿地衣服。他們正要開口時，蒼白的光束照亮牆面，一道人影從他們背後的地上浮起。我看到細瘦的手臂和雙腿，橘色向日葵印花連身裙，長長的金髮化為一條條吐信的毒蛇，扭曲的面容滿是冰冷的怒氣……我忍不住驚叫。兩人猛然轉身，銳利如鐵釘的手指同時刺向他們的頸子。喬治揮劍，劍尖嵌入衣櫃的邊角。洛克伍德瘋狂揮舞他的玩具，鐵片擊中對手時，一股脈動往外泛開。女子的鬼魂頓時消失。冷風颳過整個房間，把我的睡衣吹得緊緊纏在腿上。

閣樓房間再次陷入黑暗。

有人咳了幾聲。喬治握住劍柄用力拉扯，想把長劍拉出來。

「露西……」洛克伍德的嗓音低到幾乎聽不見。「那個是不是——」

「對。是它。眞的、眞的很抱歉。」

喬治一個使力，總算解放了他的長劍。他往旁踉蹌幾步，腳下傳來尖銳的劈啪聲。他皺起眉頭，彎下腰，從雜亂的衣服堆中撿起某樣東西。「哇塞！好冰！」

洛克伍德接過手電筒，將光束照向掛在喬治指間的物體。那是個墜子，微微凹陷，被細緻的金鍊帶著緩緩旋轉，反射光線。

洛克伍德和喬治盯著墜子看了一會，視線一同轉向我。喬治打開腰間的銀玻璃匣子，把項鍊丟進去，喀嚓關上蓋子。

洛克伍德緩緩舉起手電筒，直到我被充滿控訴的沉默光束照得無法動彈。

「呃，對。那個女生的項鍊……嗯，你知道的，我正打算要對你說這件事。」儘管穿著綴到不行的睡衣，裹著滿身繃帶，頭髮亂七八糟，我還是盡力對他們擠出最漂亮的笑容。

12

隔天是美好的大晴天。蒼白的十一月陽光穿過廚房窗戶，快活地照亮充滿餐具清脆敲擊聲的餐桌。玉米片的盒子熠熠生輝，杯碗晶亮潔淨，每一塊麵包屑、每一滴果醬都沐浴在完美的晨光中。廚房裡溫暖怡人，飄散著濃濃的茶香、吐司香、煎蛋和培根的焦香。

但我卻食不下嚥。

「露西，爲什麼？」洛克伍德問道。「我眞的不懂！妳很清楚調查員得要把現場找到的任何物品呈報給上級。特別是和訪客連結如此密切的東西。一定要妥善保管。」

「我知道。」

「那些東西得收在鐵製或銀玻璃容器裡，等候研究或是銷毀。」

「我知道。」

「可是妳就把那個東西塞進口袋，沒有對我，也沒有對喬治說！」

「是啦。我都道歉了！我以前從來沒有做過這種事。」

「那妳現在幹嘛這樣做？」

我深吸一口氣，垂下腦袋懺悔，一邊在思考布上塗鴉。我花了幾分鐘畫出一個女生，瘦巴巴的，穿著退流行的夏季連身裙。她的頭髮飄起，雙眼空洞黑暗。我往筆尖施壓，桌面大概被我劃出凹痕了。

「不知道。」我低喃。「事情發生得太快。可能是因爲那場火——或許我只是想搶救一點屬於她的東西，讓她不會完全迷失在……」我在她的連身裙中央畫了一朵大大的黑色向日葵。「我是說眞的，我幾乎不記得自己拿了這個東西。之後……就忘了。」

「最好別在伯恩斯面前提起這件事。」喬治說：「要是被他知道妳一時疏忽，毫無防備地帶著危險的訪客環遊倫敦，他一定會氣炸。這樣他又多了個叫我們關門的理由。」

我用眼角餘光看著他心滿意足地往他的烤麵包上又抹了一大團檸檬蛋黃醬。喔，喬治今天早上心情絕佳，和貂鼠一樣活力充沛。看得出他正在享受我坐立不安的蠢樣。

「忘了？」洛克伍德質問：「就這樣？這是妳的藉口？」

反抗的火焰燃起。我抬起頭，把頭髮往後撥。「沒錯。你想知道爲什麼嗎？一開始我在醫院裡根本沒空想別的事情，後來我忙著擔心你。不過呢，仔細想想，我根本沒有理由認定這個東西有多危險啊。我們不是才封印了源頭？」

「沒有！」洛克伍德用他沒受傷那隻手的手指猛戳桌布。「就是這個！我們以爲有做，但其實沒有！露西，我們沒有封印那個源頭，因爲那個源頭顯然就在這裡。」

他指著安放在奶油和茶壺之間的銀玻璃匣子。它映射陽光，依稀能看見封在裡頭的金項鍊。

「這怎麼可能是源頭？」我大叫。「應該是她的屍骨才對啊。」

他憐憫似地搖搖頭。「那只是假象。她的鬼魂剛好在妳拿銀網蓋住屍體的時候消失。妳同時也蓋住了項鍊，足以將它封印起來。然後，妳搶走那條項鍊——」

我狠狠瞪著他。「我才沒有搶。」

「直接放進大衣口袋，裡頭塞了鐵粉和鹽巴，還有其他調查員的小道具，能夠拘束訪客一整夜。不過呢，隔天回到這裡，妳把大衣掛在椅子上，項鍊掉了出來，藏在衣服堆裡，直到鬼魂有辦法趁夜現身。」

「唯一的問題在於它爲什麼不像前天那樣迅速強大。」喬治說：「根據妳的說法，妳逃出房間的時候它的行動相當遲緩。」

「可能妳口袋裡的鐵粉和鹽巴一起掉出來。」洛克伍德說：「削弱鬼魂的力量，讓它無法維持形體太久。或許這是它沒有跟妳下樓的原因，也無法在我們回到閣樓時立刻現形。」

「算我們走運。」喬治打了個哆嗦，大口咬下烤麵包尋求慰藉。

我舉起雙手要他們閉嘴。「對，我都懂。不過我不是這個意思。源頭是和訪客關係最密切的東西，不是嗎？那是它們最重視的事物。應該要是她的屍骨才對啊。」我伸手拎起銀玻璃匣子的細繩，在指間翻轉，墜子與金鍊在匣子裡緩緩滑動。「沒想到竟然是這個。對安娜貝爾．瓦德的靈魂來說，這條項鍊比自己的遺體還要重要……不覺得有點怪嗎？」

「和以前那個摩托車騎士沒有兩樣吧。」喬治一針見血。

「沒錯，可是——」

「露西，希望妳不是在轉移話題。」洛克伍德語氣冷淡。「我正在思考要不要把妳踢出去。」

我放下匣子。「我知道。」

「而且我還沒說完。差得遠了。我要說的話可多著呢。」洛克伍德沉默半晌，嚴峻地看了我一會，接著望向窗外。最後他疲憊地嘆息。「可惜我想不起來該怎麼說下去。重點是，別再做出這種事。我對妳很失望。妳入社的時候我曾說我不介意妳隱藏自己的過去。這點還是一樣。可是隱瞞現在發生的事情可就不一樣了。我們是團隊，得密切合作。」

我點頭。垂眼盯著桌布，臉頰一陣冷一陣熱。

「別再想這條項鍊了。」洛克伍德說：「今天我會把它送去克拉肯維爾的費茲熔爐燒燬。永別了，源頭。永別了，安娜貝爾．瓦德。我們就好聚好散吧。」

他不悅地瞪著馬克杯。「我的茶都冷掉啦。」

□

前一晚的事件嚴重影響我們的士氣，不過洛克伍德心上還有其他煩惱。他被鬼魂觸碰過的手讓他困擾不已。伯恩斯帶來的壞消息沉甸甸地壓在他心上。最糟的是社會輿論開始抨擊我們在席恩路闖下的大禍。今天早上的《泰晤士報》開了第一槍，在每天紀錄重要鬧鬼地點的靈擾版上，有一篇以「獨立偵探社：需要更進一步控管？」爲標題的報導描述洛克伍德偵探社（「某間由青少年經營的獨立事務所」）的調查行動，導致了危險大火燒燬民宅。顯然是在指涉洛克伍德偵探社已經失控。報導末段引述了業界頂尖的費茲偵探社的公關發言。那名女士建議大部分的超自然調查行動都該有「成人監督員」在場。

這篇報導引發的效應來得又快又確實。早上八點零五分，一通電話打進辦公室，取消了我們手邊的某個案子。九點接到第二通電話，相信接下來還有更多。

無論從哪個角度來看，在一個月內籌到六萬英鎊的機會看起來相當渺茫。

餐桌上陷入被霜雪覆蓋似的寂靜。洛克伍德坐在我對面，捧著冷掉的茶，伸展受傷的手指。他的手漸漸恢復生機，只是看起來還略略泛藍。喬治拖著腳在廚房裡兜轉，收起空盤丟進水槽。

我把玻璃匣放在掌心翻來覆去。

洛克伍德會這麼生氣不是沒有道理，我更過意不去了。奇怪的是，雖然我知道自己犯了錯——無論是帶走項鍊，還是把這件事忘得一乾二淨，我就是無法打從心裡後悔自己幹下的好事。在席恩路的那一夜，我聽見遇害女子的聲音。我也看見她了——她過去的面貌，以及扭曲萎縮的屍骸。即便這起事件帶來恐懼和憤怒，儘管這個鬼魂滿懷惡意與執念，我就是無法放下那些回憶。

屍體已經燒成灰燼，只剩下這條項鍊，它代表安娜貝爾．瓦德，代表她的生與死，代表她不爲人知的過去。

然後我們也要把這東西送入火海。

我覺得這樣不妥。

我把匣子湊到眼前，隔著玻璃凝視項鍊。「洛克伍德，我可以把項鍊拿出來嗎？」

他嘆息。「應該可以。現在是大白天，還算安全。」

看來安娜貝爾的鬼魂沒打算在光天化日之下從墜子裡現身。但無論她是以某種形式待在裡頭，或是單純拿它當作穿越界域的媒介，這東西確實與她有所連結。因此在打開纖細的扣鎖，掀開銀玻璃匣子時，我不由得有些焦慮。

這條項鍊看起來就和隨意散在明亮餐桌上的果醬匙和奶油刀一樣無害。精緻的小墜子串在精緻的金鍊子上。總算有機會好好端詳它了。我從匣裡取出項鍊，冰冷的觸感令我微微瑟縮。

金鍊是一連串扭成套環的金絲，大致算得上乾淨，只有幾個銜接處沾上一點黑漬。墜子接近橢圓形，大小和胡桃差不多。多虧喬治那一腳，它看起來有點變形。它原本肯定是個可愛討喜的珠寶，正面以數十片細小的珠母嵌在黃金網眼中排出圖案，反射出粉白色的細緻偏光。不過現在少了好幾個組件，和鍊子一樣，表面染上一點一點不祥的黑色污漬。最糟的是（大概也是喬治的功勞），橢圓形珠寶側邊接縫處明顯裂了一縫。

不過呢，最有意思的細節是在墜子中間偏下的位置，有一顆半立體的愛心圖案，金網浮現蜘蛛絲似的細細文字。

「喔！上頭有刻字！」

我舉起墜子對著光細看，手指撫過那串字母，同時耳邊突然響起一串人聲——一對男女在說話，接著是女方尖銳高亢的笑聲。

我眨眨眼，這股感知瞬間消失。我凝視手中的墜子，其他人被我的好奇心傳染，洛克伍德忍不住起身繞過桌子。喬治丟下碗盤，揮舞抹布，從我背後另一側看過來。

四個字。我們默默看了好一會。

Tormentum meum

laetitia mea

我看不出半點名堂。

「*Tormentum*……」喬治率先開口。「唸起來好好笑。」

「拉丁文。」洛克伍德說。「我們是不是有一本拉丁文字典？」

「是送她項鍊的男人留下的文字。」我說：「那是她深愛的人……」那對男女的嗓音在我心中迴盪不去。

「妳怎麼能確定是男人？」喬治說：「說不定是哪個女性朋友的禮物。說不定是她媽。」

「不可能。」我說：「你看這個愛心。一般人戴這種東西是爲了把情人的訊息貼在自己心口。」

「妳還眞懂啊。」喬治語氣尖酸。

「彼此彼此。」

「讓我看看。」洛克伍德坐進我隔壁的椅子，接過那條項鍊，皺著眉頭把項鍊湊到眼前。

「拉丁文、情人的禮物、失蹤多年的女子……」喬治把擰得半乾的抹布甩到肩上，回頭往水槽走。「好個光怪陸離的神祕事件……」

「可不是嗎？」洛克伍德說：「這可不是嗎？」我們的視線轉向他。他雙眼閃閃發亮，突然挺直腰桿，整個早上包圍他的愁雲慘霧瞬間煙消雲散。「喬治，你記得譚迪那邊一、兩年前接過的知名案件嗎？就是有兩具糾纏在一起的枯骨那個？」

「悲嘆樹奇案？當然記得，他們靠這個案子拿到獎。」

「沒錯，還有曝光度。原因就是他們查出訪客的身分，對吧？他們在其中一具骸骨上面找到鑽石領帶夾，追溯到珠寶匠，對方告訴他們物主是——」

「是年輕的亞德雷爵爺。」我接著說下去：「他在十九世紀失蹤，大家都以爲他跑去海外了。但他一直被埋在莊園庭院裡，肯定是他弟弟爲了繼承家產幹的好事。」廚房裡陷入沉默，我看著他們。「幹嘛這麼驚訝？我也看過《靈異眞相》的報導啊。」

「沒事。」洛克伍德說：「妳說得對。重點在於這是個精彩的故事，解決這樁陳年懸案的譚迪偵探社就此名利雙收，規模與知名度翻了好幾倍，現在已經是倫敦第四大偵探社。所以我只是在想……」他沒把話說完，垂眼凝視手中的墜子。

「你在想，安娜貝爾．瓦德能不能帶給我們同樣的利益？」喬治說：「洛克伍德，你知道全倫敦有多少訪客嗎？全國呢？這是一場瘟疫。沒有人在乎它們背後的故事，只希望它們趕快消失。」

「確實，但好案子能得到好版面。這個案子可能成爲我們的機會。你們仔細想想。社交名媛遭到殘殺、失蹤數十年，遭到命運捉弄的情侶，前景看好的小偵探社揭發謀殺案背後的眞相……」他對我們咧嘴一笑。「沒錯……只要我們好好利用，就有機會大放異彩。從谷底翻身。不過我們要趕快行動。喬治——拉丁文字典應該在二樓走廊的書櫃，可以麻煩你去拿下來嗎？謝了！還有露西——」喬治離開後，他繼續說：「或許妳也幫得上忙。」

我愣愣看著他。不過幾分鐘，他愁眉苦臉、唉聲嘆氣的形象徹底翻轉。他的動作迅速敏捷，傷口全被拋到腦後，對著我的雙眼中星光閃爍。在那一瞬間，彷彿世上只有我能引起他的興致。

「要向妳請教一下。雖然根據過去兩天的經驗，我不是很想這麼問……妳現在拿著這個墜子，是不是……感覺到了什麼？」

我慎重地點頭。「如果你指的是超自然殘渣，沒錯。說話聲、笑聲……不多。我沒有刻意嘗試。」

「妳想妳能不能試試看……？」他笑著詢問。

「你要我看看能探測到什麼樣的訊息？」

「對！不覺得這招很厲害嗎？或許妳能獲得什麼關鍵資訊，成爲可以運用的線索。」

我別開臉，對他的灼灼目光略感羞赧。「當然，或許吧……不知道。」

「如果有人做得到這件事，小露，那一定就是妳。妳在這方面很有一手。就試試看吧。」

方才他還信誓旦旦地說要銷毀這墜子。現在它又成了解決我們一切煩惱的關鍵。前一刻他才狠狠訓了我一頓，現在我成了他目光的焦點。洛克伍德就是這副德性，態度思路說變就變，讓人難以呼吸，然而他的熱情與能量總是令人難以抗拒。我聽見喬治在樓上急切地四處翻找；我也感受到突如其來的刺激——迫不及待想要解開這鬼魂的祕密；心頭湧現有機會拯救偵探社的希望。

當然還有我的個人因素，我老是被洛克伍德一誇就飛上天。

我重重嘆息。「我可以試試，只是無法給你任何承諾。你知道光用摸的多半只能獲得情緒和聲音，沒有確切的事實。所以要是——」

「太好了！」他沿著桌面把墜子推過來。「我能幫得上什麼忙嗎？要我幫妳泡杯茶嗎？」

「不用。只要閉嘴讓我專心就好。」

我沒有馬上拿起墜子。畢竟這不是簡單的把戲。我已親身體驗過女鬼魂的盛怒與憎恨。我知道她的命運並不平順。所以我不慌不忙地凝視著墜子與金鍊，盡力控制思緒，排開一切日常生活中的混亂感受。

最後，我把它捧在掌心，金屬的寒意滲入我體內。

我等待可能降臨的迴響。

很快地，它們來了，就和之前一樣。先是一對男女的交談，女人尖銳的笑聲，男人也跟著她一起歡笑。接著是強烈的喜悅，兩人共享的激情。我感受到女子高揚的情緒，她狂熱的喜悅。濃濃幸福感擴散開來，塡滿我的世界……笑聲轉爲歇斯底里，男子的語氣越來越尖酸，聲音扭曲。一股冰冷的恐懼竄過我全身……突然間，那股喜悅回來了，一切完好如初……直到下一次反轉，幸福變了調，兩道聲音再次充滿怒氣，嫉妒與憤怒令我作嘔……就這樣反反覆覆，反反覆覆，情緒左右搖擺，感覺像是我小時候在赫克瑟姆坐過的旋轉木馬，當時母親讓我自己去玩，歡喜與恐懼在我心頭交織，我知道無論我怎麼試都無法脫離。突然間世界一片寂靜，冷冷的聲音在耳邊響起，最後一股勃發的怒氣不斷攀升，化爲絕望的慘叫——我意識到那是我自己的叫聲。

我睜開眼睛。洛克伍德在椅子旁扶著我。廚房的門砰地打開，喬治衝了進來。

「搞什麼鬼？」他大叫。「就不能離開你們兩個幾分鐘嗎？」

「露西。」洛克伍德臉色蒼白。「對不起。我不該提出這個要求的。怎麼了？妳還好嗎？」

「不知道……」我推開他，同時把墜子放到餐桌上。它晃了幾下，反射陽光。「我不該這麼做。」我說：「太強烈了。裡頭塞滿她的靈魂與記憶。我有幾秒時間感覺自己變成她，眞的很不舒服。她的怒氣太可怕了。」

我在陽光燦爛的廚房裡靜靜坐了一會，讓那些情緒感官像是漸漸消散的噩夢殘渣般崩落。兩人在旁邊等待。

「我可以告訴你們一件事。」我終於有辦法開口。「洛克伍德，或許這是你的目標，或許不是，但我現在確實搞清楚這件事了。在她的情緒中表現得清楚明白。」我深呼吸，抬頭看著他們兩人。

「是什麼？」洛克伍德問。

「送她項鍊的男人，就是殺了她的凶手。」

13

剛過中午，我們徒步到貝克街地鐵站。能吸到戶外空氣、享受美好的陽光眞是無比暢快。環境的轉變提振了我們的心情。我們換上便服，洛克伍德身穿棕色長版皮大衣，突顯修長身材和從容步伐；喬治選了一件難看的寬鬆夾克，高腰設計突顯了他的大屁股。我的穿著和平時沒有兩樣，大衣、高領毛衣、黑色短裙與緊身褲。我們都佩帶長劍（我從玄關拿了備用的佩劍）。這副打扮——以及我們傷痕累累的臉——說明了我們的職業與身分，人們紛紛讓路給我們先走。

地鐵銀禧線人來人往，濃濃的薰衣草甜香保護著每一個人。男人把草枝插在鈕釦洞裡，女性則是插在帽子上。車廂內處處可見銀胸針和領帶夾被燈光照得發亮。我們板著臉沒有說話，隨著車廂在隧道裡左搖右晃，經過五分鐘車程，抵達格林公園。車上安安靜靜，眾人的視線追著我們下車，沿月台前進。

一路上，喬治不斷翻閱拉丁文字典。搭乘電梯時，他抽出叼在嘴裡的鉛筆，往皺巴巴的筆記紙上寫下最後一點註記。

「好啦，我盡力了。」他說。「是*Tormentum meum, laetitia mea*對吧？*tormentum*的意思是『折磨』或是『拷打』。*Laetitia*等於『喜悅』或『至福』。*Meum*和*mea*都是『我的』。所以這個墜子上的刻字翻譯過來會是『我的折磨，我的幸福』。」他合上字典。「不是什麼健康的情話，對吧？」

「完全符合我感應到的記憶。」我說：「那不是健康的關係，在兩個極端之間擺盪。那兩人一半的時間算是快樂，另一半卻被嫉妒與厭惡侵蝕。最後是後者占上風。」

「露西，別再想了。」洛克伍德開口。「妳已經盡了心力，現在輪到喬治和我上場了。喬治，你想我們會在檔案館待上多久？」

「不會太久。回去地方報紙區，從我標記的日期開始找。如果有更多安娜貝爾．瓦德的消息——比如說警方有沒有逮捕哪個人——應該馬上就能找到。然後再來看看八卦雜誌——她可是社交界的名人啊。」

我們出了地鐵站，走上皮卡迪利街。午後的陽光從高聳建築物間斜斜射出，我們在亮光和深藍色陰影間穿梭。時節邁入晚秋，眾人已經開始爲夜晚做準備。撒鹽人推著小車，沿街往左右撒下一把一把雪粉般的鹽巴。在大飯店門外，員工拿一束束乾燥薰衣草塡入火盆，準備焚燒，還有人忙著擦亮掛在門外的驅鬼提燈。

我刻意在行走時伸展挫傷的肌肉；幸好我的力氣漸漸恢復。洛克伍德除了走路有點跛，算得上是精力充沛。他拆掉被鬼魂觸碰過的手臂上的繃帶，接受陽光照射。「要是能解決這個懸案。」他說：「要是能查出凶手身分、替死者聲張正義，這會是絕佳的公關操作，完全抵銷我們燒掉那位太太房子的事實。」

「然後幫我們保住洛克伍德偵探社。」我說。

「希望如此……」他繞過發送市區「安全地帶」觀光地圖的男子，無視鐵器小販的招呼。

「但前提是我們能拿到好案子，而且要快。」

「你知道靈異局也會著手調查這件事。」喬治指出重點。「這不是優先任務，但只要還有人記得，他們確實會調查以往的懸案。」

「這都是我們該加快腳步的原因。」洛克伍德說：「好啦，過馬路吧。」

我們橫越馬路，跨過開放式水溝，或是隔開人行道和柏油路的流動水道「小渠」。大家都知道徘徊的死者討厭流水，因此西區的許多購物區都能看到狹窄的小渠交錯縱橫，讓民眾能在晚間安全行走。過去政府曾期盼能把這套系統擴建到全倫敦，可是經費高得嚇人。除了驅鬼街燈，市中心以外的居民得要自求多福了。

走過一條小巷，鑽過高大的石拱門，在攝政街轉了個彎。前方不遠處的人行道上設了一個小攤子，旗幟在櫻桃紅色的棚頂上飄揚。每一面旗子都印上金獅紋章，以及花稍的字母「R」。

「喔，你們看。」喬治說：「烤栗子！要來一點嗎？」

一群身穿深紅色外套的少年少女圍在攤位四周，向路人發送免費的薰衣草枝、鹽彈、甜食。火盆裡栗子彈跳裂開，一名滿臉痘子的少年手拿大鏟子，把烤好的栗子舀進紙筒。這些調查員的頭髮梳得整整齊齊，長劍磨得雪亮，笑臉迎人，活像是同一個模子裡壓出來的人偶。他們是羅特威偵探社的門面，這間創立歷史排名第二的倫敦靈異事件調查機構擅長公關宣傳，知名度遠遠超越同行。羅特威總部辦公大樓位於攤位後方，離大馬路略有段距離，外牆以光滑的大片玻璃和大理石拼接而成。雙開自動門的玻璃上印著幾隻咆哮的獅子，前爪按著長劍。我知道辦公室內部長什麼樣子，之前曾來過這裡面試，以失敗收場。

有個笑容滿面的男孩，捧著裝滿圓錐紙筒的烤栗子迎向我們，他看起來不到十歲大，「羅特威偵探社的贈禮。祝你們今晚平安。」

「我們才不會收這種東西。」洛克伍德低聲怒吼。「喬治，你給我直接走過去。」

「可是我餓了。」

「給我忍著。不准你拿著他們的東西走在大街上，替競爭對手宣傳是滔天大罪。」

他無視殷勤的男孩，大步走過攤位旁，喬治猶豫半秒，接過紙筒，塞進口袋。「好啦，這樣就不會被人看到了。我認為拒絕免費食物才是滔天大罪。」

我們擠過人群，繞到另一側，不到幾分鐘路程便抵達與攝政街隔一個街口的僻靜綠地廣場，廣場旁那棟醜陋的巨大磚砌建築存在感十足。掛在門上的鐵牌刻著：

國家報紙檔案館

喬治的眼鏡鏡片發亮。這裡是他的地盤，沾著栗子碎屑的嘴角勾成最接近笑容的弧度。「上吧。安靜點，這裡的館員很難搞。」他領著我們跨過門前的鐵線，走進旋轉門。

□

我從小就不怎麼愛看書。老家幾乎找不到半本書，剛上學沒多久就去雅各那裡當學徒。沒錯，我得要識字才能完成訓練——沒有通過簡單的筆試可拿不到半張證書——也在滿十二歲前就背下了整本《費茲鬼魂獵人教戰守則》。在那之後呢？說眞的，我忙著出任務，沒多少時間與書爲伍。是的，雅各有時會派我去鎭上圖書館查過去幾樁絞刑的歷史背景（比如離我們鎭上半哩遠的吉比特山丘一帶，那裡是人盡皆知的訪客密集地），因此我在裝滿印刷品的建築物裡並不會坐立不安。然而國家報紙檔案館的規模遠遠超越我見識過的每一間圖書館。

中央的水泥台座撐起六層樓的建築物。站在檔案館的一樓，身旁是零星的棕櫚樹和其他室內盆栽，書櫃、架子、閱讀桌從四面八方往上堆疊，直衝天際。一尊鐵鑄人像懸掛在高聳的半球形屋頂下，半是裝飾，半是防護。每一層樓都有不少人駝著背埋首於泛黃的報章雜誌中。或許有些人是爲了探究靈擾爆發的線索，尋找瘟疫降臨人世間的緣由。其他的都是調查員，我看到唐沃斯偵探社的藍色外套、葛林堡偵探社的淺紫色制服，費茲的深灰色服裝四處可見。這不是我第一次納悶洛克伍德爲什麼不要求我們穿上統一色系的制服。

洛克伍德和我一樣被此地的氣勢震懾住，不過喬治自信滿滿地拖著我們前進，在幾分鐘內搭電梯來到五樓，要我們坐在一張空桌邊，消失一會兒後又抱著第一堆灰色資料夾擱在我們面前。

「這是里奇蒙區四十九年前的地方報紙。安娜貝爾．瓦德在六月底失蹤。我找到的報導大約在一週後出現。洛克伍德，你就從七月的報紙開始吧？最有可能在那部分找到我們需要的資訊。露西，妳看看秋季發行的報紙。我去拿幾期《倫敦社交》。」

洛克伍德和我脫下大衣，乖乖翻閱《里奇蒙考察報》那些轟動一時的報導。我很快就發現上頭刊登的舞會美照、協尋寵物貓、最佳菜園競賽比我想像的還要多。也有好幾篇報導討論當時漸漸浮上檯面的靈擾問題。有人呼籲該在各處設置驅鬼街燈（後來也實現了），該把墓園剷除、撒滿鹽巴（倒是沒人這麼幹，太貴也太違反民情；有關當局只在週邊設置鐵柵欄）。除此之外，完全沒有提及那名失蹤女性。

洛克伍德和喬治——他忙著翻閱社交界雜誌上的黑白照片——運氣也不太好。洛克伍德越來越焦躁，不時嘆氣看錶。

陰影落在我眼前的紙頁上。我抬頭一看，發現三個人站在我們桌邊，難掩看笑話似的表情。其中兩人和我們差不多大，一男一女，另一人是個青年。他們身穿柔軟的灰外套和燙得平整的黑色長褲，這是全倫敦歷史最悠久、名聲最響亮的靈異偵探社，號稱河岸的灰衣老婦——大名鼎鼎的費茲偵探社制服。他們的佩劍有著花稍繁複的義大利風格劍柄，比我們的還要古典昂貴。他們拎著正式的灰色公事包，和外套一樣印著費茲以後腳站立的銀色獨角獸徽記。

洛克伍德與喬治起身。青年對兩人微笑。

「哈囉，東尼。」他說：「眞是意想不到啊。從沒在這裡遇過你。」

東尼。我認識他六個月來，頂多只敢叫他安東尼。一瞬間，我還以爲這名費茲的監督員和洛克伍德交情匪淺；但我馬上意識到完全不是那麼一回事。

洛克伍德同樣笑臉迎人，但我沒看過他露出這種笑容。那是野狼一般的獰笑。他笑得瞇起眼。「奎爾．奇普斯，」他說：「最近過得如何啊？」

「忙啊。忙得很。東尼，你呢？看起來眞有男子氣慨，希望你不介意我這麼說。」

「喔，沒什麼大不了的。只是磕了幾下。職業病嘛。」

「我想你也沒有抱怨的餘裕。」青年說：「至於其他人對你的怨言……」他的身板單薄，纖細的骨架猶如禽鳥，看起來不會比我重。他有著小小的朝天鼻，帶著雀斑的尖臉，紅褐色頭髮剪得很短，外套前襟胸別了四、五枚徽章，佩劍劍柄尖端鑲著耀眼的綠色寶石。到了這個年紀，他使用這把劍的機會也不多了。我猜他將近二十，在前線活躍的時期早已結束。他的天賦幾乎凋零消失。和我以前的上司雅各，還有掐住這個產業的其他沒用監督員一樣，他能做的只有差遣年少的手下。

他的訕笑看來沒對洛克伍德造成太大影響。「喔，這種事情在所難免。所以說……你來查什麼？」

「莫爾門附近的隧道發生鬼魂群聚。想要查清楚它們到底是什麼來頭。」他瞄了一眼我們桌上的檔案。「看來你們也在查資料。」

「對。」

「《里奇蒙考察報》……原來如此。席恩路那件聲名狼藉的案子。在費茲偵探社，我們基本上會在對付訪客前做足背景調查。你知道的，我們不是蠢蛋。」

他身旁的少年盡責地幫腔乾笑，這人身材高瘦、頂著骨架厚重的大頭和濃密灰鼠色頭髮。少女沒有回應。幽默感——就連她同伴那種虛僞輕浮的幽默感——看來不是她的強項。她的下巴微尖，短短的金髮，劉海卻很長，在眼前一刀剪齊。她的長相相當出色，像尊冷硬的塑膠人偶。

她直視著我。「這位是？」

「新來的助理。」洛克伍德回答。「其實已經待一陣子啦。」

我向女孩伸手。「露西．卡萊爾。妳是……？」

她輕笑一聲，撇頭望向走道，彷彿那裡有一團垃圾什麼的，比我還要値得關注。

「甜心，妳在東尼身旁可要提防一點。」奎爾．奇普斯說：「他的前任助理下場不太好。」

我泰然自若地笑了笑。「不勞你擔心。我過得很好。」

「是啊，不過他身旁的人總會出事。每次都是如此。多年來的怪現象。」

他想說得輕鬆寫意，語氣卻暴露出他的情緒。他的嗓音帶著一絲我無法理解的暗示。我瞥向洛克伍德。他的站姿變了，刻意裝出的淡然變得僵硬，變得冷硬、缺乏彈性。我知道他打算說些什麼，不過他還來不及開口，喬治就率先發難。

「奎爾，我也聽說過你的事蹟。你派那個小伙子獨自深入南華克地下墓穴，而你在門外『等待支援』。奎爾，那個孩子後來怎麼了？還是說他們還沒找到他嗎？」

奇普斯皺眉。「誰告訴你的？事情不是這樣——」

「還有那個因爲你的手下調查員把一根手骨留在他家垃圾桶裡，而遭到鬼魂觸碰的客戶。」

青年滿臉通紅。「那是失誤！他們丟錯包——」

「聽說你是費茲社內手下傷亡率最高的監督員。」

「這個——」

「這可不是什麼光彩的紀錄吧？」

桌邊一片沉默。

「喔對，你拉鍊沒拉。」喬治補上一句。

奇普斯低頭一看，發現喬治說出的不愉快事實。他的臉漲得像是要爆炸，一手摸向劍柄，往前跨了半步。喬治不為所動，指著高掛在牆上的「肅靜」標語。

奎爾．奇普斯深吸一口氣，把頭髮往後一撥，笑著說：「可惜我沒辦法關上你這張肥嘴，庫賓斯。但有朝一日我會動手的。」

「很好啊。」喬治說。「你怎麼不找和自己同個量級的對手較量？比如說沙鼠或鼴鼠。」

奇普斯唇間擠出細細聲響。他動了；長劍在手——

我身旁人影一閃；金屬互擊的鏗鏘聲響。洛克伍德的姿勢幾乎不變，但他的佩劍已經平行懸在桌面上，擋住奇普斯的劍刃，將之牢牢壓下。

「奎爾，如果你打算用劍解決事情，最好學個幾招再來。」

奇普斯一言不發，脖子爆出青筋。在剪裁俐落的灰色衣袖下，看得出他的手臂正不斷施加壓力，試著移動他的劍身，先往一個方向轉，再轉向另一側，但洛克伍德似乎沒出多少力就封住他的動向。劍刃僵在半空中，兩人幾乎沒有動彈。喬治和我，還有那兩名費茲偵探社的調查員，我們四個像是被施了魔法似地僵在原處。資料館內輕悄的沙沙聲持續不變，包圍著我們。

「你不可能撐上一輩子。」奇普斯說。

「沒錯。」洛克伍德手臂一轉，手腕一抖，奎爾．奇普斯的長劍從手中飛出，直挺挺地往上插入天花板。

「厲害。」我說。

洛克伍德笑著收起佩劍，坐回原處，放奇普斯噗哧噗哧地吸氣吐氣。過了一會，他輕輕跳起，想握住倒插在天花板上的長劍，卻和劍柄差了好幾吋。他又跳了一下。

「再高一點，奎爾。」喬治鼓勵道。「就快碰到了。」

最後奇普斯得爬上桌子，扯下他的佩劍。他的調查員默默旁觀，男孩歪嘴而笑，金髮女孩還是冷著臉。

「洛克伍德，我會讓你付出代價。」奇普斯踏回地板上。「我發誓我會讓你付出代價。大家都知道靈異局準備要你們關門大吉，光是這樣還不夠。我會想辦法讓你吃苦頭，你和你那些智障朋友。比爾、凱特，走了。」

他猛然轉身，他的跟班也乖乖照做，像是訓練不足的伴舞團似地一同大步走向電梯。

「以前我在他手下工作的時候，奇普斯的脾氣已經很糟了。」喬治評論：「他要學著放寬心啊。洛克伍德，你說對吧？」

可是洛克伍德的注意力已經回到檔案上頭，嘴唇抿成一直線。「好啦，我們還有得忙呢。不能再繼續浪費時間了。」

□

才過了一分鐘左右，我們的重大突破來了，這次的功臣是洛克伍德。他得意地吹了一聲長長的口哨，指著面前的報紙。就是她。安娜貝爾．瓦德。不同的照片，同樣的飄逸金髮、性感曲線、閃亮皓齒。這張照片中，她身穿晚禮服，登上《里奇蒙考察報》四十九年前的頭版。

安妮．瓦德的前男友遭到審訊

人稱「安妮」的安娜貝爾．瓦德小姐失蹤了將近兩週，經過兩週的調查，本案在昨晚現出一線曙光。警方逮捕了她的前男友之一，二十二歲的雨果．布雷克先生是社交界的知名人物，好賭成性，正拘留在弓街警局。目前尚未遭到正式起訴。

警方內部消息指出，布雷克先生是六月二十一日星期六瓦德小姐失蹤當晚在飛馳夜間俱樂部共進晚餐的同行者之一。據說他當晚在瓦德小姐告辭後不久便跟著離開。經過反覆盤問，他承認是他開車送她返家。相關人士表示兩人前幾個月相當親近，但現在陷入低潮。布雷克與瓦德小姐的交際在時尚圈內掀起話題。受到他的影響，她幾乎捨棄前景光明的演員之路，但她近日嘗試取得新角色……

「雨果．布雷克。」我輕聲說。「她的前男友。我敢說送項鍊的人就是他。」

喬治點點頭。「那晚也是他送她回家……嗯，應該可以推測他在那裡幹了什麼好事。」

「繼續找。」洛克伍德說。「警方逮捕了他，可是他後來有沒有遭到起訴？就算沒有找到屍體，他還是有可能因此入獄。」

很快就找到答案。幾天後，一小則報導簡單記載雨果．布雷克無罪開釋。記者引述了蘇格蘭警場內部人士的發言，說安娜貝爾．瓦德失蹤案的調查「碰了壁」。

「就是碰壁！」我低呼。「那夥白痴！她一直都在牆壁裡！」

「當時他們沒有足夠證據將布雷克定罪。」洛克伍德快速看過內文。「他是這個案子唯一的嫌犯，可是他們無從證明。他宣稱護送她回家後就離開，沒有進屋。沒有人能證實真僞，警方也沒有找到屍體或是任何線索，自然無法提出告訴……他們就這樣放了他。太完美了。看來布雷克就是我們的目標。」

喬治往後靠上椅背。「當時布雷克幾歲？」

「二十二。」我說。「可憐的安妮．瓦德才二十歲。」

「嗯，那是四十九年前的舊事，滿久的，不過算下來他現在七十一歲，很有可能還活著。」

「一定的。」我狠狠說道。「我敢說他一定過得很好。他殺人後還能逍遙法外。」

「他的好日子到此爲止。」洛克伍德對我們咧嘴而笑。「我們只需要這個——只要好好運用。就這樣吧。我們聯絡靈異局，要是布雷克還在人世，警方會逮捕他。同時我們去找報社，把來龍去脈說個一清二楚。事隔五十年總算眞相大白！這總該引起軒然大波吧。」

「是不錯。」喬治慢條斯理地回應。「但我不確定現在是公開此事的最佳時機。我們還可以深入調查，掌握安妮．瓦德的過去。」他拍拍身旁那疊《倫敦社交》雜誌。「裡面肯定有她的報導。要是我們運氣夠好，還有機會拿布雷克大做文章，如此一來——」

「你繼續。」洛克伍德推開椅子跳起來。「找到什麼再告訴我。我要趁這個機會找人談談。今天早上已經丟了三個客戶，爲了偵探社著想，我們可沒時間閒晃啦。」

「好吧……」喬治狐疑地托托眼鏡。「只能奉勸你別操之過急。」

洛克伍德對我們燦笑。「喔，我會小心的。你知道我的性子。」

14

睽違半世紀！
尋獲謀殺案死者屍體　洛克伍德偵探社大展身手

近年來最引人注目的「懸案」之一，安娜貝爾·瓦德在失蹤將近五十年後，屍體於倫敦西南區民宅尋獲。洛克伍德偵探社在深夜與死者的駭人幽靈展開殊死戰，終於找到遺體，平息騷動。

「真的是生死一瞬間。」年輕的偵探社社長安東尼·洛克伍德表示：「然而摧毀鬼魂對我們來說還不夠。我們希望能替這名女性伸張正義。」

偵探社團隊運用巧妙的調查技術，確認瓦德小姐的身分。因此靈異局同意展開謀殺案調查。

「在我們眼中，案子不分新舊難易。」洛克伍德先生說：「我們擁有頂尖的專業能力及各個領域的人才，棘手的案子反而是我們的長項。我們自然希望能驅除訪客，同時也對靈異事件背後的故事相當有興趣。可憐的安妮·瓦德喪生多年，但我們還是能將殺害她的凶手繩之以法。社內能力數一數二的露西·卡爾萊在調查過程中，與訪客展開心靈溝通，不顧死者充滿憤恨的靈魂燃起熊熊怒火，獲得關鍵證據，讓我們得以查出凶手身分。目前我只能透露這麼多，希望再過不久便能取得更多情報，到時候將會揭露這場悲劇背後的驚人真相。」

「寫得眞好。」洛克伍德今天第二十次如此讚歎。「沒看過這麼精闢的報導。」

「他們把我的名字寫錯了。」我說。

「他們完全沒有提到我。」喬治說。

「至少重點沒有抓錯。」洛克伍德對我們笑得無比燦爛。「《泰晤士報》的第六版。前所未有的曝光率。這是我們偵探社的轉捩點。總算露出一線曙光啦。」他打了個哆嗦，從一灘發臭的堆肥踩向另一灘。

現在是我們前往檔案館的隔天晚間八點，我們站在幽暗冰冷庭院裡髒兮兮的燈籠果叢間，等待鬼魂現身。這不是人世間最美妙的差事。

「溫度？」洛克伍德問。

「還在降。」喬治看看溫度計，面板在糾結的燈籠果間散發微光。屋子就在一旁，燈光被單調的窗簾遮住。遠處傳來狗吠。二十呎外就是那棵柳樹，纖細的黑色軟枝宛如結冰雨幕般垂落。

「瘴氣還在增強。」我說。我覺得四肢沉重，大腦被不屬於自己的無力和絕望拉扯。嘴裡嚐到苦澀的腐朽味。我又吃了一顆薄荷糖來提神。

「很好。」洛克伍德說：「應該快了。」

「向靈異局報告安妮．瓦德的事當然沒問題。」喬治突然開口。「但我還是不認爲你該在這麼早的階段就找上報社。警方的調查不是才剛起步嗎？我們根本不知道案情走向。」

「怎麼會不知道？伯恩斯對於我們搶先一步查出那個女生的身分沒有好臉色，但他對於命案與雨果．布雷克的連結相當有興趣。從他們的紀錄中調出他的資訊，發現他現在是成功的生意人，不過曾經因爲詐騙關過幾次，還有一次是重傷害罪。那個陰險的傢伙。我們猜得沒錯，他還活得好好的，而且就住在倫敦。」

「所以他們會去抓他？」我問。

「這是他們今天的目標。大概已經逮捕他了。」

「鬼魂霧氣來了。」喬治說。和義大利麵差不多粗細的淡淡觸手從地面浮起，泛著冷光，纏繞在柳樹與圍牆之間。

「露西，有沒有聽到什麼？」洛克伍德問。

「還是一樣。風吹過枝葉，還有刺耳的咿呀、咿呀、咿呀磨擦聲。」

「像是繩子？」

「有可能。」

「喬治——看到什麼了嗎？」

「還沒。你呢？死亡光輝還在上面飄？」

「死亡光輝不可能移動位置。對，還在樹枝之間。」

「露西，可以給我一顆薄荷糖嗎？」喬治問。「我忘記帶了。」

「當然。」

我遞出糖果包。對話中斷。我們緊盯著那棵柳樹。

儘管洛克伍德對他的報導滿懷期望，我們目前尚未感受到任何益處，今晚的守夜任務是我們手邊僅存的案子。我們的客戶是對年輕夫妻，他們總是在自家庭院邊緣感到不安與恐懼。最近幾天夜裡，他們家的小孩（分別是四歲和六歲）說從屋裡看到「固定不動的黑影」站在柳樹垂落的枝椏間。家長當時陪在小孩身旁，但什麼都沒看到。

今天早上，洛克伍德和我先來巡了一圈。這棵柳樹相當古老，高高的枝幹粗壯穩固。我們都在這一帶察覺到微弱的靈異現象，主要是瘴氣與潛行恐懼。喬治則是在檔案館泡了一整天，調查這棟住宅的歷史。他發現一件大事，一九二六年五月，屋主亨利．凱琴納先生在此地上吊自殺。不知道確切的地點在哪。

我們有理由懷疑這棵樹。

「我還是不知道你爲什麼要提到我，而不是那條項鍊。你說得像是安妮．瓦德直接告訴我凶手是誰，大家都知道這是屁話。鬼魂無法和人好好溝通。靈力的聯繫非常薄弱。」

洛克伍德輕笑一聲。「我知道，不過強調妳的才能也不是壞事啊。我們希望其他顧客搶著上門，請求妳的幫助。而且我是刻意避開那條項鍊，一方面是爲日後報導留一點料，另一方面是因爲我也沒有對伯恩斯提到這個東西。」

「你沒對伯恩斯說？」喬治的語氣透出濃濃的匪夷所思。「連上面刻的字都沒說？」

「時機還不到。他還在生我們的氣，像露西這樣帶走危險物品觸犯了規約，我想暫時隱瞞這件事比較安全。更何況，有必要嗎？這條項鍊根本無法提供更多證據。就算沒有它，布雷克仍然身負重嫌。對了，喬治，你還有查到瓦德這個案子的相關資訊嗎？」

「有。我找到幾張照片，很有意思。回去再給你們看。」

時間一分一秒流逝，寒氣越來越難耐。無法安息的自殺鬼魂的孤寂情緒從柳樹中逸出，擴散到周圍的灌木叢、花床、塑膠腳踏車，以及滿園子的孩童玩具間。即便此處平靜無風，柳樹枝條逕自飄了起來。

「不知道他爲什麼要這麼做。」洛克伍德低喃。

「誰？」喬治問。「雨果．布雷克？」

「不是，我在想這個案子。那個人爲什麼要上吊。」

我開口搭話：「他失去了親近的人。」

「眞的？小露，爲什麼這麼說？這不在報告上吧，喬治？」

我放空心思，靜聽從枝椏間傳來的咿呀聲。「不知道。我可能弄錯了。」

「等等。」洛克伍德語氣急促。「我看到人影了……沒錯！你們有沒有看到？」

「沒有。在哪？」

「他就在那裡！你們看不見嗎？他就站在樹下，抬頭往上看。」

我感受到那個東西來了——隱形的波動像漣漪般往外泛開，令我耳中的血管突突脈動。但我的靈視能力不如洛克伍德，那棵樹依舊是一片網狀陰影。

「他手中握著繩子。」洛克伍德輕聲說：「他一定在那裡猶豫了很久，說服自己動手……」有個小技巧，就像看星星一樣，你得稍稍別開目光。我望向庭院圍牆，柳樹下的人影瞬間變得清晰。我看到蒼白、細瘦凝滯的輪廓，柳枝宛如牢籠般包圍著它。

「看到了。」是的，他往上看去，歪著腦袋，彷彿脖子已經折斷。

「別看他的臉。」喬治說。

「好，我要靠近一些。」洛克伍德說：「我們要冷靜。啊！我被什麼東西抓到了！」

兩道金屬磨擦聲——喬治和我同時抽出佩劍。我開啓手電筒，照向僵在我身旁的洛克伍德。我切斷電源。

「你沒被抓到。是你的大衣下襬勾到燈籠果的枝葉。」

「喔，好。謝啦。」

喬治不屑地哼了聲。「那件大衣！太長了！你之前不是也差點被它害死？」

洛克伍德窸窸窣窣地抽出衣襬。柳樹下的人影仍然毫無動靜。

「掩護我。」

說完，洛克伍德抽出長劍，躡手躡腳地走向柳樹。鬼魂霧氣纏上他的小腿，隨著他謹慎的步伐飄浮，轉出一個個乳白色漩渦。喬治和我緊跟在後，手握鹽彈。

我們一點一點接近柳樹最外層的枝條。

「很好……」洛克伍德悄聲說：「我靠近了，可是它沒有動。只是個虛影。」

現在我看得更清楚了，粗略的男性輪廓，身穿短袖襯衫、高腰長褲、吊褲帶……蒼白的臉龐往上仰。我努力避開那張臉，卻還是感受到陳年傷感的迴響，失去摯愛、難以承受的絕望……我感受到男子從喉嚨深處擠出的呻吟。

突然間，那道身影動了；我看見繩索甩過，高高掛在樹枝上——

就在此時，一顆小小的白色物體飛向柳樹，在樹幹上炸開。鹽巴如雨般灑下，穿透那道身影。它扭成一團，消失無蹤。鹽粒燃起綠色火焰，看起來像是翡翠細雪。

我對喬治說：「你幹嘛這麼做？」

「冷靜點。它動了。洛克伍德就在它旁邊。我不能冒險。」

「他沒有攻擊。」我說：「他心裡只有自己的妻子。」

「他的妻子？妳怎麼知道？妳聽到他說話了？」

「沒有……」

「那怎麼——」

「這不重要。」洛克伍德撥開柳枝，綠色光點在他的腳邊閃了幾下，消失無蹤。「他走了。我們撒撒鐵粉，回到溫暖的屋裡吧。」

有些案子就像這樣——迅速又輕鬆，隨便就能解決。接下來都是些無關緊要的小事。隔天，我們在幻影站立處的正上方，找到一截破爛繩索，深深嵌在枝幹裡。繩索咬得太深，無法剝除，只能鋸掉整截分枝，用鹽火燒掉。三天後，屋主直接砍了那棵樹。

□

守夜任務結束後，回到波特蘭街，竟然有一輛警車停在屋外，車燈開著，引擎沒熄火。發現我們接近，一名靈異局的員警下了車，那人身穿一般員警的藍黑色制服，人高馬大，理了個平頭，肌肉發達到連脖子都被埋住了。

他直視我們，臉上不帶一絲笑意。「洛克伍德偵探社？你們總算是回來了。和我去一趟蘇格蘭警場。」

洛克伍德皺眉。「現在？已經很晚了，我們才剛辦案回來。」

「不干我的事。伯恩斯要見你們。他兩個小時前就說要見你們了。」

「可以等到明天嗎？」

員警粗壯得像整條火腿的大手緩緩移向腰間的鋼鐵警棍。「不行。」

洛克伍德眼中光芒一閃。「貴單位眞是多禮。好吧，警官，走吧。」

蘇格蘭警場是倫敦常規警力的大本營，同時也是靈異局的夜巡單位據點，位於市中心的維多利亞街上，是一大塊鋼鐵和玻璃組合成的楔形建築物。附近有挖墓人工會與喪葬業工會，以及費爾法鋼鐵公司、聯合鹽業，還有替全國偵探社生產器材的日出公司。對街是大部分主流宗教的辦事處，這些有影響力的組織正忙著對抗靈擾爆發。

警場門外，薰衣草在金屬管內悶燒，細細的小渠橫過人行道。兩個鼻子凍得通紅的守夜員少年守在門邊，提防各種超自然威脅。他們收起守夜杖，立正站好，放我們進門。員警帶我們上樓，來到靈異局的控制中心。

一如以往，這間辦公室在天黑後格外繁忙，底部牆上掛著巨幅倫敦街道圖，上頭插著幾十顆小燈，有的是綠色，有的是黃色，標示出今晚的緊急事件。身穿樸素制服的男男女女在地圖前來回走動、抱著大疊文件、大聲講電話，向羅特威和費茲的監督員下令，這兩間偵探社與靈異局合作密切。一名少年抱著一綑長劍跑過我們身邊，兩名員警站在一旁喝咖啡，身上護甲被鬼氣灼燒過的區塊冒出白煙。

員警要我們在一個小房間等候，轉身離開。這裡安靜多了。頭頂上掛著一組鋼鐵吊飾，隨著隱藏風扇的氣流搖擺。空調嗡嗡作響。

「你覺得他有什麼打算？」我問。「那場火的細節？」

洛克伍德聳聳肩。「希望是布雷克的消息。說不定他們逮到他了。說不定他認罪了。」

「說到這件事……」喬治往他的包裡翻了一陣。「反正閒著也是閒著，你們可以看看我從檔案館影印的資料。我挖出更多安妮．瓦德的情報，看來五十年前她是某個常在倫敦頂級奢華酒吧狂歡的浮誇團體的一分子——裡頭大多是有錢人家的小孩，不過也有例外。她過世前一年，《倫敦社交》替他們做了特別企畫。你們看。不只是她，還有其他熟悉的名字。」

那些從雜誌影印下來的照片沒有色彩，背景有舞會和派對，也有賭場與牌桌。每張都拍到整群光鮮亮麗的年輕人。除了服裝風格（還有黑白色調），他們和洛克伍德看的當代雜誌中的人物沒多大差異，也同樣無聊。不過翻到第三，還是第四張，我突然心頭一震。這一頁刊登了兩張照片，第一張是時髦的青年在相館裡拍的照片，他對著鏡頭微笑，頭戴黑色高禮帽、打著黑色領結，外套也是一片黑。或許還有衣緣抓縐的襯衫，幸好那被他的手杖遮住了。他還戴了白手套。這人一頭烏黑茂密的長髮，臉龐俊美豐盈。他討喜的笑容充滿自信，說明他很清楚自己有多受人歡迎。

照片下的說明是：**雨果．布雷克先生——當紅炸子雞**。

「是他。」洛克伍德吐出氣音。

我凝視那張意氣風發的耀眼面容。與此同時，另一張臉——布滿塵土與蜘蛛網——浮上心頭。

「這張也有他。」喬治說。

他的獨照下還有一張照片，那是從高處拍攝的人群合照。年輕男女站在一座噴水池前。肯定是某個無聊的夏季聚會，因爲男性都打著白領帶、身穿白色燕尾服，而女士們一身正式的長禮服。看得到肩帶、亮片、抓縐雪紡蓋袖，還有我認不出的配件。我對時尚打扮無感。即便是黑白照片，也能感受得到那些禮服有多麼鮮艷奪目。女性大多站在前排，男性擠在後側。他們一同仰頭，對鏡頭燦笑，彷彿自己擁有全世界，或許其中幾人確實如此。安妮．瓦德就在人群中央。她閃耀奪目，像是早已被異界光芒籠罩。她左右的女子笑容中帶著挫敗，似乎是深知自己不過是陪襯的綠葉。

「布雷克在這裡。」喬治指著後排的高大人影。「就在她斜後方。看起來即使是這種場合，他還在向她搭話。」

「看這裡……」我突然發現女子雪白的頸子下有個小小的橢圓形印記。「她戴著那條項鍊。」

「喔，你們都來了啊。」伯恩斯督察站在門邊，狠狠瞪著我們。他一臉疲憊，連鬍鬚都有些塌。他一手拿著裝滿報告的檔案夾，另一手端著保麗龍咖啡杯。「聊得很開心嘛。打算再害我打翻飲料一次？」

洛克伍德起身。「伯恩斯先生，我們應您的要求來此。」他冷冷地說：「請問有什麼要效勞的地方嗎？」

「喔，不是每個人都能派上用場，你們之中有人只是累贅。」伯恩斯刻意盯著喬治。「庫賓斯，你處理掉那個拘魂罐了嗎？」

「當然了，伯恩斯先生。」喬治回答。

「嗯。其實今晚我要見的人不是你──也不是你，洛克伍德。我要找卡萊爾小姐談事情。」那雙不太禮貌的眼珠子打量著我；我感受到他銳利的目光。「小姐，請跟我來一趟。你們兩個在這裡等。」

一股恐慌刺穿我的胸口，我焦慮地看著洛克伍德，他走上前，皺起眉頭。「督察，這可行不通。她是我的員工。我堅持我得在場──」

「如果你想背上妨礙公務的罪名，那就繼續說吧。」伯恩斯低吼。「我這個禮拜已經受夠你了。如何？還想發表什麼高見嗎？」

洛克伍德閉上嘴，我盡力擠出笑容。「沒事的。我去去就回。」

「這是當然。」伯恩斯打開房門，帶我離開。「別著急。我們就聊幾句而已。」

他領著我穿過控制中心，來到另一端的一扇鐵門前，往面板輸入一串數字，門板滑開，裡頭是一條日光燈管大放光明的安靜走道。

「妳的朋友洛克伍德告訴我，」伯恩斯邊走邊說：「妳與安妮．瓦德的鬼魂取得精神上的聯繫。這是真的嗎？」

「是的，先生，我聽到她的聲音。」

「他還說妳對她的死因有重要的見解──她是被過去的情人殺害。」

「是的，先生。」好吧，從某些角度來說不算錯。我是在觸碰項鍊時獲得這個情報，並不是直接從鬼魂口中得知。

伯恩斯斜眼看我。「她對妳說話的時候，有沒有說出他的名字？」

「沒有，先生。那只是……隨機的片段。您也知道訪客的性質。」

他咕噥幾聲。「他們說梅莉莎．費茲曾和第三型鬼魂正常交談。但那是罕見的力量，罕見的鬼魂。我們只能盡力從少得可憐的碎片中拼湊情報。好了……這裡是高度警戒區。快到了。」

我們走下一段水泥樓梯，周圍有幾扇更厚重的精鋼門板。有的門邊釘上框著黑邊的警告號誌——黃色三角形內有個獰笑的骷髏頭，紅色三角形裡是兩個。氣溫變得冰冷，我猜這裡是地下樓層。

「聽好。」伯恩斯說：「多虧你們的發現，我重啓了安娜貝爾．瓦德的案子。」他狐疑地瞪著我。「別以為我們查不出她的身分。或許你們快了一步，但那是因爲你們成天無所事事，到處鬧事。總之，我調查過雨果．布雷克與本案的關聯，他的嫌疑重大，我們今天逮捕他了。」

我的心跳漏了一拍。「太好了！」

「可是呢——」伯恩斯停在一扇樸素的鐵門前，「過了五十年，布雷克還是否認到底。堅稱他只是送那個女孩回家，沒有進那棟屋子。」

「他在撒謊。」

「這是當然，可是我要有更多證據，所以需要妳的協助。好了，請進。」

我還來不及回話，已經被他推進陰暗的小房間，裡頭只有兩張皮面鐵椅和一張小桌子。椅子面對前方牆面，牆上鑲著一片灰色霧面玻璃，桌上裝設一顆按鈕，還有一個黑色話筒。

「請坐，卡萊爾小姐。」伯恩斯握起話筒，開口說：「準備好了？他來了？很好。」

我盯著他看。「您在說什麼？請解釋清楚。」

「妳與死者在超自然層面的連結非常主觀，難以用言語描述。妳會記得一部分，忘記某些細節。基本上可以說它們在妳心裡搞鬼。所以有可能那個鬼魂傳達給妳的訊息量超出妳記得的部分。比如說凶手的長相。」

我突然領悟他的意圖，連連搖頭。「您是說布雷克？沒有。我才剛看過他的照片，完全沒有特別的感覺。」

「說不定親眼看到他本人會有不同的結果。就來試試看吧？」

我被恐慌淹沒。「伯恩斯先生，我真的不想這麼做。我什麼都告訴您了。」

「看一眼就好。他看不到妳。這是單面鏡。他甚至不會知道妳在這裡。」

「不，拜託，伯恩斯先生……」

督察無視我的懇求，按下桌上的按鈕。面前的玻璃中央亮起強光，光線區域漸漸擴大，內部的隔板像是簾幕似地往兩旁滑開，顯露出明亮的房間。

一名男子坐在房間中央的金屬椅子上，面對我們。要是少了這片玻璃，他離我們不過兩、三公尺遠。

這名年長男士穿著合身西裝，黑底襯著細細的粉色條紋。他的鞋子擦得雪亮，打上鮮艷的粉色領帶，胸前口袋露出一截火焰般的桃紅色手帕。雨果．布雷克顯然保留著五十年前的時尚品味。他的頭髮灰中帶白，但還是一樣長，一樣茂密。髮尾披在肩頭，帶著柔軟隨性的鬈度。

一切一如往昔——除了那張臉。

光滑無瑕，帶著得意表情的青春面容完全變了個樣，嶙峋、灰暗、布滿皺紋。突出的顴骨往外推擠皮膚，鼻翼上顯眼的藍色血管往臉頰和下巴擴散。萎縮的嘴唇抿得死緊。還有那雙眼——

那雙眼最讓人難以逼視。眼窩深陷，眼珠子明亮冷酷，充滿憤怒與理性。它們轉個不停，掃過空白的玻璃牆面。可以清楚感受到他的怒氣。他的雙手如同爪子般陷入大腿布料。他在說話，但我聽不見聲音。

「布雷克很有錢。」伯恩斯輕笑一聲。「爲所欲爲慣了。他在這裡超級不爽，不過妳不必在意這些事。卡萊爾小姐，看仔細點，放空心思，回想那個女孩讓妳看到的景象。有沒有什麼靈感？」

我深呼吸，硬生生壓下焦慮。反正不會出事。他不可能看得到我。我就聽令行事，然後離開這裡。

我把注意力集中在那張臉上——

就在此時，老人的雙眼對上我的視線。他的眼神定住，像是看透了單面鏡，知道我在這裡。

他對我微笑。露出一口牙齒。

我猛然往後縮。「不！夠了！我什麼都感覺不到。沒有任何靈感。拜託。別這樣！夠了！」
伯恩斯稍一猶豫，按下按鈕。隔板闔起，不急不徐地遮住聚光燈下的獰笑男子。

15

「露西。」洛克伍德說。「停一下。和我說話。」

「不要。不行，做不到。」

「別走這麼快。我知道妳爲什麼會生氣，可是妳要明白——我不曉得伯恩斯會叫妳做那種事。」

「是嗎？或許你應該要猜到。多虧早上你那篇智障報導，全世界都知道我和安妮．瓦德心靈相通了。大家突然把我當成這個案子的核心！」

「露西，拜託——」洛克伍德抓住我的袖子，逼我在路中間停下腳步。我們在梅費爾區的某處，在回家的半路上。兩旁的高級住宅一片寂靜，幾乎被圍牆和翻捲的霧氣蓋住。夜深了，連鬼都沒看到半個。

「別碰我。」我甩掉他的手。「都是你那篇報導，害我今晚親眼見到殺人凶手，一點都不好玩。洛克伍德，你沒看過他的眼神。我看到了——感覺他眞的看到我。」

「不可能。」喬治看著別處，一手按住劍柄。這段路上我們只看到一個訪客——在格林公園，沿著林蔭大道飄盪的遙遠身影——但永遠不能降低戒備。在倫敦，沒有人知道下一個街角會出現什麼。「他不可能看到妳。」喬治重複道。「妳在單面鏡後面。當然他知道那裡有人，只是想嚇唬你們。就這麼簡單。」

「錯了。」我低聲說：「布雷克知道是我。他就和大家一樣看過那篇報導。他知道洛克伍德偵探社，也知道露西．『卡爾萊』取得對他不利的關鍵證據。他也有辦法輕易查到我們的住處。只要他能踏出警場，沒有任何事物能阻止他來找我們算帳！」

洛克伍德搖搖頭。「露西，布雷克不會來找我們。」

「就算眞的來了，他也是拄著拐杖慢吞吞的。」喬治說：「他都七十多歲了。」

「我的意思是，他不可能出得了警場。」洛克伍德繼續解釋。「他會遭到起訴、罪證確鑿、送進大牢，這是他罪有應得。就算他眼神怪怪的又怎樣？喬治的眼睛也很怪啊，我們也沒有因此歧視他。」

「還眞是謝謝你喔。」喬治說：「個人認爲這是我臉上最好看的部分。」

「沒錯——太悲劇了。聽好，露西，我懂妳的心情，我也很生氣。伯恩斯無權命令妳做妳不想做的事情。靈異局就是這副調調——以爲一切都歸他們管。才怪——至少我們不歸他們管。」洛克伍德雙手一攤，指著周圍的霧氣與寂靜的街道。「妳看，過了十二點，這座空蕩蕩的城市裡只有我們。大家都睡了，門窗緊閉，掛著護符。大家都在怕——除了妳、我、喬治。我們想去哪就去哪，不欠伯恩斯或是靈異局或是任何人半點人情。我們享受完全的自由。」

我拉緊大衣。他和平常一樣說得頭頭是道。有佩劍和同伴在身邊，夜間散步是極佳享受。我慢慢放下在蘇格蘭警場短暫的不快體驗，覺得稍微好過一些。「可能吧……你眞的認爲他們會繼續拘留布雷克？」

「這是當然。」

「對了，露西。」喬治說：「告訴妳一件事，或許能讓妳心情好一點。在等妳的時候，我們看到奎爾．奇普斯，他今晚和偵探社的其他員工來靈異局值勤。這是組織間的約定，他們得要定期來支援。嗯，看來他今天負責巡邏下水道，全隊顯然遇上什麼噁心東西，我指的不是訪客。噁，妳該看看他們渾身濕透的蠢樣。」

我忍不住笑了。「至少奇普斯還有工作。我們的紀錄本空了。」

「再怎麼窮也不能自甘墮落啊。」喬治說。

洛克伍德握住我的手臂。「好啦，別擔心明天的事情。一定會好轉的。回家吧，我超想來一份花生醬三明治。」

我點頭。「我要可可碎片。」

霧氣越來越濃，捲住路旁的鐵柵欄，纏繞驅鬼街燈，使得間歇的光束朦朧扭曲。我們的腳步聲敲響無人的人行道，對街傳來詭異的回音，有時會覺得有另外三個隱形人跟在我們旁邊走。

波特蘭街的驅鬼街燈故障了，藍色火花從燈座底部噴出，炫目的強光成了虛弱憤怒的紅光。左鄰右舍的窗戶大多一片漆黑，全都關著、拉上窗簾。來到家門口時，霧氣緊緊纏著我們。

洛克伍德走在最前頭，伸手推開柵門，卻突然停下腳步。喬治和我接連撞上他。

「喬治。」洛克伍德低聲說：「最後安妮．瓦德的項鍊在你手上。你怎麼處理？」

「和其他戰利品一起收在架子上。怎麼了？」

「銀玻璃匣子有沒有封好。沒有鬆開之類的？」

「當然沒有。怎麼——」

「我看到我們的辦公室窗戶透出光芒。」

他隔著柵欄一指。地下庭院一團黑，三十七號屋前的街燈投下微弱的橘光，將它斜斜切成兩半。那扇窗戶就在光影的交界處。白天可以看見我的辦公椅和桌上的花瓶。現在看起來只是磚牆上的黑色長方形圖案。

「我什麼都沒有看到。」喬治悄聲回應。

「只有閃了一下。」洛克伍德說。「我以為是異界光芒，不過有可能——不對，又來了！」

這回我們都看到匆促閃過的微光，在窗戶的另一側閃爍。我們嚇得無法動彈。

「是手電筒。」喬治輕聲說。

我點點頭，渾身冒出雞皮疙瘩。「我們的屋子裡有人。」

「他們敢在夜裡外出。」洛克伍德說。「也就是說他們身上一定有武器，至少帶著長劍或是閃光彈。好吧，我們動動腦筋。他們是怎麼進去的？」

我瞇眼望向屋前小徑。「前門看起來沒事。」

「要我去後面看看嗎？」喬治問。「說不定他們從院子那邊闖進去。」

「如果不是的話，你會卡在外面……不行，我們一起行動。就和平常一樣從前門進屋——只是要安靜點。來吧。」

他輕快地踏上小徑，無聲地走過地磚，在門廊前煞住，默默指著門把上一小片剝落的木片。他輕輕一推，門板緩緩往內盪開。「他們撬開門鎖。」喬治嘶聲說。

「如果他們從這裡進去，那我們可以把他們堵在下面。」洛克伍德說完，打手勢要我們靠近，在我們耳邊說：「來，我們把一樓巡一遍，然後從廚房下樓。我不想聽到任何聲音。」

「樓上呢？」

「不能冒險。樓梯踩了會有聲音，而且他們的目標顯然是辦公室。長劍準備好了？找到那夥人，把他們逼到角落，叫他們棄械。」

「如果他們不聽話呢？」我問。

洛克伍德白牙一閃。「那就動用必要的武力。」

□

玄關和前廳沒有燈光，也沒聽見屋子深處有半點聲響。我們沒有關門，停下來適應黑暗。水晶骷髏檯燈在門邊桌上獰笑，牆上的衣帽架糊成一團陰影。洛克伍德用劍尖指著對面的展示櫃。乍看之下沒有異狀，接著我發現有些面具和葫蘆的位置稍稍變了，像是有人往櫃子裡匆忙翻找一陣。再往前，我看見廚房裡的思考布泛著白光。我再次豎起耳朵，什麼都沒聽到。我意識到自己自動運用了外在與內在的感官，就和平日出任務時一樣。

可是這是我們的屋子、我們的家，我們要對付的是不速之客。

洛克伍德用劍刃指指左右，喬治鑽進客廳，我如同陰影般踏入書房。馬上就能確定這裡沒人，但是我們的貴客沒有放過此處。書本與文件散落在書櫃前。

回到走廊，洛克伍德在樓梯口等待。喬治的回報內容和我雷同。「有人在房裡翻了一圈，在找什麼東西。」他悄聲說。

洛克伍德默默點頭。我們悄悄走向廚房。

廚房裡一如往常的雜亂，難以判斷對手有沒有掠奪過這個空間。我們出勤前吃的晚餐殘渣還散在桌上，流理台杯盤狼藉。我瞥見玉米片旁的幾罐鐵粉，以及喬治分裝好的一小堆鹽彈。現在這些都派不上用場，我們的對手是活人。

洛克伍德接近通往地下室的小門。門微微開了一縫，他用劍尖勾住把手輕輕往外拉。黑暗、寂靜、螺旋階梯的頂端……溫暖的空氣從地下室揚起，挾帶著濃濃的紙張、墨水、鎂粉氣味。燈沒開，我們也沒打算開。從某處傳來細微的磨擦聲，彷彿老鼠在狹窄的暗處探路前行。

我們互看一眼，緊緊握住劍柄。洛克伍德踏上第一格階梯，輕巧敏捷地往下走。喬治和我也盡量不讓鞋底碰到金屬梯格。我們一會就踏上地下室的地板。

樓梯口這一塊空間沒有多擺什麼東西，磚牆裸露，只有幾個檔案櫃和一包包鐵粉。除了右手邊拱門外的綠色幽光，地下室裡沒有半點燈光。左手邊的拱門外冒出老鼠般的窸窣聲。手電筒的光芒一閃而逝。

我們的步伐和訪客一樣輕盈，在右邊的房間看到一團混亂。檔案夾亂七八糟，紙箱敞開，辦公室地上成了文件之海。喬治桌上的拘魂罐少了遮蔽，那顆骷髏頭閃著綠色靈光，沒有實體的人臉在骷髏頭上方不悅地打轉。

練劍室沒人，儲藏室門鎖沒開。只剩下地下室深處——也就是我們放戰利品的架子。我們悄步接近，看來不速之客漸漸失去耐性，翻箱倒櫃的聲音越來越響亮。

我們來到最後一扇拱門前，伸長脖子往裡面看去。

戰利品室並非伸手不見五指。就算夜幕低垂，多虧架上那些匣子透出的幽光，這裡很少是一片黑。洛克伍德的收藏品中有的幾乎沒有害處——比如說骨頭和染血的撲克牌——拿給小朋友把玩也沒關係，上頭已經沒有半點超自然力量。不過其他源頭都還生氣蓬勃，入夜後力量漸漸高漲。柔和的光芒在玻璃下閃耀——淡淡的藍色、黃色、淺紫色、綠色、栗色——不斷游移變形，不斷尋找逃脫的機會。這幅景象很美，同時也相當詭異，最好別盯著看太久。

現在有人正盯著它們看。

一道人影站在架子前，穿得一身黑的大個子。看起來是個男人，肩膀很寬，比洛克伍德高出半個頭；他身穿長風衣，兜帽拉下來遮住臉，腰間插著一支亮晃晃的細刃長劍。他背對著我們，戴著黑手套的手仔細檢查一個小匣子，手電筒湊在匣子前，光線被玻璃反射，照亮了天花板。

無論他的目標爲何，看來是一無所獲。他洩忿似地把匣子丟到地上。

「請慢慢找，要來杯茶嗎？」洛克伍德彬彬有禮地打招呼。

人影猛然轉過身，洛克伍德將手電筒直直照向那人的臉。

我忍不住驚叫。兜帽往前蓋下，乍看還眞像猛禽的尖喙。兜帽下套著白布面罩，挖了兩個黑色眼洞，在嘴巴位置劃出參差的裂縫。完全看不出男子的長相。

不速之客被手電筒照得眼花，揚手遮住強光。

「很好，兩隻手都舉起來。」洛克伍德說。

對方垂下手臂，摸向腰間的佩劍。

「這可是三對一喔。」洛克伍德點明現下情勢。

金屬磨擦聲響起，男子抽出武器。

「這是閣下自找的。」洛克伍德舉起劍刃，緩緩前進。

看來C計畫最符合目前的局勢。我們通常用這招對付強大的第二型鬼魂，不過在活人身上當然也行得通。我往左，喬治往右，洛克伍德擋住中路。我們的長劍指著對手，踏著穩定的步伐包圍男子。

或者我們是這麼認爲的。白面罩男子似乎毫不在乎，舉起左手從架上抓起一個蘊藏黯淡藍光的匣子，一個轉身，以驚人的力道擲出，砸在喬治腳邊。匣蓋的鉸鍊破損，蓋子脫落，一截指骨滾了出來。藍光瞬間逃逸，像是一小團雲朵般往外擴散，淡淡的藍色幻影從地板浮起，化爲披著破布的畸形動物，四處亂跳，轉轉腦袋，雙手往後伸展，以強勁的勢頭朝喬治衝刺。

我沒有繼續看下去，因爲男子又抓起兩個匣子，分別丟向洛克伍德和我。丟向洛克伍德的匣子在地上彈了幾下，沒有打開。丟向我的則是完全粉碎，現出一枚女用髮叉、六道黃色靈光、激烈的超自然號叫。靈光在地板上翻騰，如同眼鏡蛇般豎起，朝我襲來。我瘋狂劈砍，把它們切成碎片。有的瞬間煙消雲散，有的重振旗鼓後再次出擊。

劍刃互擊的鏗鏘聲響起。洛克伍德向前躍出，逼到敵人面前，兩人的長劍不斷交鋒。再過去一點，喬治閃開惡靈不斷揮舞的雙臂。他壓制對方的攻勢，劍尖在半空中劃出圖樣。

我對上的訪客衰弱又膽小，消滅它只是時間問題。我往腰間一摸，找到一包鐵粉，扯下來丟出去。一陣火花炸開，舞動的靈光萎縮消失，只剩一灘冒著煙的殘留物。

附近金鐵相擊的鏗鏘聲不絕於耳。洛克伍德與陌生男子在房間中央一來一往、迅速出招。面罩男動作很快，每一擊都是精準又沉重，但洛克伍德依舊是好整以暇，跳舞似地輕快游移，鞋底幾乎沒碰到地面。他持劍的手臂巧妙地輕擅，劍尖的動向猶如飛舞的蜻蜓。

喬治漸漸失去耐性，稍稍退了一步，從腰間取出一顆鹽彈，把眼前舉止笨拙的惡靈炸成一片發亮的藍色粒子。爆炸聲讓洛克伍德分心，視線瞟了過來，面罩男趁機襲向洛克伍德的臉。這招要是打中的話，殺傷力極強。洛克伍德側身閃避，劍尖擦過他的臉頰。對手失去平衡，洛克伍德閃到男子身旁，長劍往前一刺。男子慘叫一聲，按住側腹。對方拚盡全力攻擊，逼退洛克伍德，竄過他身旁，橫越房間。喬治伸手阻止，卻被對方一拳擊中臉頰，讓他往後撞上牆壁，口中不斷呻吟。

不速之客快步穿過房間，洛克伍德追著他來到樓梯口。我跳過逐漸喪失形體的黃色靈光，盲目地揮舞長劍。男子沒有停步，撞進另一側的辦公室，窗外透進的微弱燈光照亮他的身影，我馬上知道他打算做什麼。

「快！」我大叫：「他要——」

洛克伍德已經知道危險性，他邊跑邊從腰間拔下一顆燃燒彈。

男子加速衝刺，接近我的辦公桌，跳上桌面，同時雙手護著頭臉，蜷身撞破窗戶，尖銳的玻璃和木框碎片散落。

洛克伍德連連咒罵，從辦公室另一頭擲出燃燒彈，飛過破窗，落在庭院地上。我們聽見外殼在石頭上裂開的聲音，銀白色強光照亮夜空，衝擊力讓剩餘的窗玻璃紛紛落地，灑得滿桌都是，敲打著拘魂罐，罐裡的人臉皺眉瞪眼。碎片像是碎冰般散在地上。

洛克伍德握著長劍跳上桌子，我停在他背後。我們沒有追上去，因為知道已經太遲了。地下室外，一朵朵小小的白色火焰在破損的花盆間燃燒，像聖誕節燈飾般在常春藤上舞動。煙霧飄向街道，幾輛車子的警報聲大作。然而這一切都是徒勞，不速之客早已遠走高飛。屋前柵門輕輕搖擺，慢慢地停了下來。

洛克伍德跳回地上。喬治從我們背後冒出來，他拖著腳步，神色痛苦，按住一側下巴。他下唇的傷口滲出鮮血，我對他露出同情的微笑，洛克伍德拍拍他的手臂。

「還眞是刺激。」喬治有點大舌頭。「應該要多邀一些客人來玩。」

我突然一陣頭昏眼花，雙腳一軟，連忙靠上辦公桌。我現在才想起前幾天墜樓時留下的一身傷。洛克伍德身上肯定也起了同樣效應，試了兩三次才把長劍插回腰帶上。

「喬治。」他說：「安娜貝爾．瓦德的項鍊。你說放在戰利品那邊。可以請你去看看它還在不在嗎？」

喬治用衣袖按住嘴唇。「我已經想到也看過了。項鍊不見了。」

「你確定有把它放在架上？」

「就在今天早上。現在它眞的不在那裡。」

沉默。「你認爲那是他的目的？」我問。

洛克伍德嘆息。「有可能。無論如何，現在項鍊都在他手上了。」

「不，他沒拿走。」我拉開領口，露出裝著項鍊的銀玻璃匣子，安安穩穩地掛在我脖子上。

16

應該要鄭重聲明一點，我並沒有私藏鬼魂糾纏的物品的習慣。我眞的沒有像喬治說的那樣，把其他邪氣沖天的小東西塞在襪子裡。這條項鍊對我來說是難以解釋的特例。

昨天下午準備出發去調查那棵柳樹前，我看到放在架上的項鍊。喬治把它放在其他戰利品之間。它就躺在架上，受到匣子的保護，幽光被銀玻璃悶住。我沒有像一般人那樣一走了之，而是拿起匣子，掛在脖子上，帶著它出門。

要解釋爲什麼幹這種事並不容易，特別是在那場惡鬥後，三人狀況都不太好。因此，直到當天上午，在遲來的早餐後，我才試著說明自己的想法。

「我只是想把這條項鍊留在手邊。」我說：「而不是和其他戰利品塞在一塊。我想這是因爲我觸碰它之後，與安妮·瓦德產生的靈力連結。當時我體驗到她的感知。我感受到她的感受。我在一瞬間成爲她。所以——」

「妳的天賦就是有這個風險。」洛克伍德狠狠打斷我。今天早上，他臉色蒼白、神情嚴肅。他瞇細眼睛瞪著我。「妳太敏感了。妳和它們走得太近。」

「不要誤會我。我和安妮·瓦德一點都不親近。我不認爲她活著的時候是多好的人，她的鬼魂也是極度殘酷危險。可是因爲我碰了項鍊，理解到她承受過的某些事。我理解她的痛苦。所以現在我想爲她主持公道，不希望她遭到遺忘。洛克伍德，你也看到她被埋在壁爐裡的模樣！你知道布雷克幹了什麼好事。所以看到這條項鍊丟在戰利品架子上，我只是……只是覺得這樣不對。在那個人得到懲罰、正義得以伸張前，我覺得不該……遺棄她。」我感傷地笑了笑。「這樣……這樣是不是有點不可理喻？」

「對。」喬治說。

「露西，妳要加倍小心。」洛克伍德的語氣冷淡，毫無起伏。「不能和邪惡的鬼魂打交道。妳又瞞了我們一次，這種調查員會給其他人帶來危險。我不會把我無法信任的人留在社內。妳懂我的意思嗎？」

我懂。我別開臉。

「不過呢……」他的嗓音稍稍放軟。「這回歪打正著，算是有了好結果。要不是有妳在，這條項鍊大概已經被人摸走了。」

項鍊握在他手中，金黃色表面在陽光下閃耀。我們站在地下室通往庭院的門邊，涼爽的空氣飄進來，沖散夜裡掙脫禁錮的訪客留下的腐敗氣味。地上還留著碎玻璃和靈力污漬。

喬治在戰利品架前忙碌，整理那些匣子。他穿著滾了一點蕾絲邊的圍裙，袖子捲了起來。「其他東西都還在。」他說：「假如那傢伙是普通的小偷，想拿東西去黑市賣，這就有點怪了。這裡有一些不得了的玩意兒，比如說這隻海盜的手，或是這根可愛的脛骨。」

洛克伍德搖搖頭。「他要的是這條項鍊。太多巧合湊在一起了。有人急著拿到它。」

「我們知道那個人是誰。」我說：「雨果・布雷克。」

喬治沉默幾秒。「只有一個問題。他目前被關在警場。」

「確實，他正處於拘留狀態。」洛克伍德同意道。「但這沒有太大意義。他有的是錢，可以輕鬆籌畫這場行動。我得承認我不太清楚這條項鍊為何對他如此重要。這串拉丁文並不能證實他有罪，對吧？」他遲疑一會。「除非……」

「除非項鍊上頭還有其他線索，或是布雷克不為人知的祕密。」我說。

「沒錯。拿到太陽下看看。」

我們移到小院子裡，洛克伍德舉起項鍊讓我們一起檢查。看起來和之前沒有兩樣，橢圓形墜子，金底鑲著珍珠碎片，稍微被壓扁，一側帶著裂痕。

我凝目細看。一側帶著裂痕……

「我們是瞎了嗎？」我驚呼。「明明就在眼前啊。」

洛克伍德看著我。「妳是說……」

「我的意思是，這條裂痕本來就有！這是可以打開的相盒墜子！」

我從他手中接過墜子，將雙手拇指指甲插入隙縫，輕輕一撬。雖然輪廓有些變形，它還是發出讓人滿意的清脆聲響，裂成兩半，中間以細細的鉸鍊連接。我掰開墜子，捧在掌心。

不知道該期待什麼，但我期望能找到什麼。比如說一縷髮絲？一張照片？大家都會在墜子裡面放東西。這是它們的用途。

我們一同盯著翻開的墜子。

沒有頭髮。沒有照片。沒有紀念品或是摺起來的信箋。但這並不代表裡頭空無一物。是的，墜子裡眞的有東西。

那是另一組刻痕，整齊地刻入光滑的金色內壁。

A‡W

H.II.2.115

「就是這個。」洛克伍德說：「隱藏的線索。這是他不想被人知道的祕密。」

「AW肯定就是安娜貝爾・瓦德。」

「H是雨果。」喬治悄聲說。「雨果・布雷克。」

洛克伍德皺眉。「這些都說得通，可是肯定還有更多資訊。這些數字代表什麼？感覺是某種密碼……」

「還是交給靈異局吧？」我突然開口。「這個東西不能卡在我們這裡。它是重要的證據，警方一定會需要。布雷克也知道項鍊在這裡。」

「或許吧。」洛克伍德說。「我並不是眞心想和伯恩斯劃清界線，但要是能在我們手上解決是最好不過。只是……」辦公室裡刺耳的電話鈴聲大作。「或許我們沒有多少選擇。喬治，可以麻煩你去接電話嗎？」

喬治離開好一會，等他回到我們身邊，洛克伍德已把墜子收進匣子，我開始打掃滿地狼藉。

「別告訴我又是伯恩斯。」

喬治的臉微微泛紅。「並不是。新的客戶來啦。」

「是哪個老太太要我們抓爬上樹的鬼魂貓？」

「不是。露西，先別管這裡了，妳去收拾一下客廳。是約翰．費爾法先生，費爾法鋼鐵公司的董事長，他馬上就到。」

□

靈擾爆發嚴重影響大不列顛諸島的經濟，死者復生騷擾活人，天黑後鬼影幢幢——這些現象導致一連串效應。人心惶惶，產能低落，沒有人想值晚班。到了冬天，店舖下午兩三點就紛紛打烊。不過某些產業因為滿足了最迫切的需求，反而蒸蒸日上。其中之一就是費爾法鋼鐵公司。

危機拉開序幕時，費爾法鋼鐵公司身為業界頂尖的鐵製品廠商，立刻投入製造封印、鐵粉、鐵鍊，提供給費茲和羅特威旗下的偵探社。隨著靈擾惡化，政府開始大量製造驅鬼街燈，提供大量金屬原料的也是費爾法鋼鐵公司。光是這些就能確保公司財源滾滾，不過他們的野心自然不只如此。大家放在自家院子裡的醜陋小精靈鐵像？那些難看的防衛牌項鍊？那些新生兒出院時戴上的串著鐵製笑臉的塑膠手環？全都來自費爾法的產線。

因此，公司老闆約翰．威廉．費爾法成了全國數一數二的富豪，與他比肩的還有銀男爵、梅莉莎・費茲和湯姆・羅特威的繼承人、在林肯郡原野開闢好幾座薰衣草農場的傢伙。費爾法住在倫敦市內，只要一彈手指，隨便哪個政府機關的部長就會馬上從辦公室直奔他家，一秒都不能遲。

現在他要親自造訪此地。

我們當然要用兩倍速度整理好客廳。

幾分鐘後，大型車輛的引擎聲響遍整條街。我往外一看，那輛光鮮亮麗的勞斯萊斯轎車恰好停在我們屋前，幾乎堵住整條街。車窗上的鐵網鍍了一層銀，銀絲構成的繁複花紋嵌在車身側邊。引擎蓋上的小巧銀製女神雕像迎著冬陽閃閃發亮。

司機下了車，撫平俐落的灰色制服，大步繞到另一側，打開後門。我躲回屋裡，洛克伍德拚命拍鬆沙發上的抱枕，喬治掃掉椅子底下的蛋糕屑。「他來了。」我嘶聲說。

洛克伍德深呼吸。「好，我們努力給他留下好印象吧。」

□

約翰・費爾法先生進房時，我們一同起立——雖然這麼做感覺沒辦法替我們加太多分。他很高很瘦，不只比我高了一截，也比洛克伍德高了一截。跟在他背後的喬治完全被他的影子遮住。即使七、八十歲了——不知道他到底幾歲——體格還是維持得很好，像是南安普敦碼頭上等待入水的巨船。然而他的四肢消瘦萎縮，絲質外套的袖子鬆垮垮地掛在手臂上，就算拄著拐杖，走起路來雙腿還是有些顫抖。我對他的第一個印象是力量與脆弱的矛盾組合。在擠在一間房裡的混雜人群中也絕對不會錯過他。

「早安，先生。」洛克伍德率先開口。「這位是露西．卡萊爾，我的副手。」

「幸會。」他的嗓音低沉，伸向我的大手完全包住我的手。他方正的光頭帶著一塊塊肝斑，從高處朝我彎下。鷹勾鼻，黑色眼眸炯炯有神，額頭嵌著深深刻痕。他笑起來時（老實說幾乎稱不上笑容，只是在向我致意），我看見他滿口銀牙。這是一張習於發號司令的臉。

「很高興見到您。」我說。

我們各自入座。客人的身形塡滿了椅子，桃花心木拐杖握柄套著像是狗頭——英國獒犬或鬥牛犬——的鐵製把手。他把拐杖擱在彎曲的膝蓋旁，手指在扶手上舒展。

「先生，您的來訪令蓬蓽生輝。」洛克伍德說：「您要喝點熱茶嗎？」

費爾法先生微微低頭，沉聲贊同。「如果有的話，請給我匹金牌的早餐茶。請你的男僕順便帶上糖罐。」

「男僕？呃，好。去吧，喬治。請幫大家泡茶。」

喬治忘記脫掉圍裙了。他面無表情地轉身離開客廳。

「好了，洛克伍德先生。」約翰．費爾法說：「我相當忙碌，想必你也很納悶我爲何突然在星期五上午來訪，我們就省掉無謂的寒暄，直接討論正題吧。有一起鬧鬼事件帶給我極大困擾，要是貴社能協助我解決這個麻煩，我會提供相應的酬勞。」

洛克伍德鄭重點頭。「這是當然，先生。我們很樂意幫這個忙。」

我們的客人環視客廳。「府上的布置相當雅緻。這套新幾內亞驅鬼法器收藏品極爲優秀……生意不錯吧？」

「還過得去，先生。」

「洛克伍德先生，你與政客一樣說起謊來全不費功夫。」老人說：「家母——願她安息，不在夜裡遊蕩——告誡我對任何人都該坦誠無欺。我這輩子從沒違背過她的忠告。說吧——」他一掌拍上膝頭，「要是能開誠布公，我們可以談得更順利！你的生意不太順利。我看過報紙了！我知道貴社的財務陷入困境……特別是在你們燒掉某棟屋子後。」他乾巴巴的笑聲震動空氣。「你得支付鉅額罰金。」

洛克伍德臉頰上一絲肌肉抽動，除此之外他沒有顯露出半點不悅。「您說得沒錯，先生，不過敝社正在籌措資金。我們手邊還有不少優質案件，帶給敝社穩定的收益。」

費爾法比了個不屑的手勢。「洛克伍德先生，你又在說笑了！要知道我在靈異局裡有眼線，也看過你們最近的檔案了。我知道那些『優質』案件有幾分斤兩。灰霧！冰魔女！訕笑霧氣！淨是些最弱、最乏味的第一型！若是貴社賺到的酬勞夠付這位卡萊爾小姐薪水，那還眞是不容易。」

說得好，仔細想想，我有一個月沒拿到錢了。

洛克伍德眼中閃過寒光。「既然如此，先生，可否請教您爲何找上敝社？全倫敦的偵探社多不勝數。」

「確實。」費爾法茂密的眉毛一挑，那雙黑眼緊盯著我們。「近日貴社在媒體版面上的曝光引起我的注意。我相當佩服兩位不僅找到那位……」他稍一停頓。「那個女孩叫什麼名字？」

「安妮．瓦德，先生。」

「安妮．瓦德的屍體，更查出她的身分。我喜歡你們的氣魄，也喜歡你們如此講究細節，更喜歡你們年輕獨立的精神！」老人倚向拐杖。他臉上浮現不同的表情，與其說是溫暖，更像是耀眼的激情。「洛克伍德先生，我也是白手起家，從年輕時就自己一個人打拚，和那些大公司對抗，知道捉襟見肘的滋味……我能理解驅動各位的熱情！此外，我無意再給費茲或是羅特威更多錢。他們已經富到流油啦。我打算給貴社作夢也想不到的機會，看看你們是否能運用力量，解開更危險的謎團……啊，你的男僕回來了。」

喬治端著托盤，我還沒看過這組茶具——全是上好的骨瓷，印著粉紅色小花，杯子是如此精緻高雅，薄得讓人覺得光是湊到嘴邊就會碎掉。茶具營造出的氣氛被旁邊那盤堆得搖搖欲墜的果醬甜甜圈沖淡了些。

「謝了，喬治。」洛克伍德說：「放在這裡吧。」

喬治把托盤放到桌上，替大家倒茶，遞出整盤甜甜圈。發現沒有人碰甜點，他從甜甜圈山腳下挖出最大的一個，途中摸遍每一個甜甜圈，拿小盤子盛著，坐到我身旁，吐出滿足的歎息。

「讓一讓。」他說。「我有錯過什麼嗎？」

老人瞪大雙眼。「洛克伍德先生，這是重要的商談場面！你的男僕可以在外面等待。」

「呃，先生，其實他不是我們的幫傭。這位是喬治．庫賓斯，也是我的同事。」

費爾法先生上下打量喬治，看他專心舔掉手指上的果醬。「原來如此……好，我就不耽誤各位的時間了。」他往外套口袋裡摸索一陣。「先看看這個。」他朝桌上丟了一張皺巴巴的照片。

照片裡是一棟屋子。不，不只是普通的屋子，那可是位於寬廣腹地上的鄉間別墅。拍攝處與大宅有點距離，隔著一片修整得整齊漂亮的草坪。垂柳和花牆點綴在草坪邊緣，還看得到一小段湖岸，但建築物本身的存在感無與倫比——採用深色建材，好幾層樓高。從照片中可以看到柱子和玄關階梯，以及分布沒有規律可言的狹長窗戶，難以分辨別墅的建造年代與風格。拍攝時間不是清晨就是傍晚，太陽落到大宅後方，屋頂上有點年分的煙囪拉出一條條狹長黑影，宛如手指般抓向草坪。

「康比柯瑞大宅。」一個個音節從費爾法口中滾出。「在柏克郡，倫敦西邊不遠處。三位有沒有聽說過這個地方？」

我們一同搖頭。這是個陌生的地名。

「確實它沒有顯赫的名聲，不過或許是全英國鬧鬼鬧得最凶的私人宅邸。相信也是最致命的鬼屋。就我的瞭解，前面四任屋主都被大宅裡的鬼魂害死。至於被嚇死，或是遭到鬼魂觸碰，或是在這片土地上丟了小命的僕人、賓客、其他村民呢……」他乾笑一聲。「可就數不清了。事實上，駭人事件接二連三爆發後，那個地方封了三十年，直到最近由我接管才重新開啓。」

「您住在那裡嗎？」我問。

他的光頭微微一歪，黑眼閃向我。「我不是只有這處產業，如果妳想問的是這個。我偶爾會去走走，這個地方歷史悠久，起先是一群逃離當地修道院的修士在此處建立小型修道院。西翼中心部房間用的石材可以追溯到那個年代。接著它在當地領主手中傳了一輪，將廢墟重建改造，大約在十八世紀初構成目前的型態。從建築學的角度來說，這個地方可說是雜亂不堪──通道盡頭是一堵牆，或是繞回原處，還有詭異的高度變化……更重要的是，它總是帶著不祥的名聲。據說訪客已經在大宅裡鬧了好幾百年了。簡單說，這個地方在靈擾爆發前就有大量的鬧鬼事蹟，像是──」

「這裡是不是有個人往外看？」喬治突然開口。老人滔滔不絕地說明時，他只顧著細看照片，隔著厚重的圓框眼鏡狐疑地打量每一個細節。現在他拎起照片，肥短的手指指著大宅正面的某處。洛克伍德和我湊上前，皺起眉頭。在入口階梯左上方有個模糊的黑色三角形，是一扇窗，窗內浮現一抹灰影，淡到幾乎看不見。

「啊，你注意到了。」費爾法說：「沒錯，看起來確實像個人影，對吧？就站在窗戶內側。最有意思的部分來了，這張照片是在我繼承此處的幾個月前拍攝的。當時門窗都上了鎖，沒有人住在那裡。」

他啜飲茶水，黑眼閃閃發亮。我再次從他的神態中探測到一絲興致，彷彿是對那抹灰影和它的意味相當愉悅。

「照片是在哪個時段拍攝的？」我問。

「接近黃昏時分。各位可以看出太陽正在下山。」

在我們討論時，洛克伍德臉上一直散發著難以壓抑的興奮。他拱起背，瘦巴巴的手肘擱在大腿上，雙手合掌，繃緊每一條肌肉。「先生，請您描述這棟大宅的靈異現象。我指的是鬼魂顯現的方式。」

費爾法先生將茶杯放回桌上，往後靠上椅背，長嘆一聲。一隻大手握住手杖的鐵握柄，另一手隨著他的說明在半空中比畫。「我年紀大了，無法親眼看見那些幻影，依照常理也感受不到它們的存在。然而就算是我，仍然能清楚感應到這棟屋子的邪惡氣息。一踏進大宅，我嘴裡就嚐到那股味道。啊，洛克伍德先生，那種病態的氣息，會榨乾人的靈魂。至於具體案例……」他稍稍靠向拐杖，調整姿勢，似乎是哪裡的筋骨不太舒爽似的。「嗯，有不少故事。去問問負責照顧這處產業的管理員伯特．史塔金，他應該什麼都知道。不過呢，那一帶最知名的傳說——該說是關鍵的靈異事件嗎？——是紅色房間和尖叫的階梯。」

客廳裡陷入沉默，卻又被喬治肚子裡冒出的咕嚕巨響突兀地打斷。雖然沒有震下天花板的灰塵，不過也快了。

「抱歉。」他絲毫不覺得尷尬。「我餓壞了。如果各位不介意的話，我想再吃一個甜甜圈。有人要拿嗎？」沒人理他。他喜孜孜地伸手進攻。

「紅色房間？」我問。

「尖叫的階梯？」洛克伍德屁股往前挪。「費爾法先生，請多透露一些細節。」

「諸位對此事如此感興趣，我深感欣慰。」老人說：「看來我沒有看走眼。紅色房間是大宅西翼二樓的一間臥室，至少曾經是臥室。但現在不是了。裡頭什麼都沒有。這個區域集合了強大的超自然力量，一旦涉足此處就會沾染禍害。沒有人能在這間房裡活著度過一夜——傳聞是這麼說的。」

「先生，您有進過這間房嗎？」洛克伍德問。

「我往裡面看了一眼。當然是在白天。」

「房裡的氣氛……？」

「相當凝重，洛克伍德先生。充滿邪惡。」費爾法仰頭，隔著鷹勾鼻俯視我們。「我有足夠的理由相信這個房間的力量，等會再向各位說明。接著是尖叫的階梯。對我而言，這個傳說充滿神祕色彩。這段樓梯連接一樓的長廊和二樓，用石磚堆成，年代相當久遠。我個人從未在這裡感受到任何不適，也不知道誰有過那種感覺。據說很久以前樓梯上發生很可怕的事情，捲入其中的死者靈魂都困在裡頭。在特定時刻，或許是這些訪客的力量達到巔峰，或許是察覺新的獵物接近，就能聽見它們激動的呼號從梯階裡滲出。」

洛克伍德輕聲詢問：「樓梯本身在尖叫？」

「看來是如此。我從沒聽過。」

「關於紅色房間……」喬治吃完甜甜圈，停下來吞嚥。「您說它是在二樓？就是照片中窗戶所在的樓層？」

「是的……應該是這樣。可以請你別把糖粉撒在照片上嗎？這是唯一的正本。」

「抱歉。」

「太迷人了。」洛克伍德說：「根據您的說法，這棟屋子裡不是只有一個訪客。不只一個源頭。換句話說，是群聚的鬼魂。您相信這些傳言的眞實性嗎？」

「當然，我感覺得到。」

「是的，但靈異事件是如何開始的？肯定有什麼契機，引發一切悲劇的重大事故……我們得先搞清楚哪一組訪客先出現。」洛克伍德雙手指尖互點。「屋子現在空著嗎？」

「西翼當然沒人住，那可是危險地帶。我的手下史塔金多年來負責照顧大宅。他住在獨立於大宅外的小屋。」

「您造訪這處產業時都住在哪裡？」

「我在東翼有間套房，那一區的裝潢相對現代化。東翼有獨立出入口，每層樓都設置了鐵門，與主屋隔開。那是我親自裝設的，再加上各種買得到的最佳防禦措施，在那裡睡覺從沒受過干擾。」老人的視線依序在我們身上停留。「我不是懦夫，但我一點都不想在康比柯瑞大宅的西翼獨自過夜。不過呢——」他愛憐地撫摸鐵鑄的鬥牛犬握柄，「這正是我要你們做的事。」

我的心臟一震，稍微拉了拉裙襬，除此之外一動也不動。洛克伍德雙眼發光；喬治臉上還是一樣毫無表情，他緩緩摘下眼鏡，拿毛衣下襬擦鏡片。我們靜靜等待。

「在你們之前也有人嘗試過。」費爾法繼續說：「前任屋主也思考過洛克伍德先生提出的疑問。三十年前，他打算好好調查此事，向費茲偵探社雇用了一小隊人手——一個小伙子、一個女孩，以及他們的監督員——進行初步探索。他們答應在屋裡度過一夜，專攻大家口中的紅色房間。嗯，他們遵循一切標準程序。大門沒鎖，留下逃生通道。他們在紅色房間裡裝設內線電話，連接到伯特．史塔金的小屋，在必要時刻可以求援。他們是相當有經驗的現場調查團隊。屋主在傍晚離開，過了幾個小時，史塔金上床睡覺前注意到上面的樓層窗內透出手電筒燈光，動態穩定。大約在十二點左右，他的電話響了，是監督員，他說屋裡有些異狀，想確認電話連線有沒有問題。除此之外一切平安。他相當冷靜。結束通話後，史塔金又爬回床上，當晚電話沒再響過。隔天早上，史塔金與屋主在門口會合時，費茲的人員沒有現身。到了七點半，他們進入大宅。屋裡一片寂靜，沒有人回應他們的呼叫。他們很清楚該往哪裡找；他們打開紅色房間的房門，發現監督員趴在話筒旁，他遭到鬼魂觸碰，早已喪命。那個女孩在房間另一端，蜷縮在窗戶旁。是眞的縮成一團，他們沒辦法扳開她的身體，看看她的臉，或是檢查脈搏。反正也沒有這個必要，她死透了。很遺憾，他們至今還沒搞清楚那個男孩出了什麼事。」

「您的意思是，他們無法分辨他的死因？」喬治問。

「我的意思是，他們一直沒有找到他。」

「抱歉，先生，那天夜裡，監督員在通話中有沒有說他們經歷了什麼樣的異狀？」洛克伍德開口。

「沒有。」費爾法先生從外套口袋裡掏出懷錶，瞄了一眼。「時間過得眞快，我得在十五分鐘內趕到皮姆利科。閒話不多說。如我方才所說，貴社的表現相當亮眼，我對諸位的能耐深感佩服。這是我的提案——我可以支付你們因爲席恩路一案欠下的賠款，支付火災的損失，說服靈異局不再追究此事。要賺到這六萬鎊，諸位只要全力投入調查行動即可。我預計在諸位抵達大宅的那一刻，將這筆款項匯入貴社的帳戶。此外，若是諸位成功解開謎團，找到源頭的位置，我會再加碼優渥酬勞。貴社的標準價碼是多少？」

洛克伍德報了個數字。

「我付兩倍。我可以保證康比柯瑞絕對非同小可。」費爾法先生握住鬥牛犬的腦袋，往前移動，準備起身。「還有一件事，我只要有了目的，就會馬上出手。我要你們在兩天內前往大宅。」

「兩天？」喬治說：「可是我們需要時間——」

「我就明說了，這項委託不容妥協。你們沒有立場對我談條件。喔，我還有一條但書。不准攜帶閃光彈或是爆炸性物質進入大宅，屋裡有許多珍貴的老家具。我並不是不信任諸位，可是呢，恕我無禮——」他口中銀牙一閃，「我不希望自己的產業燒成廢墟。」椅子抗議似地咿呀作響，他站了起來，俯視我們，細瘦脆弱的四肢活像是巨大的昆蟲。「就這樣吧。我當然不會強迫諸位現在做出決定。請在今天落日前通知我。名片上有我祕書的電話號碼。」

我縮進沙發，鼓起臉頰。我們當然不會當場做決定。我們都知道費茲偵探社有最頂尖的調查員，三個人就這樣死在康比柯瑞大宅！在缺乏時間妥善準備的情況下跟進他們的腳步，這和瘋了沒有兩樣。紅色房間？尖叫的階梯？是的，費爾法提供的鉅款可以拯救偵探社，但若是賠上性命，保住偵探社又有什麼用？毋庸置疑，我們得極度謹慎地討論這件委託。

「先生，感謝您的顧慮。」我聽到洛克伍德的聲音響起。「但我現在就可以告知我們的決定。敝社願意接下這個案子。」他起身和費爾法握手。「我們會盡快整裝前往大宅。星期日下午如何？」

Lockwood & Co.

第四部

大宅

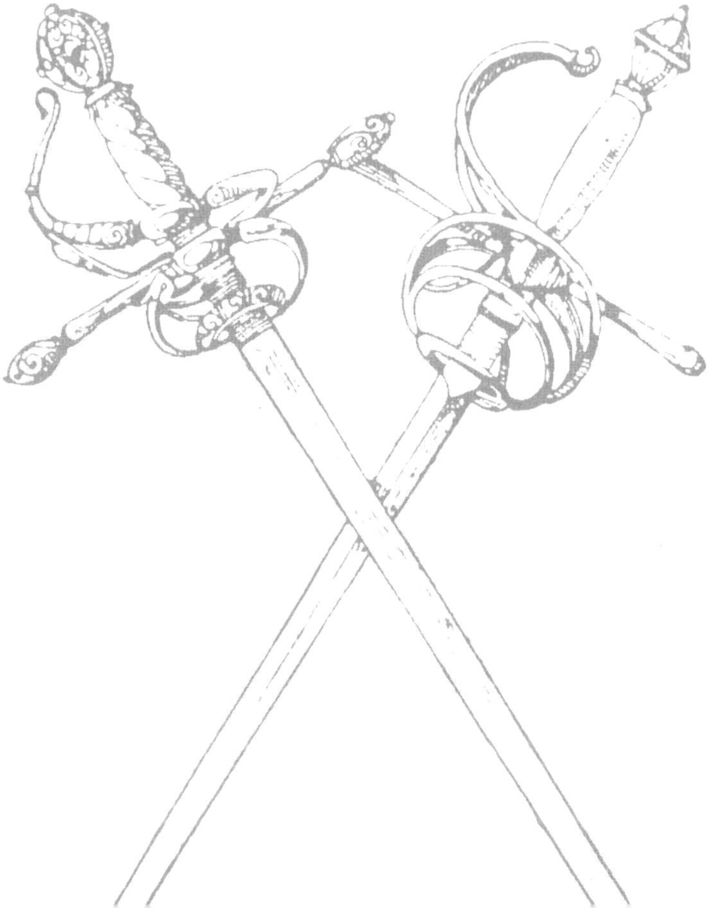

17

加入洛克伍德偵探社的幾個月來，喬治和我老是處不來。我們為了大事爭吵（像是我們其中一個被撒得滿臉鹽，或是差點被對方豪邁的劍勢劃傷），也為了小事起衝突（洗衣服的班表、廚房該多整潔、喬治亂放那個拘魂罐，比如說把它擱在廁所門後的壞習慣）。我們幾乎什麼事都吵得起來，幾乎沒在任何事上達成共識。

費爾法離開後，那天午餐桌上，喬治與我難得口徑一致。

等到那輛勞斯萊斯揚長而去，我們立刻質問洛克伍德為何擅自接下案子。我要他好好想一想那棟大宅的致命性，喬治則主張至少需要兩個禮拜的籌備期，最好是一個月，徹底研究大宅的歷史，否則和自殺沒有兩樣。

洛克伍德笑臉盈盈地聽我們說話。「說完了嗎？」他說。「很好。我有三個理由。首先，這大概是我們鹹魚翻身唯一的機會了。我們可以賠償霍普太太，同時擺脫靈異局的監視。這可是千載難逢的好運，不能白白放過。再來，我是老闆，我說了算。第三，我們還沒有遇過這麼吸引人的工作吧？尖叫的階梯？紅色房間？嘿，總算接到能一展長才的任務啦！你們這輩子只打算在市郊追蹤無聊的虛影嗎？總算有真正的恐怖事件啦！要是拒絕了，那可是滔天大罪。」

他的理由——特別是第二點——並無法完全說服我們。喬治氣呼呼地拿毛衣擦眼鏡。「真正的滔天大罪是費爾法那些無理條件。不能用鎂光彈，洛克伍德！太瘋狂了！」

洛克伍德在沙發上伸懶腰。「這個要求非常有意思。」

「有意思？」我大叫。「眞是離譜！」

「那傢伙是智障。」喬治說：「假如那個地方有他說的一半危險，正常人才不會不帶上所有的武器就衝進去！」

我在旁邊猛點頭。「沒有人對付第二型鬼魂不帶燃燒彈！」

「沒錯！而且還是群聚的第二型——」

「曾經奪走無數性命——」

「更何況我們沒有足夠的時間來——」

「研究歷史紀錄。」洛克伍德說。「對，你們每隔三十秒就在我耳邊吼一次，我當然都知道。你們兩個潑婦可不可以閉嘴聽人說話？費爾法看起來再怎麼怪，畢竟還是客戶，我們得照著他的心意行事。我們還有佩劍，對吧？還有足夠的鐵鍊，所以並不是赤手空拳。」他瑟縮了下。

「露西，妳又露出那種惡狠狠的表情了。」

「我就是要瞪你。因爲你根本沒有好好想過。」

「錯了。我想了很多。只要踏進康比柯瑞大宅就是在賭命，這點我清楚得很。」他笑了笑。

「這一行不就是這樣嗎？」

「前提是有周全的準備。」喬治低吼。「還有一點。費爾法選擇我們的理由根本算不上理由。全倫敦至少有十五間規模更大、名聲更好的偵探社，他找上門的時候你卻一點都不意外？」洛克伍德搖搖頭。「剛好相反，我很佩服他做了這個選擇。這或許是本案最迷人的地方了。所以我們才要抓緊機會，看看會有什麼發展。如果你們都說完了——」

「還沒完。」我說：「不可能。雨果．布雷克和那個墜子怎麼辦？你可能剛好忘記了，我們十二個小時前才被人闖空門。這事該怎麼處理？」

「我沒忘掉布雷克。」洛克伍德說：「可是費爾法是目前的優先事項。他給我們四十八小時準備，我們得要把握時間。布雷克還在牢裡，現在不急著把墜子交給伯恩斯。我不介意再試試破解密碼。又是一樁能爆給報社的情報——說不定還能搭上我們在康比柯瑞大宅的偉大成就。」他伸出手制止我。「不，露西，不會再有人來闖空門了——他們知道我們現在有了防備。至於妳的朋友安妮．瓦德呢，她都已經等上五十年了，多等兩天沒有太大差異。好，該上工啦。喬治，我要請你查幾件事。」

「廢話。是大宅的事情吧。」喬治咕噥。

「對，還有一些相關事務。你去準備出門，別板著一張臉。這可是查資料時間，你應該要開心得跳起來才對。露西，妳今天的工作是幫我整修屋子、整理裝備。大家都開心了吧？很好。」

無論我們開不開心，一旦洛克伍德陷入這個狀態，對他說什麼都沒用。喬治和我知道再說也是白費力氣。不久之後，喬治前往檔案館，而我與洛克伍德鑽進地下室。兩天的瘋狂籌備就此展開序幕。

□

第一天下午，洛克伍德監督工人修復補強這棟屋子的防護措施，前門換了鎖，地下室裝起牢固的鐵窗，無論活人還是鬼魂都擋得住。趁著工人做體力活時，他打了幾通電話，聯絡穆雷與桑斯刀劍行補齊佩劍；向倫敦偵探社所需物資的最大供應商——傑明街的薩裘公司訂購大批鐵粉和鹽，彌補不能使用燃燒彈的戰力損失。

與此同時，我把武器和防禦物資庫存攤在地下室地板上，擦亮鐵鍊與長劍，塡充一罐罐鐵粉。我評估目前手邊的銀製封印，挑出效力最強的盒子、繫帶、鍊網，把其他小東西推到一邊去。最後我依依不捨地拔出工作腰帶上的燃燒彈，收回儲藏室。拘魂罐裡的人臉興致勃勃地盯著我看，隔著暗色玻璃對我無聲地說了一大串話，我被它煩到拿圓點手帕蓋住罐子。

在準備過程中，洛克伍德似乎爲了眼前的冒險而心不在焉。他活力百倍——我還沒看過他如此活力充沛的模樣，在屋裡蹦蹦跳跳，爬樓梯一步三階——同時也心事重重。他話不多，不時手邊的事情做到一半就眼神飄遠，像是凝視著他腦中幻想出的複雜圖形，試著找出它的終點。

喬治整天泡在檔案館裡，我上床睡覺時還沒回來，等我隔天早上起床時他已經離開。沒想到洛克伍德也準備要出門。他站在玄關鏡子旁，仔細調整頭上那頂巨大的布扁帽。他身穿廉價套裝，破舊的公事包擱在腳邊。我向他搭話，他回以濃濃的鄉下人腔調，和平時語氣相差甚遠。

「聽起來如何?」他問。「夠土了吧?」

「也許吧。我幾乎聽不懂你在說什麼。你要幹嘛?」

「我要去康比柯瑞村一趟,想確認幾件事。回來的時候應該很晚了。」

「要我一起去嗎?」

「抱歉,露西,這裡有重要的事情要妳坐鎮。薩袞和穆雷的貨晚點就送到,到時候可以麻煩妳把新的長劍拿出來檢查一下嗎?有任何問題就打電話找老穆雷。薩袞那部分可以不用管,我回來再開。之後妳再重新確認裝備,打包我們路上要吃的東西,還有——」他從外套口袋裡掏出那個銀玻璃匣子,「安妮·瓦德的項鍊就交給妳了。過幾天就來處理她的事情,在那之前請妳幫我顧好這個東西。就和先前一樣貼身帶著。」他拎起公事包,往門外走去。「喔對,小露,除了送貨員,別讓任何人進來。那位戴面罩的朋友說不定會改用更巧妙的手段溜進來。」

□

到了傍晚,冬天的太陽像是一只淺紫色的黯淡圓盤,斜斜掛在簷角。波特蘭街三十五號寒冷空虛,屋裡灰暗無比,黑影幢幢。我獨自看家。喬治和洛克伍德都還沒回來。我收了貨、重新打包好裝備包、裝了食物與飲水,還爲了明天的任務燙好自己的衣服、在地下室對著艾美拉妲練了一輪劍。現在暮色低垂,我在屋裡到處踱步,抵抗滿心焦躁。

雖然案件的危險性像是幽靈般在我心底徘徊，但我眞正掛記的其實不是費爾法的委託。可以理解洛克伍德的論點——若想保住偵探社，我們眞的沒有本錢推拒如此優渥的提案。即使這個案子被重重謎團包圍——比如說紅色房間和尖叫的階梯的本質——但我對喬治的調查功力有足夠信心，他不會讓我們瞎子摸象。

在這個應當要全力準備的節骨眼，被拋在後頭的失落感讓我有些不悅。喬治盡責地埋在書本和舊報紙裡頭。洛克伍德（應該）正在收集大宅的新鮮情報。而我呢？被困在家裡，做果醬三明治，打包武器。這當然是重要的基本工作，可是我完全提不起勁。我想貢獻更多心力。

我眞正掛記的是被我們放下的其他案子。我無法贊同洛克伍德的見解，完全不認爲墜子能再擱置幾天。經歷了闖空門，看到墜子裡的詭異刻痕，我覺得有必要繼續調查這件事。那天下午的噩耗印證了我的想法。伯恩斯督察來電告知雨果．布雷克即將獲釋。

「證據不足。」伯恩斯斷然道。「就是這樣。他沒有認罪，我們也無法證明他進過那棟屋子。現在他的律師開始介入，我們無法繼續拘留他。卡萊爾小姐，除非我們能再挖出什麼，或者是那傢伙自己認罪——不然恐怕明天他就能走出警場。」

「什麼？」我大叫。「你們不能放他走！他一定有罪啊！」

「是的，可是我們證明不了這一點，對吧？」我眼前幾乎要浮現伯恩斯說話時吹起鬍鬚的模樣。「光是知道他送她回家還不夠。我們沒有把他和犯行連結在一起的關鍵證據。要是你們兩個白痴沒把整個二樓燒掉，或許我們還能找到一點蛛絲馬跡。就這樣，非常遺憾，他很可能會無罪獲釋。」督察狠狠哼了一聲，掛斷電話，留我一個人生悶氣。

我們沒有關鍵證據……才怪，說不定我們真的有。

我捧起掛在脖子上的匣子，湊到漸漸黯淡的日光下。在銀玻璃之下，墜子的金鍊子扭成一團，像是淺水區的鰻魚。*Tormentum meum*，*laetitia mea*……這串字依稀可見。還有裡面的字串，究竟是什麼？*A.‡W.*；*H.II.2.115*……不知怎地，我認為最後一片線索就藏在這串字母與數字之中。布雷克要的就是這個。所以他才會為了搶回項鍊，如此不擇手段。要是把項鍊交給伯恩斯，或許他能查出真相。

或許他做不到。或許凶手將會再次逃過法網，就和五十年前一樣。

冰冷的憤怒從心底猛然湧現。要是我們沒有破解這個密碼，就會失去最後一次機會。布雷克不可能承認過去發生過什麼事，這世界上也沒有其他人知道。

沒有其他人，除了……

我垂眼凝視掌中的玻璃匣子。

靈感來得突然，它觸動了最深的禁忌，使得我愣愣站了好一會，聽著心臟不安的跳動聲。這要賭上我的性命，這還算小事；更糟的是我要賭上惹火洛克伍德的危險，他已經警告我不能擅自冒險。要是我腦中還剩半點理智，就該等他回來，可是我很清楚他會禁止我執行我想做的實驗。如此一來，我真的是虛度了這一天，而可惡的布雷克開開心心地等著呼吸自由的空氣。

我在屋裡如同無頭蒼蠅般四處亂竄，翻來覆去地思考我的計畫。太陽下山了；等回過神來，我發現自己人在廚房裡。我緩緩踏下螺旋階梯，來到地下室。最深處的牆上，放置戰利品的架子看起來一團黑。今晚那隻海盜的手散發淺紫色微光，其他物品毫無反應。

值得一試。要是成功了，就不必理會墜子內的怪異密碼。我能取得關鍵證據，讓布雷克定罪。要是失敗了，有什麼差別嗎？反正洛克伍德永遠不會知道。

鐵鍊都鋪在地上，上好了油，測試過強度，準備打包起來。我揀起最長最粗的一條拖進練劍室，寬兩吋的鐵鍊相當牢固。用稻草塡起來的老喬和艾美拉妲掛在半空，籠罩在陰鬱的寂靜中。我拿鐵鍊在地上鋪出直徑大約四呎的雙層圓圈，兩端相交。爲了確保不會被外力扯開，我拿了一個腳踏車大鎖連接末端。這是萬無一失的防壁，沒有第二型鬼魂能破壞。大概是費爾法鋼鐵公司的商品。一般來說，調查員會站在圈子裡，阻擋狂暴鬼魂的攻擊。

今天我要改變這項規則。

練劍室沒有窗戶，已經是一片漆黑。手錶顯示現在才五點，對於完整的顯現來說還太早。但我不能繼續等下去——洛克伍德和喬治隨時都會回來。更何況，要是鬼魂急著現身，天知道它會多早出現？

我踏入鐵鍊圈裡，從口袋掏出銀玻璃匣子，跪在地上，打開匣子的扣鎖，翻開蓋子，把墜子倒入掌心。它像是剛從冷凍庫深處挖出來的東西，溫度低到刺痛我的皮膚。我小心翼翼地將它擱在地上，起身跨出圈子。

目前爲止都還算簡單。我不期待馬上就能見效，先繞去辦公室拿幾樣東西。才離開兩分鐘，等我回到練劍室，這裡的空氣已經下降好幾度，老喬和艾美拉妲在半空中輕輕搖晃。

「安妮．瓦德？」我開口呼喚。

沒有反應，但我感到太陽穴一陣緊繃，房裡積蓄起微弱的張力。我離鐵鍊圈幾步遠，口袋裡放了一包鹽，手上拿著一張紙。

「安妮．瓦德？」我再次呼喚。「我知道是妳。」

圈裡泛起淡淡銀光，年輕女子單薄的輪廓浮現，折疊彎曲，忽隱忽現。

「安妮，是誰殺了妳？」我問。

輪廓依舊閃爍扭曲。我豎起耳朵，什麼都沒聽到。擠壓我腦袋的張力強到讓我頭痛。

「是雨果．布雷克嗎？」

沒有變化──至少表面上沒有。在一閃而逝的一瞬間，我似乎聽見細微的呢喃，彷彿有人在遠處小聲說話。我更加專注，額頭開始抽痛……不行。消失了。如果那聲音眞的存在過的話。

好吧，能得到任何線索只是我的奢望。假如偵訊死者有這麼簡單，每個擁有天賦的人早就往這方面發展了。根據傳說，只有梅莉莎．費茲達成這個目標，她和許多第三型鬼魂展開傳奇般的對談。我在騙誰？等一下就掏出鹽巴來清理這片混亂。

不過我還有最後一個實驗。

我背在後頭的手捏著喬治影印的照片。現在我把照片拿到面前，攤開來，靠近鐵鍊圈，讓照片上布雷克的臉正對項鍊。照片上有兩個布雷克──那張個人特寫，黑色領結、黑帽子、黑手套，對著鏡頭勾起嘴角；在噴水池前的合照，他就在安妮·瓦德背後。

「來。是他嗎？是不是雨——」

淒厲的鬼魂尖嘯響起，充滿悲傷與憤怒的嘶吼震得我站不穩腳步。氣流橫掃整個房間，鐵鍊往外拉成一個大圓，磚牆上的塵土飄落。稻草假人被吹得往上撞擊天花板。我往後仰倒，滑到門邊，口中忍不住大喊，因爲頭部承受的壓力太大，我以爲頭骨要裂開了。我抬起頭，看到鬼魂在鐵鍊圈內前後橫衝直撞，不斷撞擊邊界，射出一絲絲鬼氣，被鐵鍊的屏障擋住。它的形體大幅度的扭曲，頭被拉得好長，失去原本的形狀，身體像是斷掉的骨頭般裂開凹折。和安妮·瓦德生前面貌的相似處蕩然無存。鬼魂的號叫一波接著一波，我被嚇得不敢動彈，耳朵幾乎要聾了。

我跌倒時沒有抓穩那張紙，不過鹽彈還在口袋裡。我勉強坐起，將鹽彈狠狠丟向鐵鍊圈子。鬼氣四射，鹽巴散得到處都是，那個撲騰尖號的形體消失了，在我腦中迴盪的叫聲也瞬間靜下來。

我癱坐在地上，瞠目結舌，頭髮蓋住眼睛。面前的兩個稻草假人劇烈甩動，慢慢平息下來。

「哎唷。」我說。「有夠痛。」

「我想也是。」

洛克伍德和喬治站在拱門邊低頭看著我，臉上寫滿震驚。

□

「等等！」我大叫。「喬治！閉嘴！等一下！聽我說！」

過了整整兩分鐘，我還沒辦法好好說一句話。沒錯，我忙得很。等到我的腦袋不再嗡嗡作響，我得要先撿回墜子——說起來簡單，這個東西被結成冰晶的鹽巴覆蓋住，我的手差點凍傷。接著將它放回銀玻璃匣子裡——有喬治．庫賓斯在耳邊大吼大叫，這也不是簡單的差事。但我需要好好解釋，而且要快。洛克伍德一言不發，臉頰漲紅，嘴巴緊緊抿起。

「你們看。」我撿起那張紙。「我做了我們原本就該做的事。把這些照片拿給安妮．瓦德看。照片上有誰？雨果．布雷克。她的反應如何？她抓狂了。我從來沒有聽過那樣的叫聲。」

「妳故意放她出來？」洛克伍德問。「太蠢了。」

我對上他的視線，心頭一陣忐忑。「沒有放她出來。」我拚命解釋。「只是……給她一點自由。效果很好，我得到前所未有的反應。」

喬治哼了一聲。「什麼效果？她對妳說話了嗎？沒有。她簽下了能通過法院認證的文件？沒有。」

「喬治，她的反應很明顯。無風不起浪。你不能否認之間的因果關係。」

洛克伍德點點頭。「就算是如此，妳還是不該這麼做。那張紙拿來。」

我默默遞出紙張，眼窩刺痛。他說得對。我又做出錯誤的決定，這回我知道洛克伍德不會原諒我。看他的表情就知道了。我無法繼續待在這間偵探社。突然間，我清楚意識到自己拋棄了多麼可貴的事物。

洛克伍德讓到一旁，對著光研究那些照片，鹽粒在他鞋底沙沙作響。喬治可沒這麼仁慈。他擠了過來，眼球突出，幾乎要貼上他的鏡片。

「露西，我不敢相信妳竟然做了這種事。妳瘋了！刻意把鬼魂放出來！」

「這是實驗。」我說：「你有立場說我嗎？你不是成天對那個破爛罐子動手動腳？」

「這根本不能比。我把鬼魂關在罐子裡。我做的都是科學研究，在嚴格控制的環境下進行。」

「嚴格控制？我前天才在浴缸裡看到它！」

「沒錯。我在測試鬼魂對高溫的反應。」

「那至於用到泡泡浴嗎？罐子上面都是泡泡。你在水裡放了香噴噴的肥皀泡，然後……」我瞪著他看。「喬治，你和它一起泡進浴缸裡嗎？」

他滿臉通紅。「才沒有。怎麼可能做這種事？我——我只是想節省時間。我正要泡進去的時候突然想到可以用這個環境來測試鬼魂對溫度的抗性。我想看它會不會——」他瘋狂比手畫腳。

「等等！我幹嘛對妳解釋我的實驗？是妳把鬼魂放進我們家！」

「露西……」洛克伍德開口。

「我沒有放它出來！」我大喊。「看看這些鹽。情勢都在控制之中。」

「是喔。」喬治說：「所以我們才會看到妳倒在地上。妳能制服鬼魂是妳運氣好，歪打正著。前天晚上這個鬼東西差點砍了我們的腦袋，現在妳又——」

「喔，你少說兩句行不行？是你與鬼魂全裸——」

「露西！」我們閉上嘴。洛克伍德的姿勢和我們開啓戰端時一模一樣，站在燈光下，舉著那張紙。他的臉色蒼白，嗓音古怪。「妳拿這張紙給那個訪客看？」

「呃，對。我——」

「妳是怎麼拿的？像這樣？還是這樣？」他迅速換了幾個角度。

「呃，應該是最後那個。」

「它看見整張紙了？」

「嗯，對，不過只有一秒左右，然後它就像你們看到那樣抓狂了。」

「對。」喬治語氣森冷。「我們看到了。洛克伍德，你幾乎沒有說話。可以請你多說露西兩句，叫她以後別再做這種事了？她已經兩次害我們陷入危機。我們要——」

「我們要說做得好。」洛克伍德打斷他。「露西，妳是天才。我想妳找到關鍵了。這是最重要的線索。」

我和喬治一樣訝異，喬治的下頷活像是輕輕搖晃的鞦韆。「喔，謝了……」我說。「你覺得……你覺得這對案情有幫助嗎？」

「非常有幫助。」

「所以我們該去找警方嗎？我們該把這個墜子交給伯恩斯嗎？」

「先不要。喬治說得對，鬼魂的反應不能當成真正的證據。不過別擔心——多虧了妳，我相信我們很快就能給安妮．瓦德的故事一個圓滿的結局。」

「希望是如此……」我滿心困惑，同時也鬆了一大口氣。「不過有件事要先對你說。雨果．布雷克要被放出來了。」我向他們轉述那通電話的內容。

洛克伍德笑了。他看起來在瞬間放鬆下來，甚至有些開心。「不必擔心。」他說：「這棟屋子和銅牆鐵壁沒有兩樣，他們不會再來搶劫了。不過呢，去康比柯瑞期間不該把墜子留在這裡。露西，妳繼續帶在身上——掛在脖子上。我保證很快就能解決這件事。但是首先呢——」他咧嘴一笑，「要解決費爾法的委託。喬治查到一些情報了。」

「對。」喬治說：「我稍微查了一下那裡的靈異事件。」

我看著他。「和費爾法說的一樣棘手嗎？」

「不。」喬治摘下眼鏡，疲憊地揉揉眼睛。「根據我看到的資料，實情比他描述的還要惡劣一百倍。」

18

從洛克伍德偵探社位於倫敦的據點前往康比柯瑞村一點都不難。只要隨便搭輛計程車到馬里波恩站，在六號月台悠閒地等車，來個舒適的四十分鐘車程——穿過大片灰暗的市郊，以及柏克郡的寒冷田野——抵達緊鄰聖威弗瑞教堂、有些年代的康比柯瑞車站。整趟路最多一個半小時。輕鬆、迅速、簡單，舒服得像是在渡假。

對，沒錯。理論上是這樣。不過如果要扛著六個超巨大的裝備包，裡頭塞了各種金屬工具，加上裝了四支備用長劍的劍袋，還有自己腰間那把礙事的嶄新佩劍，可就沒那麼詩情畫意了。要是隊長和他的副手都碰巧找不到皮夾，只能由你代墊車票和大件行李的追加費用，這可說是雪上加霜。假如你們還因爲浪費太多時間討價還價而錯過第一班車，相信你的心情不會太暢快。

還有個小麻煩，你們的目的地是英格蘭赫赫有名的鬼屋，希望不會丟了小命。

一路上，喬治詳盡地報告這兩天來他查出的祕辛，這並不會讓這個任務輕鬆多少。他手中的活頁檔案夾塞滿寫得整整齊齊的筆記紙，當火車輕快地駛過隱藏在山丘林地間的小村莊，與尖塔和驅鬼街燈錯身而過時，他從筆記中找出讓人不快的背景資料款待我們。

「費爾法說的基本上沒錯。」他說：「那棟大宅幾百年來聲名狼藉。還記得它原本是修道院嗎？我找到提及這件事的中世紀文件。一批聖約翰異端修士建構了它的前身。顯然他們『背棄了上帝，轉爲崇拜黑暗一方』，不知道這話是什麼意思。不久後，一群貴族聽到風聲，燒掉那個地方。他們接管了修道院的土地，每個人都分到一部分。」

「會不會是圈套？」我問。「他們爲了奪走那塊地誣陷那群修士？」

喬治點點頭。「有可能。之後在幾個富有的家族間轉手幾次——柯瑞家、費茲派西家、索羅莫頓家——這塊土地讓他們都獲益不少。不過大宅本身只給他們帶來源源不絕的麻煩。我找不到太多細節，十五世紀的一名地主認爲它是『邪惡的地方』任由它荒廢。大宅燒了兩、三次，然後呢——重點來了——在一六六六年瘟疫爆發，大宅裡的人無一倖免。可能是有人上門拜訪，發現所有的人都病死了，除了一個小嬰兒，獨自在臥室的搖籃裡哭叫。」

洛克伍德吹了聲口哨。「有夠可怕。群聚訪客有可能就是從這裡冒出來的。」

「他們有沒有救走那個嬰兒？」我問。

喬治看看筆記。「有。他被那個家族的表親領養，成爲學校老師。疫情如此嚴重，算他運氣夠好。總之呢，壞事接二連三地圍繞著那棟大宅發生，直到本世紀。在一連串的意外事故後，費爾法的前任屋主——是他的遠親——開槍自殺。」

「看來有潛力成爲訪客的故人還眞不少。」洛克伍德思考片刻。「有任何記載提及尖叫的階梯或是致命的紅色房間？」

「只有一小段文字，來自寇貝特的《柏克郡傳奇》。」喬治翻過一頁。「上面說有兩個康比柯瑞村的小孩子昏倒在大宅的一處『老舊階梯』下。其中一人很快就斷氣，另一個小女孩稍微恢復意識，說他們被『恐怖邪惡的嗥啼、痛苦可怕的叫聲』襲擊。」他啪地闔上檔案夾。「然後她也死了。」

「嗥啼是什麼？」我問。

「一定是指尖叫聲。」洛克伍德望向往後飛掠的窗外風景。「故事、傳說……我們最需要的是事實。」

喬治得意地推了推眼鏡。「啊哈，關於這點，或許我也能幫得上忙。」他從檔案夾裡抽出兩張紙，攤開來，鋪在車廂窗邊的小桌子上。第一張是大型建築的手繪樓面配置圖，總共有兩層樓，都以墨水仔細地描繪出牆面、窗戶、階梯。其中以藍色墨水標記出各個房間，主廳、書房、公爵臥室、長廊……紙張上端是喬治整齊的字跡——康比柯瑞大宅西翼。

「喬治，你眞是太了不起了。」洛克伍德說。「你從哪裡找到這份資料的？」

喬治抓抓肥嘟嘟的鼻子。「帕爾摩街的皇家建築學會。那裡收藏了各種平面圖和測量圖。這是十九世紀的圖，看看一樓正面的大樓梯，肯定大到嚇死人。它是大宅的主體。至於其他圖紙——」他把另一張紙換到上頭，「年代更久遠，說不定是中世紀的玩意兒。畫得很粗略，不過可以看到修道院廢墟時期的大宅。規模小了許多，他們重建的時候應該敲掉很多原本的房間，因爲那些房間不在後來的平面圖上。可是呢，這段巨大的階梯已經存在了，周圍的區域形成主廳與長廊。長廊原本是修士食堂，他們就在這裡用餐。少數幾個二樓的房間也出現在十九世紀的平面圖上。不同時期的圖紙可以告訴我們西翼歷史最悠久的區域在哪裡。」

「而我們要找的源頭最有可能就在那裡。」洛克伍德說。「太好了。今晚就從這些區塊開始調查。喬治，我請你幫忙找的其他資料呢？可以讓我看看嗎？」

喬治掏出薄薄的綠色資料夾。「在這裡。我能查到的關於約翰．威廉．費爾法先生的一切。如同他的說詞，他在六、七年前繼承了這個產業。似乎沒被它的過去嚇跑。總之呢，有一堆牽扯到他的文章報導——採訪、生平經歷之類的。」

洛克伍德捧著資料夾，靠上椅背。「讓我瞧瞧……嗯，看來費爾法是獵狐活動的忠實支持者。喜歡打獵和釣魚……資助一大堆慈善機構。喔，他年輕時是活躍的業餘演員……看看這篇評論：『威爾．費爾法扮演奧賽羅，展現精湛演技……』還眞是想不到。不過還滿有道理的。就算到了這個年紀，他還是很愛演。」

「這和他的委託無關吧？」我還在研究平面圖，想像樓梯的弧度，思考紅色房間的位置。

「喔，徹底調查案件背景是好習慣……」洛克伍德專心思考。對話變少；火車飛馳。我摸了大衣前襟一、兩次，感受掛在胸前的堅硬匣子，裡頭裝著那名女子的墜子。我照著洛克伍德的指示，一直把它帶在身上，安全無虞。希望他的判斷沒錯，我們眞的能在短時間內爲這個故事畫下句點。當然了，前提是我們能在康比柯瑞大宅活過一晚。

□

一輛車子停在村子的火車站外等我們。一頭亂髮的青年靠在引擎蓋上看著過期的《靈異真相》。我們活像是剛爬下聖母峰的實習雪巴挑夫，扛著沉重的行囊踽踽而行，他放下雜誌，冷淡笑容中帶著憐憫。他煞有其事地撥撥劉海。「是洛克伍德先生嗎？收到您的訊息了。我送各位去大宅。」

我們的裝備包塞進後座，喬治和我費了點工夫才跟著擠上車。洛克伍德繞到前方的副駕駛座。計程車開上村中道路，把一群鴨子趕進池塘，我一頭栽到喬治大腿上，臭著臉坐直。青年的口哨聲從牙縫間冒出，載著我們穿梭在灰沉沉的榆樹間。

「看來這輛車沒有加裝補強設備。」洛克伍德以閒聊似的口吻開了個頭。

「在這一帶沒有必要。」青年回應。

「這裡是安全區域嗎？都沒有訪客？」

「沒有。它們都在那棟屋子裡面。」青年一個急轉彎，避開路上坑洞，我再次摔到喬治大腿上。

喬治低頭看我。「要幫忙嗎？妳可以待在這裡，如果這樣比較安全的話。」

「不用了，謝謝。我自己可以坐穩。」

「你是指康比柯瑞大宅？」洛克伍德說：「很好，今晚我們要在那裡過夜。」

「新蓋的房間？還是待在管理員老史塔金那邊？」

「主屋。」

車內安靜下來，青年雙手離開方向盤，在胸前畫了十字架，摸摸儀表板上的宗教掛飾，往窗外吐了口口水，完成整套儀式。他若有所思地看著後視鏡。「我喜歡那個紅色包包。可以拿來裝我的足球用具。介意我明天去大宅把包收走嗎？費爾法先生不會想要留著這個東西吧？老史塔金也不會想收。」

「抱歉。我們明天還需要用到它。」

青年點點頭。「不管怎樣我還是會繞過去。反正看一下不用錢。」

車子開上坡道，穿過光禿禿的樹林和冰冷陰暗的雜亂田野，路旁種著一片長青植物。「你進過那棟大宅嗎？」洛克伍德問。

「什麼？你以爲我是神經病嗎？」

「就算沒去過，你一定也知道一切內情。那些鬧鬼的傳言。」

青年急急轉進狹窄小路，他急轉彎的技術高超，後座的一切物體狠狠甩向左側，我的腦袋被玻璃和喬治臉頰的某些部分夾在中間。有好幾秒，我只聽得見他在我耳邊呼吸；等到他一陣掙扎，好不容易爬起來，車子已經開過破爛柵門，高速衝上筆直的車道。

「……遭到殺害，藏起來，再也沒有人找到。」青年說個沒完。「一切都是從這裡開始。這一帶每個人都知道。一個人死完還有下一個，只要這棟屋子還在，死亡名單就會繼續延伸下去。應該要全部燒掉，把鹽巴混進灰燼裡面──我媽是這樣說的。我們沒辦法讓屋主領悟這個道理，他心裡只有那些實驗。好啦，到了。車資總共是十鎊半，大件行李再加兩鎊。」

「眞有意思。」洛克伍德說。「特別是前面的部分。謝了。」

車子停在碎石子車道的末端。我隔著窗戶看到大片庭院，零星的橡樹和山毛櫸，還有費爾法照片上的湖泊一角。整片土地瀰漫著原始的狂野氣息。雜草叢生，湖岸被蔓生的莎草覆蓋。另一邊——視野被喬治擋住大半——勉強看得到蒼白的樹幹、兩個放在基座上的大水缸，再往後就是毫無裝飾的灰色屋牆。

洛克伍德忙著對司機說話。我下了車，幫喬治搬出裝備包。康比柯瑞大宅矗立在我面前。空氣潮濕冰冷。

屋頂上，幾根長長的磚砌煙囪宛如刺向雲層的犄角。宅邸左手邊——我猜就是年代最久遠的西翼——用的幾乎都是古老的石材，接近屋頂和邊緣的區塊改成磚塊。大宅開了許多窗戶，高低尺寸各異，空洞的窗玻璃映出灰暗的十一月天空。雙開式大門上方，帶著裂痕的柱子支撐著醜陋的水泥門廊，前方是一段扇形階梯。一棵宛如紀念碑的梣樹年紀和尺寸都相當驚人，佇立在西翼建築末端。白骨似的樹枝像是巨大蜘蛛的長腿緊貼著磚牆。

正門階梯右側的東翼小了一些，建材全是磚塊，顯然是近代的手筆。或許是設計上的小小失誤，兩翼建築角度有些差異，讓人覺得彷彿被整棟大宅包圍住。如此充滿壓迫感的醜東西，就算不知道大宅裡發生過什麼慘案，我一眼就對它抱持濃濃的厭惡。

「好極了！」洛克伍德語氣雀躍。「這就是我們今晚的飯店。」他眉飛色舞、比手畫腳地和司機聊了好一會兒，當著我的面遞出一疊鈔票——遠遠超過十二鎊半——以及封好的棕色信封。

「可以請你幫我送這封信嗎?」他問。「裡面是重要文件。」

青年點點頭,計程車揚起一片碎石,呼嘯遠去,只留下恐懼與汽油味。我們看到一名老先生踏下屋前階梯。

「你在幹嘛?」我問。

「我有個小東西要寄。晚點再和你們說。」

「噓。」喬治低語:「這位肯定就是『老史塔金』了吧。他確實有夠老,對吧。」

大宅的管理員眞的超級老,全身上下每一個細胞都無比緊繃乾涸,所有的柔軟和水氣早已被歲月榨乾。儘管上了年紀又孱弱,費爾法先生仍充滿魄力與活力,而眼前的老人更像是大宅旁的那棵梣樹,粗糙又扭曲,堅持不放棄生命。他一頭灰白頭髮,尖臉被細密的皺紋切成無數區塊,宛如凹凸不平的石灰岩地貌。他的衣著一絲不苟,那套黑色絨布燕尾服樣式古典,袖口伸出長了肝斑的灰暗手指。條紋長褲窄得驚人,鞋尖和他的鼻子一樣長。

他停下腳步,不悅地打量我們。「歡迎來到康比柯瑞。費爾法先生準備好迎接各位,但他目前身體微恙,請稍候片刻。他請我先帶各位參觀庭院,熟悉一下環境。」他的嗓音沙啞破碎,斷斷續續,像是隨風摩挲的柳枝。

「謝謝。」洛克伍德說。「您是史塔金先生嗎?」

「是的,我在這裡當了五十三年的管理員,從年輕到老,因此我對此地略知一二,我也不介意說出來。」

「這——這是當然。好極了。請問我們的行李要放在哪裡？」

「留在這邊就好。誰會碰這些東西呢？相信大宅裡的居民不會動手，它們在太陽下山前安分得很。來吧，我帶你們看看庭院四周。」

洛克伍德舉起手。「抱歉，我們搭了滿久的車，請問附近有沒有……廁所？」

老人臉上的皺紋陷得更深，陰影包圍他的雙眼。「孩子，進屋再說。我不能帶你們進去。費爾法先生想親自介紹大宅的格局。」

「有點急。」

「腳夾緊一點，忍忍。」

「您可以告訴我怎麼走。」

「不！不可能。」

「那我只能躲在那個水缸後面解決了。不會有人知道。」

史塔金一臉怒容。「進門，主廳另一頭，階梯左側的小房間。」

「感激不盡。我馬上回來。」洛克伍德匆忙離開。

「他現在就憋不住了，要怎麼熬過今晚？」老人說：「到時候所有的光都會從長廊流走。」

「呃，不知道。」我回應。其實我也對洛克伍德的行為略感困惑。

「嗯，我們不必等他。」史塔金邁開腳步，指著西翼。「石牆代表康比柯瑞最古老的部分。這是原本的修道院外殼——從這裡可以看到禮拜堂的其中一扇窗戶——由惡名昭彰的聖約翰修士建成。啊，那個邪惡的教團！據說他們背棄了上帝，轉爲崇拜——」

「黑暗一方。」我低喃。

史塔金斜眼瞪著我。「是我，還是妳在介紹？不過妳說得對。那些墮落的獻祭和儀式……喔，光想就毛骨悚然。好啦，謠言傳開，最後貴族接管了修道院。七名罪大惡極的修士被丟進一口井裡。其餘的修士困在屋裡活活燒死。是的，他們就在這道牆裡慘叫喪命！對了，我替你們在二樓客房鋪了床。房裡也有浴室。現代設備一應俱全。」

「謝謝。」我說。

「那口井還在嗎？」喬治問。

「不在了。我年輕的時候，還能在那邊的庭院看見一口廢棄的古井，後來他們拿鐵板封住井口，用沙子埋起來了。」

喬治和我仔細觀察這棟沉默的建築物。我想找到費爾法的照片裡那扇透出人影的窗戶在哪。實在是難以判斷。有好幾個可能的選項，看不出是二樓，還是三樓。

「您認爲那群修士是靈異事件的最終源頭嗎？」我問。「聽起來十之八九就是他們了。」

「我沒有資格推斷眞相。」伯特．史塔金說：「或許是修士；不過也有可能是瘋子爵爺魯弗斯．柯瑞，他在一三二八年從廢墟中建起最初的大宅……啊，你們這位膀胱無力的朋友回來了。我看時間也差不多了。」

洛克伍德朝我們快步走來，步伐帶了一絲雀躍。「眞是不好意思。」他說：「我有沒有錯過什麼？」

「剛好說到瘋子爵爺魯弗斯。」我說。

史塔金點頭。「是的，這一帶的人都叫他緋紅公爵，因爲他那頭紅髮，以及愛看鮮血噴濺的怪癖。聽說他會把敵人關進大宅深處的拷問室，在那裡……」他遲疑一下。「不，我不能在年輕女性面前說太多。」

「喔，請繼續。」喬治說：「這種事情露西都聽膩了。她可是見過世面的。」

「我是看過很多。」我甜甜地答腔。

老人咕噥幾聲。「可以說他們成爲他的……晚間娛樂。只要他解決了哪個人，就會把對方的頭骨放在中央階梯上，把蠟燭插在裡面，讓燭光從眼窩裡透出來。」史塔金衰老混濁的雙眼驚惶地往上翻。「這事行之有年，直到一個颳著暴風雨的夜晚，某個受害者掙脫束縛，拿生鏽的鐐銬割斷魯弗斯爵爺的喉嚨。從那一天起，一旦緋紅公爵的鬼魂在走廊上遊蕩，就能聽到他手下亡魂的呼號。大家都說聽起來像是那道階梯在尖叫。」

我們三人互看一眼。「所以這是尖叫的階梯的起源？」洛克伍德問。

史塔金聳聳肩。「有可能。」

「您有沒有聽過？」我問。

「怎麼可能！我絕對不會在晚間踏進大宅。」

「那，您有沒有認識哪個人聽過？比如說您的朋友？」

「朋友？」管理員對這個概念深深皺眉。「我區區一個僕人，沒有資格交朋友。好啦，我們繼續往後繞。」

老史塔金帶我們漫步在大宅外圍，介紹幾處外觀特徵，含糊解說。我很快就領悟到在他的觀念裡，這裡每一塊石頭、每一棵樹都有著駭人的過去。魯弗斯爵爺和修士打了頭陣，歷任屋主幾乎不是瘋子，就是惡棍，不然就是兩者兼具。他們作惡多端，這塊土地上死傷無數。理論上，他們任何一人都有能力讓大宅瀰漫險惡氣息，但是傳說聽多了只讓人麻木，懷疑其中眞實性。看得出洛克伍德費盡全力維持燦爛笑容，喬治則是落在後頭，呵欠白眼連連。我很快就放棄記住每一則故事，把心力用來研究大宅細節。我發覺除了大門，一樓的出入口只剩近年改建的東翼那側，也就是費爾法先生使用的範圍。他的勞斯萊斯停在側門外，儘管天氣寒冷，但他的司機只穿著襯衫，忙著擦亮引擎蓋。

東翼的另一端是供人划船的腎形人工湖。附近還有玫瑰園，以及塔垛崩落的圓形高塔。

伯特·史塔金伸手一指。「請看里歐納爵爺的圓塔。」

「眞是出色的高塔。」洛克伍德大膽回應。

「眞是等不及了。」喬治小聲說。

老人點點頭。「是的，一八六三年，卡洛琳·索羅莫頓夫人從塔頂一躍而下。那是個美好的夏季傍晚。她跨過塔垛，裙襬翻飛，輪廓襯著血紅色天空，僕人試著拿熱茶和蛋糕哄她回來。完全沒用。他們說她就像踏下公車般隨意跨出腳步。」

「至少她走得安詳。」我說。

「妳這麼想嗎？她在半空中拚命尖叫掙扎。」

我們沉默一陣。冷風吹皺了湖水。喬治清清喉嚨。「呃……這片玫瑰園眞是別緻。」

「沒錯……她就是在這裡著地。」

「怡人的湖水——」

「約翰．柯瑞老爵爺在此喪命。他某天晚上下水游泳，他們說他游到湖中央，接著如同石塊般沉入湖底，充滿罪惡的回憶沉甸甸地壓在他身上。」

洛克伍德隨手指著被灌木叢和樹籬包圍的小屋。「那棟房子——」

「他們一直沒有找到他的遺體。」

「眞的？太可惜了。那棟小屋——」

「他還在湖底，卡在泥巴、石頭和落葉之間……抱歉，你剛說了什麼？」

「那棟小屋。有什麼可怕的故事嗎？」

老人沉思一會，吸吮牙齦。「完全沒有。」

「什麼都沒有？」

「沒有。」

「您確定？沒有人在這裡自殺，或是衝動殺人？我相信至少有個持刀砍殺事件之類的。」

管理員若有所思地打量洛克伍德。「先生，這是什麼大學生的機智笑話嗎？」

「我沒有這個意思。」洛克伍德連忙澄清。「而且我沒上過大學。」

「或許你不相信我說的這些故事。」老人說著，那雙混濁的眼珠子宛如滑過泥地的車輪掃向喬治和我。「或許各位都不相信。」

「不。怎麼會呢？」我說：「我們相信您說的每一句話。對吧，喬治？」

「幾乎全部都信。」

伯特．史塔金皺起眉。「你們很快就能確認我說的究竟是不是真話。總之，那棟小屋沒有鬧鬼，因爲我就住在那裡。我不會讓訪客靠近。」即使隔了一段距離，還是能清楚看見鐵製防護裝置從屋瓦邊緣垂落。

老人不再開口，他邁開大步，繞過最後一個轉角，帶我們回到屋子前側。我們的裝備包被人移到正門階梯上，高大消瘦的人影站在敞開的門邊，揮舞鐵柄拐杖向我們打招呼。

19

「歡迎，洛克伍德先生，歡迎蒞臨！」約翰．威廉．費爾法招呼我們踏進玄關，與洛克伍德握手，向喬治和我點了個頭。與我記憶中的樣貌相比，感覺他變得更高更瘦，更像隻螳螂；深灰色套裝的布料鬆垮垮地包覆他乾瘦的四肢。「眞是準時，正如你的承諾。你們會發現我也遵守了我的諾言。十分鐘前，我把那筆錢匯進你的銀行戶頭，洛克伍德先生，如此一來就能保住貴社了。恭喜！你現在可以陪我到我在東翼的住處，照著我們之前的討論結果打電話聯絡你的銀行經理。庫賓斯先生、卡萊爾小姐——請兩位在長廊稍候，壁爐旁放了些小點心讓兩位享用。不，別擔心你們的行李！史塔金會妥善處理。」

他轉身走向東翼，嘴裡說個不停，拐杖咚咚敲打石板地。洛克伍德跟在他背後；喬治多留了一會，往門邊的地墊磨掉鞋底的泥巴。我也停下腳步，但不是爲了擦鞋。很久以前，雅各曾經拿棍子逼我踏進一棟鬧鬼的農舍，在那之後，這是我第一次違背那條最關鍵的法則。

我在門邊徘徊，猶豫又害怕。

大宅的主廳是個廣大的方形空間，頂著挑高的木造天花板，四周全是樸素白牆。喬治帶來的平面圖顯示它從修道院時代就存在了，規模和簡約的設計依舊與教堂相當類似。天花板上，在古老的屋梁交叉處，小小的木頭雕像莫測高深地俯視主廳，它們背著翅膀、身穿長袍，臉龐被歲月磨得模糊。牆上掛著幾幅油畫，大多是數百年前的領主和夫人肖像。

主廳左右兩側各有一道嵌壁拱門，通往其他房間。在我正對面還有一道更大的拱門，拱頂幾乎碰到天花板，再過去就是……

拱門的彼端是一道階梯。幅寬很長，每一階都是石塊堆成。時間與數百年來的踩踏將表層稍微磨掉一些，使得梯階光滑如大理石。左右兩側的石材扶手往上延伸，直至轉角平台，後頭的牆上鑲了一面圓形玻璃窗，接近傍晚的斜陽照進來，把階梯染成血紅色。

我凝視著階梯，無法動彈，只能愣愣看著、聽著。

身旁的喬治跺了跺他的肥腿。老史塔金扛起第一個裝備包，氣喘吁吁地把它扛過主廳。幾名男僕端著杯盤與蛋糕走過，餐具敲出清脆聲響。洛克伍德往另一頭走去，他的笑聲飄過來。

前廳充滿雜音，但我聽見的是另一種聲音。沉默。來自這棟屋子深處的沉默。它存在於周遭各處，對我們虎視眈眈。沉默從我腳邊往外延伸，沿著走廊與段差爬上壯觀的石階，穿過開啓的門扉，滑過孤寂窗下，不斷前進，範圍廣大得令人害怕。無邊無際。這棟屋子只是一個出口。沉默持續到永久。它在等待我們——我感受得到它在等候。我心中浮現某物矗立在面前的影像，陡峭而龐大，隨時都會坍塌在我頭上。

喬治跺完腳，追著男僕及蛋糕而去。史塔金和行李陷入苦戰。我身旁不剩半個人。

我轉頭望向碎石子車道與遠處的庭院。農地逐漸喪失日光，田埂間陰影幢幢，很快就會傾瀉而出，黑暗在整片鄉間流淌，這棟屋子裡的沉默將會蠢動……

恐慌揪住胸口。我沒有必要踏進去。還來得及轉身。

「緊張嗎？」伯特·史塔金的嗓音響起，他雙手抱著一個裝備包，側身擠過我身旁。「妳會緊張也是情有可原。三十年前費茲偵探社那個可憐的女孩，她也很害怕。告訴妳，就算妳逃回去我也不怪妳。」他眼中滿是沉鬱的憐憫。

他這番話戳破我的出神狀態。恐慌的時刻過了；我的身體恢復動力。我甩甩腦袋，以規律緩慢的步伐走進玄關，穿過冰冷的前廳，踏入長廊。

這個房間充斥著陰森的美感，成排窗戶引進天光，照亮狹長的空間。此處顯然和主廳的年分相當，同樣的漆白石材、橡木天花板、陰影中的雕像、一排排缺乏照明的畫作。長廊中央的磚砌大壁爐中火焰翻飛噴濺；末端掛了一幅占滿整面牆的褪色掛毯。上頭是神話故事般的場景，六個天使、三名身材圓潤的半裸女性，還有一頭猙獰的巨熊。男僕在壁爐旁的桌上擺好下午茶。

喬治已經自顧自地拿了塊蛋糕，興致勃勃地打量那幅掛毯。「這個點心真不錯。」他說。「推薦卡士達奶油口味的。」

「等等再說。我要和洛克伍德談一談。」

「時機正好。他來啦。」

洛克伍德與費爾法從主廳那一頭踏入長廊。洛克伍德上前加入我們，他的表情平靜，眼中卻閃著熠熠光芒。

「你有沒有感覺到這裡的氣氛？」我劈頭就問。「我們——」

「你們絕對想不到。」他硬是壓過我的嗓音。「他們搜過我們的行李。」

喬治和我瞪大雙眼。「什麼？」

「趁我們與史塔金散步的空檔，費爾法派他的手下檢查我們的裝備。他們想確認我們沒帶上任何燃燒彈。」

喬治吹了聲口哨。「他們怎麼可以幹這種事！」

「我知道！我們明明都答應了。」

費爾法在桌邊數落男僕的小錯。他揮舞手臂，拐杖重重敲上地面。

「你怎麼知道他做了那種事？」我輕聲問。

「喔，我和銀行經理講完電話後，他直接告訴我的。那個人還真是厚顏無恥。他說他對任何人都是如此。得保護這棟古老的建築，以及極度昂貴的家具，之類之類的。但他真正要傳達給我的是——在他的房子裡，他說了算。我們要不乖乖聽話，要不就滾出去。」

「從一開始就是這樣。」喬治說。「這個案子到處透著古怪。沒有一件事講道理。他不准我們帶燃燒彈，不給我們時間好好調查。就這樣把我們丟進他聲稱是英國數一數二的鬼屋，然後——」

「不只是聲稱。」我說。「你們感覺不到嗎？就在我們周圍？」

我盯著他們看。洛克伍德爽快地點頭。「嗯，感覺到了。」

「那你真心覺得我們該——」

「洛克伍德先生！」費爾法低沉的嗓音響遍長廊。「茶都要冷了！請來這裡歇歇，讓我說明今晚的細節。」

□

這頓下午茶很不錯，茶是匹金牌的頂級茶葉，劈啪作響的溫暖爐火暫時驅散了致命的沉默。費爾法坐在一旁看我們吃喝，沉重的眼皮垂在黑眼上，滔滔不絕地介紹這棟大宅。他提起屋裡的諸多瑰寶——中世紀晚期的天花板、法國賽弗爾瓷器與安妮女王時代的家具、主廳和階梯牆邊的獨特文藝復興時期油畫。他提起我們腳下的廣大酒窖；他希望能找時間復原的藥草園；泡在湖底的修道院迴廊遺跡。他完全沒說到與任務有關的情報，直到我們喝完茶才叫男僕退下，開始談正事。

「時間緊迫。史塔金和我得在天黑前離開。你們開工前當然還需要準備一番，所以我就長話短說。如同我前天所言，大宅中受到鬼魂侵擾的就是這邊的房間。或許你們已經有所感應。」他等待我們的反應。洛克伍德修長的手指追逐盤中的葡萄乾，斯文有禮地笑著。「保證是十分刺激的一晚。」他說。

費爾法輕笑幾聲。「就是這個氣魄。很好，以下是基本規則。天黑後，我就把你們關在這裡，不過前門整晚不會上鎖，要是你們需要離開請便。除此之外，每層樓都會有一扇鐵門，通往我使用的東翼。那些門都上了鎖，不過在緊急時刻，只要用力敲門，我就會來幫忙。西翼的電器用品有些故障，或許是靈異現象影響，但是我們會在主廳裝一組電話，讓你們和史塔金的小屋連線。內部所有的門都沒鎖，你們想往哪裡移動都行，只有一扇門例外──」他拍拍外套口袋，「這是那扇門的鑰匙，現在就交給你們。目前為止有什麼問題嗎？」

「先生，如果您能告知鬧鬼鬧得最凶的區域，我們會非常感激。」洛克伍德低聲說。「如果您有空的話。」

「當然可以。史塔金！」老人扯著嗓子大吼。比他還要蒼老的管理員快步走來，枯瘦的雙手擰成一團。「叫伯里斯和凱爾架好電話。我帶洛克伍德先生參觀大宅。」等到管理員拖著腳步離開，費爾法才承認：「史塔金是優秀的僕人。只是他膽小得要命。到了這個時段，即使太陽還沒下山，也絕對不會在樓上看到他。好吧，我猜小心謹慎是他長壽的祕訣。我們出發吧。」

我們離開壁爐，跟著費爾法穿過長廊。他指著壁爐對面的門。「那扇門通往園藝室、會客室、溫室和廚房。它們都頗有歷史，但還比不上長廊，這裡是原本的修道院的一部分，以前還可以通往其他區域，只是那些區域早就拆除了。」他指著盡頭的掛毯。「現在大宅就到那裡為止。」

他帶我們回到主廳，穿過另一側的拱門，來到一個方正的房間，地上鋪著地毯，一排排高聳的書櫃遮住不少自然光，對側裝設了一扇結實的鐵門。以鋼鐵和皮革組成、看起來不太好坐的現代風格椅子擱在閱讀桌之間。其中一面牆幾乎被大量裱框的照片填滿，大多是黑白照片。一張巨幅照片占據最搶眼的位置，裡頭是位面容嚴肅的年輕人，穿著緊身上衣，縐領配緊身褲，端詳著一顆老舊骷髏頭。

洛克伍德興致盎然地研究那張照片。「抱歉，先生，這張照片裡的人是您嗎？」

費爾法點點頭。「是的。我年輕時演過哈姆雷特。老實說我幾乎把莎士比亞劇裡的角色都演過一輪，不過這個丹麥人可能是我的最愛。啊『生存還是毀滅』，男主角在生死之間徬徨……不是自誇，當年我演得還挺不錯。好了，這裡是圖書室，我來這裡的時候幾乎都待在這邊。前任屋主對藏書的品味頗糟，因此我換上自己的收藏品，稍微重新裝潢。只要跨出一步，走過這扇門就是安全地帶，還有這些鐵製家具——當然是自家公司的好貨——能抵擋那些鬼魂。」

「真是讓人心曠神怡的房間。」洛克伍德評論道。

「你們不會在這裡花太多時間探查。」我們再次回到主廳，史塔金正在小几上設置一具老式黑色電話，旁邊是一只裝飾用的花瓶。「無論源頭是什麼，肯定就在這棟屋子最古老的那一側。主廳、長廊，或者是樓上，那裡更有可能。嘿，你們小心點！」兩名男僕解開一捲電話線，繞著小几拉過來。「那可是漢朝的古董！你們知道那個花瓶有多貴嗎？」

他繼續斥罵，但我已經把他的聲音趕出腦海。我走到主廳另一頭，用內在的耳朵傾聽，依舊只聽見自己的心跳襯著伺機而動的沉默。我面前的壯觀階梯斜斜接上轉角平台，繼續往黑暗延伸。生著鱗片與犄角的奇異生物雕像安放在扶手上，每隔一階就放一尊，每一尊都用爪子捧著小小的台座。

「聽見什麼了嗎？」喬治湊到我身旁悄聲詢問。

「沒有。完全沒有。像是被遮罩蓋住的感覺。」

「你們找到傳說中的尖叫的階梯啦！」費爾法又回到我們身邊。「有沒有看到這些惡龍雕像旁的台座？那就是緋紅公爵放置受害者骷髏頭的地方——故事是這麼說的。或許經過一夜，三位可以驗證這道階梯的故事有幾分眞實。爲了你們好，希望你們不會聽見它的慘叫聲。」

他帶頭爬上階梯，拐杖咚咚敲打石階。我們默默跟上，各據一方，盡力忽視其他人的存在，用自己的感知觀察環境。我撫摸扶手，敞開心胸接收超自然痕跡，毫不鬆懈地聽著。

我們走過那扇圓窗下，四道緩慢爬行的影子染上夕陽餘暉，再爬過一段階梯便是二樓樓梯口。深酒紅色地毯和絨面紅色壁紙吸去一切雜音，空氣中瀰漫著奇特的甜香，像是熱帶花朵，濃郁中帶有一絲腐臭。正如喬治的平面圖，一條寬敞漫長的走道順著大宅牆面貫穿東西兩側，左右都看得到無數房間，透過半開的房門，我瞥見深色家具、畫作、沉重的金邊鏡子……費爾法全沒放在眼裡，帶我們一路往西，來到走廊盡頭的門前。

費爾法停下腳步，不知道是因爲爬樓梯，還是因爲突然變得濃稠的空氣，他有些喘不過氣。

「過了這道門，就是我剛才提到的地方。」他總算緩過來。「紅色房間。」

這是一扇紮實的木門，緊緊鎖著，和前面幾扇門相同，只是多了個記號。某個人在某個年代，往門中央刻出一個大大的X。筆觸粗糙，一長一短，都是以極大的勁力深深刻進門板。

費爾法調整好拐杖的角度。「好啦，洛克伍德先生，請你聽仔細了。這個房間格外危險，因此總是上著鎖。門鎖的鑰匙在這裡，現在交給你保管。」

他嘴裡唸唸有詞，翻了好一陣才摸出那支鑰匙，金色的小東西，綁著一條深紅色緞帶。洛克伍德淡然接過。

「我相信源頭就在這個房間裡。」費爾法說：「要不要深究就由各位決定。你們沒有必要進去。我把選擇權交給你們。不過呢，你們應該感覺得到我說得沒錯……」

或許他還說了什麼，但我忙著擋掉突然打破沉默的執拗呢喃。聲音的來源很近，我一點都不喜歡。我注意到洛克伍德臉色發白；喬治一副想吐的模樣，他像是感受到寒氣似地拉起領子。

□

回到一樓主廳，電話安放在花瓶旁，電線橫過石板地，接到圖書室某處的插座。男僕都離開了，老史塔金在門邊坐立難安，急著想離開，天色昏暗，只看得到他的輪廓。

「先生，最多再十分鐘！」他高喊。

費爾法注視我們。「洛克伍德先生？」

洛克伍德點點頭。「很好。十分鐘就夠了。」

我們在長廊狹長的窗戶下默默作業，取出袋裡的裝備，整理妥當，綁緊繫帶，裝設道具。我們各自帶上平日出任務的工具——再加上一些東西，彌補少了燃燒彈的不足。

我的腰帶上掛著佩劍、手電筒、備用電池、三根蠟燭附上打火機和一盒火柴、五個小型銀製封印（形狀各異）、三包鐵粉、三顆鹽彈、兩瓶薰衣草水、溫度計、筆記本和筆。接著，另一條工作皮帶斜掛在我肩上，上頭卡了兩排共四個塑膠小罐子。各裝了半磅鐵粉和半磅鹽巴。我肩上還繞了一捲細鐵鍊，六呎長，緊緊包著泡泡紙，防止發出過多聲響。最後，大衣口袋裡塞著緊急存糧——能量飲料、三明治、巧克力。裝了熱茶的保溫瓶、粗鐵鍊和封印則收在另一個背包中。

除了普通的衣著，我多穿了保暖手套、保暖背心和緊身褲加厚襪子。目前還沒冷到要戴帽子的程度，所以我把帽子塞進大衣的口袋。那個銀玻璃匣子還藏在我的領子下。

另外兩人也帶上差不多的重裝備，洛克伍德大衣胸前口袋掛著他的墨鏡。沉甸甸的裝備壓在身上，有些礙事，不過我們都帶了足夠的鐵器能夠單獨應戰。就算有人落單，在必要時刻仍然能設下防禦法陣。裝備包還裝了兩組兩吋粗的鐵鍊——就連最強大的訪客也難以撼動——不過現在我們還不必用到這個東西。

整裝完畢時，從窗外透入的日光幾乎不剩半點。壁爐裡的橘色火焰看起來不太可靠。黑暗沿著長廊的天花板潛行，在階梯的彎弧和角落間翻湧。就算天黑了又怎樣？是的，夜晚的腳步近了，大宅裡的訪客蠢蠢欲動，不過洛克伍德偵探社已經準備好了。我們同心協力，無所畏懼。

「就這樣吧。」費爾法說著，與史塔金在門邊會合。「明天早上九點我會回到這裡，聽取諸位的報告。還有任何疑問嗎？」

他的視線掃過我們，我們默默等待，洛克伍德露出和平時沒有兩樣的微笑，一手按著劍柄，像是排隊等計程車般輕鬆寫意。他身旁的喬治──和平時一樣面無表情──隔著厚重的圓框眼鏡眨眼，將褲頭拉得老高，抵擋鹽巴與鐵粉的重量。至於我呢……在上陣前一刻，我還真不知道自己是什麼模樣。希望我看起來夠篤定。希望我沒把恐懼展現出來。

「還有問題嗎？」費爾法又問了一次。

我們沒有回話，等他閉嘴離開。

「那就明早見囉！」費爾法鄭重地揮手道別。「祝各位好運！」他向伯特．史塔金微微點頭，轉身踏下門外台階。史塔金關上大門，左右鉸鍊咿呀作響，門板往內關上。在門完全關起前，從門縫間看得到管理員的輪廓襯著他背後的暮色，宛如枯瘦扭曲的絞架……直到雙開大門砰地闔上。回音在主廳響了好一會，往長廊擴散過去。我可以聽見回音傳向大宅的每個陰暗角落。

「要是他忘記拿拐杖，急急忙忙跑回來就好了。」喬治說。「這一定會摧毀他塑造出的氣氛，對吧？」

沒有人回應。回音消散，大宅裡虎視眈眈的沉默湧現，如同井水般將我們吞沒。

20

「重要的事先辦，你們在這裡等一下。」洛克伍德穿過主廳，靴底叩叩敲響石板地。他在康比柯瑞歷代領主和夫人的注視下，來到階梯旁的小門，打開那扇門，鑽了進去，關上門，消失了好一會。喬治和我面面相覷。門內傳來怪異的瓷器碰撞聲，接著又是一陣寂靜，再來是沖馬桶的水聲。洛克伍德踏出門外，用衣襬擦手，悠閒地晃回我們身旁。「這樣好多了。」他一手挾著濕答答的包裹。

「這是什麼？」喬治問。

洛克伍德揚起包裹。「七顆薩袞店裡威力最強的鎂光彈。插在你們腰帶上，出發囉。」他撕開膠帶，展開濕淋淋的塑膠袋口，稍稍傾斜，兩顆亮晶晶的銀色金屬罐落入他掌心。

「洛克伍德……」喬治開口。「你怎麼——」

「你把它們藏在衣服裡面！」我大叫。「在我們抵達這裡的時候藏起來！就在我們和史塔金在外面等你的時候！」

他咧嘴一笑，牙齒在昏黃的光線中發亮。「沒錯。它們就藏在我大衣內襯裡。一到這裡，我就溜進廁所，把它們藏進水箱。來，露西，手伸出來。」

鎂光彈的觸感讓人安心，我把它們固定在腰帶上。洛克伍德又倒出兩顆，遞給喬治。

「我猜到費爾法會對我們搜身，或是檢查我們的裝備。」他說：「所以我要搶先藏好。我得承認我沒料到他會趁我們不在場時偷翻行李。他就是這種人。」

「什麼？哪種人？」喬治盯著手中的鎂光彈。

「不擇手段。還不夠明顯嗎？這兩顆是我的……」

我搖搖頭，訝異不已。「要是費爾法知道你幹了這種好事……」

「可惜他沒有料到。」洛克伍德露出野狼般的笑容。「我一點都不覺得愧疚。到目前為止我們都讓他牽著鼻子走，現在該來扭轉情勢啦。」

「洛克伍德，我不是要抱怨。你這麼做很了不起。」喬治說：「可是你也知道，要是在安妮女王時代的古董椅子腳邊放火的話，我們可拿不到剩下的酬勞。費爾法很可能會告我們，和霍普太太一樣，到時候我們又被打回原點。」

「喔，他要告就告啊，管他那麼多。」洛克伍德說。「這些燃燒彈可以保住我們的小命。記得前一組在這裡過夜的調查員的下場嗎？他們不會在這裡找到我們硬梆梆的屍體。所以我昨天又稍微添購了一點小東西……」

他把塑膠袋倒過來，從裡頭滾出第七顆投擲彈，比另外六顆稍微大了些。它的側邊同樣印著日出公司的商標，不過包在外面的紙不是白色，而是深紅色。其中一端有長長的引信。

「新型燃燒彈。」洛克伍德把它和另兩顆燃燒彈一起固定在自己腰間。「薩裘店裡的人說費茲與羅特威的調查員開始用這個對付群聚鬼魂——空襲受害者、鬧過瘟疫的地方等等。它的爆炸範圍很大，把銀、鐵、鎂一口氣噴出去。動用這個玩意兒的時候我們一定要閃遠一點，它可是有工業等級的威力。希望眞是如此。這東西貴得很。好啦——這個垃圾要藏哪？」他把濕漉漉的包裝揉成一團，塞進費爾法的漢朝古董花瓶。「很好，上工囉。」

我們把圖書室選爲行動基地。它離正門和通往安全地帶的鐵門很近，房裡的鐵椅子也能拖住訪客腳步。我們把裝備包拖進去，在一張桌上放了提燈。洛克伍德把亮度調低。

「我們已經大略走過一圈了。」他說，「有什麼想法？」

「整個西翼都塞滿訪客。」我說。

喬治點頭。「特別是在？」

「紅色房間附近的走廊？」

「對。」

「露西，妳有沒有聽到什麼？」

「在走廊嗎？各式各樣的低語，太小聲了，聽不出在說什麼，可是我覺得那些聲音很……邪惡。其他地方都很安靜。可是我知道到了晚上，會有東西打破沉默。」我充滿歉意地笑了笑。

「抱歉，聽起來很沒有道理吧？」

洛克伍德搖搖頭。「不，我懂妳的意思。我也有同樣的感覺。到處都有死亡光輝，只是沒辦法看得清。喬治，你呢？」

「我沒有你們那麼敏銳，不過我注意到一件事。」他說著，邊拆下腰間的溫度計，將面板轉向我們。「剛才和費爾法在這裡的時候，溫度是十六度。現在掉到十三度。降得很快。」

「等一下還會更低。」洛克伍德說：「很好，我們要按部就班。記錄各處的溫度和感應到的現象。從一樓開始，包括這道階梯——然後是地窖。休息之後往其他樓層移動。今晚很漫長，這棟屋子很大。我們要一直待在一起，不能落單。不管是要幹嘛。如果想上廁所，那就大家一起去。就這樣。」

「那我不喝茶了。」我說。

□

我的直覺沒錯。屋裡確實塞滿了訪客。沒過多久，它們開始作亂。

幸好有鐵製家具擋著，圖書室——調查的起點——相對來說靈異現象輕微許多，但即使是這裡，提燈一關，四周陷入黑暗後，我們察覺到許多光點和線條在視野中彈射，太過微弱又迅速，無法真正顯現，不過它們依舊是貨眞價實的鬼氣蹤跡。喬治照著費茲的制式做法，記錄房間四角和中央的溫度，小心地抄在平面圖上。我在一旁握著佩劍護衛。接著洛克伍德和我運用天賦感知，沒有發現太多跡象。沉默堵住我的耳朵。洛克伍德說他看到一些微弱的光暈，應該是年代久遠的死亡光輝。他似乎對牆上那些做作的劇場照片更感興趣。

在主廳，喬治測到平均十一度的低溫。零碎的鬼氣力量增強不少，螢火蟲似地在我們周圍飛舞。也是在這裡首度看到白綠色的鬼魂霧氣，這些霧靄太過朦朧，把注意力放在上頭只會害人眼睛痠痛。它緊緊貼著地面蔓延，在房間邊緣緩緩累積。

其他靈異現象也開始發威。我豎起耳朵，聽見低沉的劈啪聲，像是無線電的雜訊，在我的感知邊緣若隱若現、起起落落，差點就要凝聚成有意義的聲響，卻又永遠達不到這個境界。我莫名覺得煩躁不已，盡力忽略它的存在。

與此同時，洛克伍德在主廳找到三處死亡光輝，每一處都亮得令人發慌。

「你覺得是近期的事件？」我問。

他摘下墨鏡，掛在胸口。「或是格外駭人的古老事故。很難說得準。」

階梯本身出奇低調。溫度和主廳一樣（喬治在不同高度測量，取其平均值）。我沒有觀測到不同類型的背景雜音，也沒有任何尖叫聲。我（非常小心翼翼地）觸碰石塊，尋找超自然跡象，只感覺到強烈的不安，老實說這不是什麼新鮮的情緒。

長廊盡頭已被陰影吞噬，空氣寒冷刺骨。壁爐裡原本的烈火萎縮成顫抖火舌，搖晃顫抖，卻又堅持不熄滅。喬治又看了看溫度計。「八度。還在降。」

「開始有無力感了。」我說。「你們有感覺到嗎？」

他們點頭。沒錯，來了。熟悉的消沉感，心臟像是被鉛板狠狠壓住，讓人只想蜷縮起來，閉上眼睛……

我們靠近彼此，手握長劍，繼續深入長廊。

每踏出一步，絕望感就增強一分。我們經過方才喝茶的桌子和壁爐，往盡頭的褪色掛毯邁進。氣溫驟降。鬼魂霧氣在我們腳邊飄浮，環繞沙發。一回頭就看到第一組眞正的幻影，黯淡的人影站在主廳中央。

力量微弱的第一型鬼魂有一個特質——在眼角餘光中格外清晰。模糊粗糙的灰黑影像，一閃而逝。看起來是兩個小孩、一個大人，除此之外無法分辨出任何特徵。

我們盡全力忽視它們，輪流防守，測量掛毯附近的數值。這裡顯然更加寒冷。洛克伍德掀起掛毯一角看了幾眼。

「我也想到同一件事。」喬治說。「有什麼東西嗎？」

洛克伍德放下掛毯。「只有石牆。可是這裡的溫度最低。」

「沒錯。六度，快掉到五度了。這裡沒我們的事了，繼續吧。」

我們搜完整個一樓，回到階梯旁，這時四周已瀰漫邪惡霧氣、聲響、氣味，有的味道連喬治都受不了。超自然現象充斥整個西翼，但溫度最低、氣氛最陰森的還是長廊。挾帶惡意的雜訊噪音變大聲了，我們另外找到幾個死亡光輝。幻影頻繁出沒。它們從未接近我們，總是在走廊盡頭、我們才剛經過或是即將前往的地方現身。看不清它們的面貌，不過其中幾個顯然是小孩，展現出第一型鬼魂的標準特徵，沒有反應、沒有攻擊性，只是看起來有些悲傷。

我們跟著洛克伍德手中微弱的燭光，踏下狹窄的地窖樓梯。「這些都是小嘍囉。」喬治開口。「虛影、潛行者、灰霧……他們只是依附在核心源頭外圍的現象。目前我們看到的都不是主要目標，差得遠了，或許特別寒冷的掛毯那一帶除外。你們也知道那裡正上方是哪個房間吧？」

我沒有回話。一個多小時以來，即使很清楚一切的調查都會引導我們到什麼地方，我們三個都沒提到紅色房間。

地窖裡伸手不見五指，颳起一陣怪風，燭火登時熄滅，我們只能抽出手電筒。燈光勾勒出一大片複雜的拱頂通道，灰色石塊、古老柱子，鬼魂霧氣在不平整的石板地面上翻捲。幾處壁龕塞滿破碎的木桶和原本用來放酒的空架子；其餘角落擺了柴薪、木料，加上蜘蛛網和老鼠。我們越深入，蜘蛛網就越是猖狂，鬼魂霧氣也更顯濃密。氣溫不斷下降。

最後一個房間盡頭是空蕩蕩的石牆。

「和樓上格局一樣。」喬治說著，在我的手電筒燈光下寫筆記。洛克伍德持劍守在一旁。「我們在長廊盡頭正下方，這裡也是整個樓面最冷的區域。一樣是五度。看看上面的蜘蛛網……這面牆肯定有──哇！」

洛克伍德一把推開我們，長劍狠狠往下削，劍尖擊中牆面，黃色火星在黑暗中炸開。

他低聲咒罵。「沒打中！讓它溜了。」

我抽出佩劍，喬治被他的背包和鐵鍊拖累，翻倒在地。我們兩個東張西望，我的手電筒光束四處狂掃。感覺灰色石牆不斷朝我們逼近。

「怎麼了？」我問。「洛克伍德──」

他撥開遮住眼睛的頭髮，呼吸沉重。「妳沒看到嗎？」

「就在那裡，就站在妳旁邊。老天，也太快了。」

「洛克伍德……」

「一個男人——從牆邊的陰暗處冒出來。只有臉和手。看起來像是要抓妳，露西。我想是修士，他的頭頂沒有頭髮，剪成那種笑髮髮型。」

「削髮。」坐在地上的喬治說。

「管他是笑髮還是削髮。我不喜歡他的表情。」

□

我們回到一樓，幾縷鬼魂霧氣飄進圖書室，不過提燈持續大放光明，幻影不敢越界。洛克伍德調高一些亮度，我們卸下鐵鍊，讓背肌休息一會，將保溫瓶和食糧鋪滿費爾法的閱讀桌，靜靜坐下。已經過了十點。

一道冰冷的重量已經在我胸口壓了好一會，我趁這個機會從大衣下拉出銀玻璃匣子。淡淡的藍光從匣子裡透出來，這是我第一次看到墜子散發幽異光芒。顯然她的靈魂還活躍得很。或許她是在呼應周遭訪客的強大力量；或許有其他理由。一旦與訪客牽扯上關係，我們只能瞎猜。即使過了五十年，依然有太多超出我們理解範圍的現象。

喬治把平面圖攤在他胖嘟嘟的大腿上，一邊思考我們的調查結果，鉛筆往自己牙齒敲出讓人煩躁的節奏。洛克伍德吃完餅乾，握起手電筒，檢查書櫃裡的收藏。一個孤零零的鬼魂站在黑暗的主廳裡，身影一閃而逝。

「我知道了。」喬治說。

我把匣子塞回衣服下。「知道什麼？」

「源頭。我知道位置在哪。」

「我想我們都猜得到答案。」我說：「紅色房間。」該有人提起這個詞了。休息過後，我們就得乖乖上樓。

「可能是，也可能不是。」喬治摘下眼鏡，揉揉疲憊的雙眼，又戴了回去。喬治有個好玩的特質，沒戴眼鏡的時候，那雙眼顯得又小又懦弱，眨個不停，有些傻愣，彷彿是走錯路的愚蠢綿羊。但是只要戴上眼鏡，他的眼神就變得銳利冷酷，成了吃綿羊當早餐的鷹隼。現在就是如此。「我剛發現一件事，其實就明擺在我們面前，都在這些平面圖上。我們測量到的溫度證實了這點。你們看……」

他把兩張平面圖鋪到桌上。

「這張是修道院遺跡的版本，在中世紀畫的。這個食堂是現在的長廊。二樓的這些房間是修士的臥室。很多都拆掉了，不過這個還在——也就是現在的紅色房間。」

「洛克伍德。」我突然開口。「你有在聽嗎？」

「嗯，有啊……」洛克伍德站在那幀費爾法年輕時的劇照前。他從書櫃裡抽出一本厚重的書，隨手翻閱。

「中世紀的平面圖中，」喬治繼續說明。「過了紅色房間還有走廊，長廊也是，後來都拆了。在上下兩層樓都有更多房間——可能是臥室或儲藏間，用來禱告的禮拜室也有可能。說不定原本的地窖也更大——這我就不知道了，圖上沒有。換到十九世紀的平面圖，那些延伸空間都消失了，只剩下今日的建築，以那面氣溫最低的石牆作爲終點。」

「那面牆很結實吧。」我問。

「超級厚。重點就在這裡。它比原本平面圖上的牆面還要厚，蓋住一部分走廊。」

電流似的顫慄從我胸中竄出，令我雙臂冒出雞皮疙瘩。「你是說……」

眼鏡鏡片一閃。「對。我猜是密室。」

「那……拆除那區建築時，他們應該也把相連的走廊封起來了？我猜這是有可能的。洛克伍德，你覺得呢？」

沒有回應。我回過頭，發現洛克伍德從櫃子裡又抽出幾本書，看得入神。他背對著我們，保溫瓶擱在書堆上，當著我的面隨意喝了口茶。

「洛克伍德！你在搞什麼鬼？」

他轉過頭，眼中帶著這幾天來揮之不去的疏離神采，彷彿他正在眺望遠處的風景。「抱歉，露西，妳剛才有說話嗎？」

「我只差沒捏著你的耳朵大叫了。你在幹嘛？喬治在講重要的事。」

「是嗎？太好了……我只是在翻閱費爾法的剪貼簿。他把自己年輕時演過的戲都記錄下來，節目單、票根、評論……之類之類的。真的很迷人。他很久以前確實是個厲害的演員。」

我狠狠瞪著他。「又怎樣？和我們的任務有關嗎？這能幫我們找到源頭嗎？」

「沒什麼……只是我快要抓到某個線索了。就在我眼前，可是就差那麼一點……」他像是靈光一閃似地整張臉亮起來。「妳說得對——這不是現在的重點。」他蹦蹦跳跳地回到我們身旁坐下，親暱地往喬治背上一拍。「喬治，你說長廊盡頭還有密室？」

「密室，或是通道。」喬治托托眼鏡，語速加快。「還記得費爾法提到三十年前費茲偵探社的悲劇嗎？我是從那件事聯想到的。在紅色房間裡找到兩名調查員的屍體。第三個人——那個男生——憑空消失。就我們所知，鬼魂不會吃掉受害者。所以他跑哪去了？」他以肥嘟嘟的手指戳了戳平面圖。「在這裡。在那道異常厚實的石牆後面。他找到入口，走了進去。某個訪客——說不定就是引發一切事件的訪客——逮到他。他再也沒有回來，至今依舊待在裡頭。源頭就在那裡——我可以拿三個亞利夫店裡最高級的巧克力甜甜圈和你們賭。」

我們就著提燈的光圈打量平面圖，鬼魂霧氣升起，像海浪一般席捲圖紙邊緣。洛克伍德垂下腦袋，雙手緊緊交握，陷入沉思。

「很好。」他終於開口。「我要說一件很重要的事。」

「不會又是費爾法的剪貼簿了吧？」我問。

「不是的，聽好。喬治，你和平時一樣敏銳。康比柯瑞的源頭八成就藏在那道牆裡面。如果想找出來的話，我們得找到入口，應該要往紅色房間裡找。好啦，這棟大宅的鬼故事或許有部分是幌子——比如說我就不覺得尖叫的階梯有什麼問題——可是紅色房間顯然不同。我們都感覺過門外的氣氛，裡頭肯定非同小可。」他抬起頭，輪流觀察我們的表情。「不過我們不必進去。費爾法也說過了。我們不必進那個房間。光是今天下午來到這裡，就已經賺到能打平席恩路火災損失的酬勞。費爾法已經付了——抵達時我向銀行確認過。沒錯，要是能查明源頭，還有機會賺更多，但這不是必要條件。就算沒有完成這部分，偵探社還是能存活。」

「真的嗎？」喬治問。「洛克伍德，你預期我們還能接到多少案子？除了費爾法帶來的意外之財，我們的名聲也在那場火中燒成灰燼了。」

洛克伍德沒有否認，只是低聲說：「我講過很多遍了，我們需要反轉一切的重大成就。破解安妮·瓦德的案子自然有這個效果，多虧了露西，我們已經很接近眞相了。可是……這並非萬無一失。」他嘆息。「還差臨門一腳。至於找到這裡的源頭——確實是個選項，只是風險極大。無論藏在這裡的東西是什麼，都強大到讓人膽寒。」他靠上椅背，露出微笑——不是那種電力十足、讓人不自覺點頭的笑容，而是溫暖和善的笑意。「你們都知道我的個性。我認爲我們有本事解決它，但我不會把這份信念強加在你們身上。要是你們不想深入也沒關係，你們自己決定。」

喬治和我互看一眼，等待對方先開口。在我腦中劈啪作響的超自然雜訊也平息下來，似乎連控制著整棟大宅的力量也在等我決定。

如果是在今晚之前，或許我會抽身。過去我在危急時刻錯了太多次，已經無法完全信任自己的直覺。然而一踏進這棟大宅，從我們展開探索後，我的信心緩緩回升。我們合作無間，比以往都還有默契。我們一直都很謹慎、認眞，上得了檯面……讓我看到洛克伍德偵探社未來的樣貌。我不想輕易放棄，於是深吸一口氣。

「我們可以迅速看一眼。前提是留下順暢的撤退通道。一旦情況不對，我們就用最快速度離開這棟建築。」

洛克伍德點頭。「這很合理。喬治呢？」

喬治鼓起胖嘟嘟的臉頰。「眞是不可思議，露西難得說得有道理。我也有同感。更何況──」他拍拍腰帶上的燃燒彈，「在必要時刻，我們可以動用所有武器。」

「就這麼說定囉。」洛克伍德輕聲說：「整理一下裝備，出發了。」

□

既然下定了決心，我們沒有拖拖拉拉──但也不是一頭栽進去。我們小心翼翼地爬上階梯，每走幾步就仔細觀察傾聽。和剛才一樣，那些幽靈與我們保持距離，鬼魂霧氣在我們膝蓋邊翻捲。洛克伍德在樓梯口和幾扇臥室門內看到死亡光輝。而我再次感應到森冷矗立的沉默，緊緊壓迫我的太陽穴。空氣變得濃稠沉重，令人反胃的甜香如影隨形。

來到那扇劃了刀痕的門外，一切低語呢喃全都消失。我回頭看看走廊，感覺得到幻影在手電筒光束範圍外匯聚。

「它們好像在等待。」我小聲說：「等我們走進去。」

「誰有薄荷糖？」喬治問。「我們在裡面一定需要薄荷糖。」

洛克伍德從口袋裡掏出鑰匙，插進鎖孔。「門鎖沒有生鏽。」一聲清脆的喀啦。「好了，門開了。我們上吧。照著露西剛才說的，看一眼就好。」

喬治點頭。我努力勾起嘴角。

「別擔心。」洛克伍德說：「不會有事的。」

他握住門把，往內一推，驚濤駭浪般的夜晚就此揭開序幕。

21

房門鉸鍊並沒有發出詭異的磨擦聲之類的。老實說也不缺這類效果。門板往內輕輕盪開，一陣乾燥清涼的氣流輕輕吹過，帶來陳年灰塵的氣味。擱置許久的房間都是如此。洛克伍德將手電筒照向黑暗，光圈照亮空蕩蕩的地板，掃過整個房間。灰暗的地板處處是污漬。幾處還看得到硬是被剝掉的地毯殘片，被數百年分的灰塵固著在地板上。

他往前探照，直到光束碰到對面的牆壁。我們瞥見半人高的白色踢腳板，接著是深綠色壁紙，幾乎被灰塵和歲月染成黑色。幾片壁紙被撕下來，露出後頭的磚牆。光圈往上移，一道厚重的壁頂飾板，最後是以雕花石膏鋪成的天花板，布滿渦卷和螺旋花紋。光束照亮天花板中央的吊燈，一片片軟綿綿的灰色蜘蛛網掛在燈軸和鍊子上，隨著門板帶動的氣流飄盪。

蜘蛛……看來不會錯了。

洛克伍德壓低光束，走廊的地毯在門邊中斷，與門框齊平，一道鐵條嵌入地面。鐵條的彼端就是灰塵與木頭地板，以及完全荒廢的紅色房間。

「有誰感應到什麼嗎？」洛克伍德的疑問聽起來格外空洞。

我們兩個都沒有。洛克伍德跨過鐵線，喬治和我拖著沉甸甸的裝備包跟了上去。冰冷的空氣在四周打轉，我們的靴子在地板上敲出細碎聲響。

我以為一踏入房間，就會遭遇強烈的靈異現象，然而除了擠壓我頭顱的力量更加強烈外，房裡風平浪靜。沒有鬼魂霧氣，我現在也沒聽見半點雜訊或是低語。我們放下裝備包，用手電筒探索周遭環境。

這是個寬敞的長方形空間，和整條走廊一樣寬，深處的牆就是大宅的盡頭，也就是一樓長廊那片掛毯石牆。上頭沒有門窗，只是幾處壁紙撕開，露出磚塊或是石板。

右邊的牆面沒有開窗，左邊原本有三扇窗，不過其中兩扇被磚頭封住，最後一扇裝設活動擋板，收納在窗側。

除了吊燈，房裡沒有其他家具。

「感覺沒有很『紅』，對吧？」喬治說出了我的心聲。

「該做的事情還是要做。」洛克伍德爽快地下令。「露西，幫我設一個圓圈。喬治，請你確保我們的撤退路線。」

洛克伍德和我咬著手電筒，拉開裝備包，抽出結實的兩吋粗鐵鍊，在地板上圍成大小合適的圓圈——這是阻擋在房裡潛行的存在的屏障。

喬治彎腰拉開背包側邊的拉鍊，往裡面翻了一陣。「我把防鬼ＤＦＤ收在這邊，等我幾秒鐘……」

「ＤＦＤ？」

「固門裝置（Door-Fixing Device）。是最新的技術，從薩袞那裡弄來的。是很貴沒錯，可是有它的價值在。啊，找到了。」他抽出一塊表面粗糙的三角形木片。

我瞪著它看。「不就是個門擋嗎？」

「不，這是ＤＦＤ，親愛的朋友。ＤＦＤ。裡面包了鐵塊。」

「感覺像是在工地撿來的垃圾。你買這個花了多少？」

「忘了。」喬治把它用力踢到門縫下，讓門微微開著。「隨便妳要叫它什麼，反正它能卡住門，保住我們的小命。」

他這話說得沒錯。去年的沙德威爾騷靈事件中，兩名葛林堡偵探社的調查員受困浴室，和同伴失散。門卡得很緊，沒有人打得開，那兩名調查員就被飛舞的馬桶活活打死。等到騷靈罷手，門又自動打開了。

「在門邊撒一點鹽。」洛克伍德說：「以防萬一。」我們擺好鐵鍊，把裝備包拖進圈子裡。

「只要有人示警，我們就退進來。溫度？」

「六度。」喬治說。

「還算順利。目前這裡是大宅裡最平靜的地方，別放過這個機會。先來找密門。喬治，那面牆就是屋子的盡頭對吧？」

「嗯。我們要鎖定任何可能可以打開密門的機關，比如按鈕、拉桿之類的。還有敲敲牆面，看看有沒有空洞。」

「好。露西和我來搜第一輪。喬治，你待在這裡守著。」

洛克伍德和我各自走向牆面的一端，腳步聲在空蕩的房裡迴盪，我們縮小手電筒的光圈，減少對內在感知的干擾。我選擇左邊角落，離僅存的窗戶不遠。隔著髒兮兮的窗戶，我只能勉強看到遠處村落的燈火和兩顆冬季星星。

我關掉手電筒，雙手貼上牆面。這一塊摸起來夠平滑，壁紙平整無缺。我往側邊移動，手掌上下滑行，不時停下來豎起耳朵，可是房裡沒有半點動靜。

「你們有沒有聞到？」洛克伍德突然開口，他的側臉浮在手電筒光圈邊緣。他皺著眉，抽抽鼻子。

「聞到什麼？」

「一股甜味，可是又帶了點酸……想不出來是什麼。感覺很熟悉，可是又很陌生。」

「怎麼聽起來像露西。」喬治回答，他站在我們背後的房間中央。

時間一分一秒過去，洛克伍德的手和我的手在黑暗中相觸。我們已經來到牆面中央。過了一會，我們又各自循原路往牆角走，這回改用指節敲打各處牆面。

「凝聚起一些鬼氣了。」喬治高聲說。

「要我們停下來嗎？」

「先繼續沒關係。」

總算，在牆角接近窗戶的區塊，我聽見稍稍不同的音質。我的指節敲出的聲響更加高亢，也更加響亮，彷彿是與牆內的空間起了共鳴。

「這裡好像有東西。感覺裡面空空的。你們要不要——」

「那是什麼？」喬治開口。我們都聽到了，黑暗中那一聲柔軟而果決的啪。洛克伍德和我回過頭。

「回圈子來。」喬治說：「手電筒關掉。用我的就好。」

我們快步退回鐵鍊圈內，他的手電筒光束緩緩、謹慎地掃過我們，掃過天花板、牆面、地板。一切看起來毫無異狀。

眞的嗎？隱隱約約、不知不覺間，周圍氣氛起了轉變。

我們背對背，站在圈子中央，肩膀緊緊相貼。

「我要關掉手電筒了。」喬治說。

光線熄滅後，我們凝視著黑暗空虛的房間。

「露西。」洛克伍德的嗓音響起。「妳聽到了什麼？」

「低語聲又開始了。」我回應。四周突然間吵了起來。「和之前一樣，此起彼落的惡意聲響。」

「聽得出從哪裡傳來的嗎？」

「還沒。感覺到處都是。」

「好，喬治，你有沒有看到什麼？」

「一捲捲一條條的光線。很亮，可是閃一下就不見，沒有特別附著在哪個位置。」

一陣沉默後，我問：「洛克伍德，你呢？」

他語氣沉重：「現在我看到死亡光輝了。」

「不只一處？」

「露西，這裡有好幾十個。不知道爲什麼先前都沒看到，這是個充滿死亡的房間……」他深吸一口氣。「大家拔劍。」

三人的肩膀碰撞移動，金屬磨擦聲唰唰響起。

「它感覺到了。」喬治說：「那些光線產生一陣擾動，然後又平靜下來。」

「露西？」

「低語聲變得更吵雜憤怒，最後恢復安靜。現在要怎麼做？」

「那股氣味！」洛克伍德說：「又出現了！好濃！你們一定——」他挫折地嘆息。「你們都沒有聞到嗎？」

「沒有。」我說：「洛克伍德——專心一點。現在怎麼辦？要離開嗎？」

「我想我們該走了。不得了的東西朝這裡逼近。哎唷……死亡光輝有夠亮！」我聽見他往胸前摸出墨鏡，匆忙戴上。

「露西剛才不是說她找到門了？我們是不是該——」

「不是門。我敲出有點空洞的聲音，感覺那裡的牆比較薄。」

「無論如何都不重要了。」洛克伍德說：「我們現在要離開這裡。」

啪的一聲。柔軟又沉重，和剛才那一聲相同。接著又是一聲，又一聲。

「在我們與門之間。」喬治說。

「不是啦。」

「安靜。」洛克伍德說：「你們先聽清楚。」

啪、啪、啪……緩慢而規律。我算出每一聲中間隔了五次心跳。難以判斷聲音來源，或是發出聲音的物質，不過聽起來很熟悉。我以前曾經聽過。不知道為什麼，我心中浮現波特蘭街三十五號的浴室——二樓那間，有時候我會在那裡沖澡，若是一個不小心就會踩到喬治亂丟的內衣褲。起先我以為是那股步步為營的不祥預感讓我有這種聯想，接著我意識到重點不在這裡。那間浴室的蓮蓬頭壞了，總是在漏水。

啪、啪、啪……

「洛克伍德，打開你的手電筒。」我小聲說：「往前面照。」

他二話不說，照著我的指示行動，或許他也意識到了。

光束落在地板上，形成精緻的金環，照亮一團黑色的不規則物體。有點像是巨大的畸形蜘蛛，身上連著無數條腿。啪。一條新腿長出來，散在它身側。啪。又一條腿，更長、更細，橫過木頭地板……每一聲輕響都伴隨著形體的變化。黑色物體微微反光。透出一抹紅。

洛克伍德緩緩拉高光束，恰好看見那個從半空中落下的東西。光束移到石膏天花板，一灘更大、顏色更深的污漬順著螺旋花紋擴散。在污漬中央，如同糖蜜般濃稠混濁的物體垂落，變得越來越重，以水滴狀落下——灑在正下方的地板上。

「原來是這個味道。」洛克伍德低喃。

「血……」我附和。

「當然了，嚴格來說這都是鬼氣。」喬治說：「訪客只是選了一個極爲罕見、不成形的外觀，然後——」

「喬治！我管你什麼嚴格不嚴格的！」我大叫：「看起來像血、聞起來像血，那對我來說就是血。」

就在我們眼前，從天花板流淌而下的物質越來越沉重，無法維持原本的穩定流速。幾滴落到另一個地方，離我們更近一些，滴落速度也變得更快。我也打開手電筒，看見地板上的污漬往外噴濺，幾根鮮血構成、殘缺不全的手指朝我們的鐵鍊圈摸過來。

「別被碰到了。它和一般的鬼氣一樣會造成鬼魂觸碰的影響。」

「我們離開。」洛克伍德斷然下令。「拿好裝備包。不對，別管鍊子了，反正還有備用的。準備好了嗎？動作快。跟我來。」

我們踏出鐵鍊邊界，往門邊繞去，與那灘不斷擴散的鬼東西保持距離。一波波惡意襲來。房裡冷得像冰庫。

「永別了，要永遠擺脫你們啦。」喬治邊說邊往門邊移動。

可是門關著。

我們愣了好一會。一股恐慌迅速地緊緊揪住我的內臟。洛克伍德邁出三步，走到門前，試著轉動門把，用力搖門。「封住了。我打不開。」

「那個門擋在搞什麼鬼？」

喬治囁嚅道：「是ＤＦＤ啦。」

我狠狠咒罵。「喬治，我不管那叫什麼名字！它就是沒有派上用場！你沒有固定好！」

「我明明就卡得很緊。」

「沒有，你只是用你的ＢＦＦ把它塞進去！對了，ＢＦＦ就是大肥腳（Big Fat Foot）的意思。」

「露西，妳給我閉嘴！」

「可以麻煩你們兩個都給我閉嘴，來幫我解決這扇門嗎？」洛克伍德低吼。

我們一起緊握門把，使盡全力往內拉。門板紋風不動。

「鑰匙在哪？洛克伍德——那支鑰匙。你收到哪去了？」

他遲疑了下。「我把它留在門上。」

「喔，太好了。你和喬治乾脆掛個招牌，對訪客說『請慢用』算了。」

「我說過了，我有把門卡好。」喬治大聲嚷嚷。「而且我也撒了鹽。」他狠狠踢散我們腳邊的鹽粒。「看吧？它不可能有辦法靠近這扇門。」

「冷靜點。」洛克伍德的手電筒再次照向天花板，另一道鮮血滴滴答答落向我們現在的位置附近。「它會感應到我們的驚慌。回到圈子裡。」

我們達成了這個任務，不過比先前多繞了些路。幾處的血滴已經凝聚成細流，像是開了一半的水龍頭。它們發出的聲響不再是此起彼落的滴答聲，而是如同雨水般持續不斷的沙沙聲。地上已經浮現一大灘血窪。

「我們要被包圍了。」我說：「這裡到底有多少鬼氣？」

「很多。」喬治低喃。「這不是普通的第二型。騷靈擁有高深的念動能力——關門、壓住門、轉動鑰匙——可是又不符合顯現的跡象。這些血跡顯然是變形鬼。可是變形鬼不會轉鑰匙……」

「我太蠢了。」洛克伍德說：「蠢得要命。我低估了情勢……露西，我們一定要找到那扇密門。帶我們去妳覺得聲音不一樣的牆面那邊。」

一條手臂粗的鮮血輕巧地從中間那灘血跡中伸出，尖端靠近鐵鍊圈又縮回去，嘶嘶作響。空氣中瀰漫濃濃的血味，讓人難以呼吸。

「或是留在這裡……」我說：「至少它進不來。」

喬治慘叫一聲，我感覺到他往旁邊跳開。他被裝備包絆倒，差點跌出鐵鍊圈。

洛克伍德罵了一聲。「你在搞什麼——？」他移動手電筒，喬治縮在裝備包上，按著他的外套。一縷白煙從他肩頭冒出。

「上面！」他嗓子啞了。「快！」

光束迅速轉向。在天花板上，在被灰塵和蜘蛛網覆蓋的吊燈旁，一道鮮紅細流滲出，沿著吊燈的中央支柱一條弧形水晶吊臂流動，在最低處凝聚起一顆血珠。

「它——它這樣不對啊。」我結巴了。「我們在鐵鍊圈子裡面。」

「閃開！」洛克伍德推了我一把，那滴血珠落下，打中圈子中央的地面。我們幾乎要站到鐵鍊上了。「圈子圍得太大。」他說：「鋼鐵的力量無法覆蓋中間區塊。這裡的防禦力不夠強，這個訪客的力量足以突破。」

「把鐵鍊往內移——」喬治開口。

「要是縮小圈子，我們的活動範圍會縮得很小。現在還是半夜，離天亮還有七小時，這個訪客才剛開始暖身呢。不行，我們要闖出去——也就是露西找到的那個地方。走吧。」

我們將手電筒往上照，往那些血漬的反方向踏出圈子，接近左邊牆角。然而下一個瞬間，濃稠的黑色血流在天花板上擴散，朝我們流過來。我肚子裡那股恐慌的力量絞得更緊。我拚命壓抑尖叫的衝動。

「等等。」我說：「它感應得到我們的動向。要是我們一起過去，它很快就會包圍我們。」

洛克伍德點頭。「說得對。很好。喬治，來吧，我們來引開它的注意。露西，妳過去繼續找。」

「好……」我加快腳步。「爲什麼是我？」

「妳是女生。」洛克伍德高聲說：「應該會更敏銳吧？」

「如果是情緒或是人類行爲的細微變化，那倒是沒錯。但我不一定比較會找牆上的密門。」

「喔，差不多啦。反正我和喬治也只會拿劍亂揮。」他輕巧地橫越房間，轉動手電筒，佩劍往天花板上揮舞。喬治做著類似的舉動，往另一個角落移動。

無論訪客有沒有被他們引開，我都沒空多看。我收起佩劍，把手電筒的亮度調到最低，咬在嘴裡，依稀看見自己的所在地。左邊是往外突出的窗戶和嵌在窗台側邊的內收式擋板。玻璃外是清新的夜晚空氣，以及和碎石子車道之間三十呎的垂直距離。天知道呢，說不定我們得在被鬼魂困死前跳出去。說不定那種死法還比較好。

儘管氣溫嚴寒，我仍滿臉是汗。按住牆面的雙手抖個不停。和剛才一樣，我摸遍了敲出空洞聲響的區塊。

運氣不好。只有一片平滑。

我摸到角落，在牆面與地面交界處上下摸索。衝動之下，我把目標轉向相連的另一道牆。說不定開關或門其實在那裡。我踮起腳尖，把雙手伸到最長，接著又深深彎下腰。我又按又推又撞。使出渾身解數，最後來到窗台邊。還是一無所獲。

回頭看了一眼，發現我們的策略還算有效。喬治和洛克伍德在遠處喧鬧，把他們的恐慌轉換成呼號、口哨、粗話，全部投向訪客。對此，天花板正中央的血漬伸出兩條新的分支，憤怒的血流繞過吊燈，刺向兩人。

不過它也沒有遺忘我。一道鮮血幾乎流到我腳邊，把我嚇了一大跳。抬頭一看，從天花板中央的血漬延伸出的分支離我好近，從中滴出一串血滴。我腳邊的地板濺上點點黑色污漬。一滴打中我的鞋跟，嘶嘶作響，一縷白煙往上飄。我連忙跳開，爬上深陷的窗台。

這可不妙。我幾乎被完全包圍。我轉過身，蹲下來，準備跳下——就在此時，我摸到收在窗側的木頭擋板。我看著它，在這絕望的時刻，腦中靈光一閃。

我用手電筒照亮擋板。這是一片結實的木板，與窗戶一樣高，寬度也差不多。貼近窗戶的後側鑲著與石牆相連的大型鉸鍊。只要一推，它就會滑出去遮住窗戶。

然後——有可能——露出別的東西。

我握住木板往我這邊拉。我想看看下面有什麼——以防萬一。在某個地方，某個東西鬆動了。我感覺到擋板滑了過來。舉起手電筒迅速看了一眼，看到一道裂縫，剛好容納得下我的手指。說不定下面只是石板；說不定這眞的只是一片遮光擋板。說不定……

「喬治！洛克伍德！」我轉頭大喊，隔著一道血柱。「可能找到了！快——你們來幫忙！」

我沒有多等，繼續拉扯木板，往上舉、往外拉。它就是一動也不動。

一股力道把我推開。是洛克伍德，他竄上窗台。鮮血的攻勢逼近房間邊緣，他得緊貼著牆才有立足之地。喬治也來了，長劍舉在頭上。灑落的鮮血碰到劍尖，炸出火花，嘶嘶作響。他跳到我們身旁。沒有人開口。喬治把他的佩劍遞給我，和洛克伍德一起抓住木板，繃緊肌肉用力一拉。

我轉過身，高舉長劍，充當不太可靠的防護盾。

頭頂上的血跡幾乎塡滿整片天花板。我們所處的這一角勉強留下一塊三角形淨土，其餘區塊處處可見傾瀉而下的血流，宛如雷雨中一波波來襲的雨勢，汩汩奔流。地板完全被淹沒。鮮血積了滿地，打上踢腳板。整盞吊燈都在滴血，一顆顆水晶閃耀紅光。我總算知道這個房間爲什麼沒有任何家具，爲什麼荒廢了這麼多年。我總算知道它爲什麼叫這個名字。

喬治用力吸氣，洛克伍德大吼一聲。他們拉開整片擋板，往後摔倒，往我身上撞。木板後的牆面被整片屍骸頭髮似的蜘蛛網塡滿。我的手電筒也照亮一圈黑暗——牆上的一道狹窄拱門。

血滴擊中擋板邊角，以及我頭上的劍刃。我感覺到手套和手臂嘶嘶作響。

「進去！進去！」我向兩人比畫，他們踉蹌鑽入密門，我倒退著跟上，從窗台踏上古老的岩石地板。鮮血沿著擋板內側流下，流過窗台邊緣，積在我們腳邊。

密門內有一段連接在鐵環上的破舊繩子。喬治和洛克伍德抓住繩子，用力一扯。門緩緩往內關起。鮮血湧入漸漸縮小的門縫，一大滴濺上喬治的手臂。他大罵一聲，往後摔倒，我也失去平衡。洛克伍德拉了最後一下，門牢牢關上——我們就這樣陷入黑暗，聽著那個不知名形體的怒氣化爲鮮血，在牆壁彼端奔流飛濺。

22

一瞬間，像是開關跳掉或是插頭拔掉似地，那些可怕的聲響戛然而止。這個空間裡只剩下我們三人。

突如其來的寂靜讓我瑟縮。我背靠著粗糙的石牆坐倒在地，仰頭張嘴喘個不停。自己的血流聲在耳際敲打，胸口猛然起伏，每次呼吸都痛苦不堪。儘管伸手不見五指，我知道另外兩人同樣癱倒在狹窄的通道裡，和我一樣氣喘吁吁。

我們摔成一堆，三個人層層相疊。這裡的空氣冰冷酸臭，但至少鋪天蓋地的血腥味消失了。

「喬治。」我啞聲詢問：「你還好嗎？」

「不太好。某人的屁股把我的腳壓爛了。」

我不悅地換了個姿勢。「我是說鬼氣──你不是被滴到了嗎？」

「喔，對。多謝關心。沒有碰到我的手，可是我的外套八成毀了。」

「很好啊。這件外套醜爆了。誰有手電筒？我的剛才掉了。」

「我的也是。」洛克伍德說。

「來。」喬治打開他的手電筒。

手電筒永遠不會幫你打出最完美的光。在強光下，喬治和我擠在一起，眼睛圓睜，頭髮沾滿汗水與恐懼。喬治手上被鬼氣攻擊到的地方沾染怵目驚心的白色和綠色污漬，不只是他的手臂，擱在我膝上的長劍也冒出白煙。我低下頭，看到自己的靴子和厚緊身褲被濺上鬼氣污漬。

洛克伍德奇蹟似地避過了最強烈的攻勢，他的大衣稍微沾到一點髒東西，劉海末端被一滴鬼氣燒成白色。相較於喬治通紅的臉頰，他的臉色更加蒼白；喬治和我忙著喘氣、呻吟、翻身，他只是僵硬地躺在地上，等待呼吸恢復平穩。他已經摘下墨鏡，黑眼閃閃發亮，緊咬牙關。我一眼就看出他把自己的情緒深深收到心底，讓它們堅硬如鋼。在他臉上，我看到了前所未見的表情。

「好啦，危機暫時解除。」他說。

喬治的手電筒照向密門。幾秒鐘前，一道道濃稠的血流還沿著門板傾瀉而下，現在我們只看見乾燥的門板，除了灰塵什麼都沒沾上，看起來什麼都沒發生過。要是我們回到那個空房間，相信房裡也會是一樣地乾爽清潔。當然我們不急著回去。

洛克伍德笨拙起身，調整掛在肩上、包著泡泡紙的鐵鍊。「我們四肢健全，雖然失去了最粗的鐵鍊和包裡的裝備，至少長劍、鐵粉、封印還在身上。而且我們也找到了一開始的目標。」

我盯著乾乾淨淨的門板。「它怎麼沒追上來？鬼魂明明就可以穿牆。」

洛克伍德聳聳肩。「在某些案例中，訪客完全綁在它喪命的房間，對相鄰的空間毫無概念。所以說……一旦離開它糾纏的空間，對它來說我們就像是不存在，就像是……」

我轉頭看他。「你毫無頭緒，對吧？」

「對。」

「是有一個可能性。」喬治用手電筒光束比畫。「有沒有看到我們用來關門的環？那是鐵做的。還有啊，門板上嵌了鐵網。下面的石板也是……看起來頗有年代。有人在很久很久以前設置了這些機關，用意是抵擋隔壁房間裡的訪客，守住這條通道。」

他的手電筒往我們四周掃了一圈，讓我們看清所處的空間。這是一條非常狹窄的走道，牆壁與地板都是古老的薄磚塊。往前延伸了一小段就碰上西牆——就是在喬治的平面圖上厚得有點可疑的那面牆。走道貼著牆右轉，磚塊換成厚實的石塊。轉角處幾乎被蜘蛛網填滿，從天花板上垂落，宛如一大片灰色簾幕。

「我不喜歡這些蜘蛛。」我說。

「因爲那些鐵器，這條密道沒有蜘蛛的蹤跡。」洛克伍德說：「不過轉過那個彎就接回原本的修道院建築，離源頭越來越近。也就是說會有更多蜘蛛，更強烈的靈異現象。從現在起，無論出現什麼東西，馬上動用手邊的一切武器。」

我們掙扎起身。我把喬治的佩劍還給他，抽出我自己的長劍。我在地上找到自己的手電筒，可是燈泡壞了。洛克伍德的手電筒不見蹤影，喬治的手電筒亮度感覺黯淡了些。

「省著點用。」洛克伍德掏出蠟燭發給我們；芥末黃的燭光亮起，燒得旺盛。「也可以用它們來偵測鬼魂的存在，盯好了。」他補上一句。

「可惜我們沒辦法學湯姆．羅特威提著貓籠探險。」喬治說：「牠們是最敏感的指標物——前提是要忍受淒厲的貓叫聲。」

「眞不敢相信源頭不在紅色房間裡。」我說：「那個訪客有夠強。」

「而且有夠怪。」喬治答腔。「騷靈和變形鬼的混合體。還眞沒有看過。」

「不，那只是變形鬼。」洛克伍德伸出蠟燭，探索轉角前的通路。「沒有任何念動能力。」

「你忘記它把門關上鎖起來了？」

「眞的是它嗎？我不這麼想。」

我對著他避重就輕的說法皺眉，他已經邁出腳步。「等等，你覺得有其他鬼魂？」我突然想通了。「你說是活人幹的好事？故意把我們鎖起來？那不就是——」

喬治吹了長長的口哨。「費爾法或史塔金……」

「可是他們不會進屋啊。」我抗議。「天黑後絕對不會。」

「史塔金不會。」洛克伍德說。「來吧，我們還有一堆事要辦。」

我還是死盯著他看。「費爾法？爲什麼？洛克伍德——」

他揚手要我安靜。他已經走到轉角，低頭避開垂落的蜘蛛網。他舉起蠟燭湊向網子，數十隻油油亮亮的黑色小東西匆忙爬到邊緣，躲避燭光。「一離開磚塊的區域就突然變冷了，還有瘴氣、瞬間產生的無力感……喬治，來這裡測一下溫度，然後移到石牆這邊。」

喬治擠開我，開始測溫。我不情願地跟上。

「我知道你不喜歡費爾法，但也不能說他瘋了——」

「喔，他當然沒有瘋。」洛克伍德說：「喬治，溫差多少？」

「只差一步就從九度降到五度。」

洛克伍德點點頭。「都在石牆這邊，而且只有往這個方向走的時候會變冷。」他指著身旁像是張開嘴巴似的漆黑拱門。我們的燭光無法照亮太大的範圍。喬治打開手電筒幾秒，照亮另一條通道的入口，比我們剛才所處的密道還要高，也寬敞多了。沿著牆內一路延伸過去。

洛克伍德說得沒錯，溫度驟降，我第一次眞正感受到寒意。我掏出帽子戴上，高高拉起大衣的拉鍊。另兩人也和我差不多。我一直狠狠瞪著洛克伍德，他拒談費爾法與紅色房間密門的態度讓人火大。他又一次保持沉默，不對我們分享他知道的事物。已經持續好幾天了，自從費爾法上門拜訪那天起。不，說不定更早——自從搶案那夜，甚至是從我們找到那條項鍊時……

我雙手摸向脖子，確認藏在衣服下的皮繩。在我的大衣下面，冷硬的玻璃匣子緊緊貼在我胸口。不知道它是否正在發光，不知道這個鬼魂是否有發光的能力。總之，她被關得好好的。現在要煩惱的不是安妮．瓦德。

洛克伍德戴上手套，喬治把腦袋塞進醜陋的綠色毛線帽。洛克伍德帶頭，我們走進通道。他高舉蠟燭，一片片蜘蛛網在微弱燭光上飛舞。

才走出幾步路，喬治就叫住我們。他指著右邊牆面，一道粗糙的磚砌拱門嵌在石塊中。「這是原本通往紅色房間的門。在改建的時候被堵起來了。我們現在站的地方是幾百年前的修道院走道。」

「很好。」洛克伍德說：「來看看地圖，就能知道這裡——」

他猛然轉頭，手中燭火一抖，光芒變得黯淡蒼白。我們都感受到那股轉變——訪客接近時的轉變。

我們屏息等待，握緊長劍，另一手摸向腰間。

前一秒什麼都沒有的黑暗空間浮現出一名少年的身影。他散發出微光，難以判斷他離我們有多遠，或是他究竟有沒有碰到周圍石塊。他的異界光芒只照亮他自己。我努力傾聽，依稀聽見啜泣聲，可是幻影的臉龐茫然而清晰。他以鬼魂慣有的空洞表情直視我們。

「看看他的衣著。」洛克伍德悄聲說。

男孩年紀很小，可能沒有我大。他一頭淺色頭髮，體型結實，一張柔軟的圓臉。要是把喬治刷洗乾淨，塞進燙得整整齊齊的合身衣物，或許就成了眼前男孩的表兄。他身穿黑色長褲和灰色長版外套，尺寸有點太大。我對流行不在行，只能看出外套與長褲的剪裁像是幾十年前的設計。但我絕對不會認錯這套制服，或是他腰間佩劍的義大利風格劍柄。

「老天。」我說。「是那個費茲偵探社的男生。他死在這裡。」

啜泣聲越來越響亮。幻影閃爍，緩緩背過身，飄向通道深處。

影像與聲音消失。通道裡只剩下黑暗、寂靜、遠去的酸甜氣味。燭光恢復明亮。我們總算想起要呼吸。

「我真的要來一顆薄荷糖。」喬治說。

「露西，他有沒有對妳說話？」洛克伍德問。

「沒有。可是他有事情想告訴我們。」

「鬼魂就是這點麻煩，它們從來不會直說。好吧，就當成是警告，但我們還是要繼續走下去。不然也沒別的事可以做了。」

我們繼續前進，速度比先前還要慢。才走出三公尺，差不多就在剛才幻影顯現處，我們遇上一道階梯。

這是一道狹窄陡峭的螺旋梯，往下延伸，通道直連樓梯口，交界處圍了一圈小塊石磚。

「四度。」喬治淡然報告。他手中溫度計面板的微光映在眼鏡鏡片上，並將他吐出的霧氣被染成綠色。

「看來只能往下走了。」洛克伍德說：「喬治，這在中世紀的平面圖上嗎？」

「不知道……等等——對，應該有。連接臥室和食堂的樓梯。要我確認一下嗎？」

「不用了。直接下去吧。」

我們踏下階梯，洛克伍德領頭，接著是我，喬治殿後。這個空間讓人很不舒服，充滿古老的氣息，讓人覺得離自然光極度遙遠。不只是冷，空氣還很悶，牆面緊緊夾在兩旁。我們得要低頭避開一層層蜘蛛網。蠟燭的煙霧熏得我雙眼泛淚，光滑的弧形石牆上埋設一條條排水管線，把我們的影子切成一段一段。

「別被費茲家小鬼的骨頭絆著了，洛克伍德。」喬治說：「他就死在這裡。」

我回頭瞪他。「噁，喬治，你幹嘛說這種話？」

「因為我很緊張吧。」

我嘆息。「好吧……我也是。」

我們都感受到那股張力，感官亮起紅燈，危機一觸即發。乍看之下一切風平浪靜——沒有聲響，沒有死亡光輝，沒有飛舞的鬼氣。但這沒有任何意義。紅色房間一開始也是如此。

樓梯接上小小的方形房間，左右的拱門被磚塊堵死，再往前又是往下的階梯。洛克伍德稍停一會。「這裡是一樓。可能就在掛毯正後方。還記得吧——有巨熊的那幅掛毯。」

「我記得。」我說：「氣溫的最低點。」

「沒錯，已經降到三點五度。」喬治說：「沒有其他地方比這裡更冷了。」他的嗓音緊繃。

「我們現在最好放慢腳步。」洛克伍德發下薄荷口香糖。我們機械式地咀嚼，踏上另一段階梯，繞著圈子往地窖的方向走。我突然想到一件事。

「離目標很近了。」

「這段階梯……」我裝出若無其事的語氣。「該不會就是……就是那個階梯吧？」

我背後的喬治輕笑一聲。「才不是。別擔心。這是另一道階梯。」

「你確定？那些傳說中有特別提到是主廳的大樓梯？」

「對。」

我們小心翼翼地往下走，繞了一圈又一圈。洛克伍德手中燭光一閃，下一秒又恢復原樣。

「好吧。」喬治繼續說：「其實沒有明說。故事裡只說什麼『古老的階梯』。可是大家都預設是主廳那道，有惡龍雕像、放頭骨的台座之類之類的。」

「好吧……所以只是預設……不過如果那些傳說有幾分眞實，理論上一定就是那道大樓梯吧？」

「對。就是這樣。」

「雖然我們沒在那裡感應到任何超自然力量？」

「對。我們也沒在這裡感應到什麼。」喬治的語氣出奇強硬。「那只是傳說故事。」

看來確實是如此。我完全沒有懷疑過。我只是想確認一下，脫掉手套塞進口袋。我只是有一點點好奇，所以我在行進間用指尖撫過石牆。

幸好只摸到冰冷的牆面。經歷漫長的歲月，深沉、乾燥、毫無生機的冰冷滲入牆面，刺穿我的皮膚，電流竄到我後頸的寒毛。讓人不快的觸感——但最多就是如此。只有冰冷。

正要縮手時，我聽見了那些聲響。

起初相當微弱，不過很快就追了上來。沉重的腳步聲。靴子，鏗鏘的金屬。聲響在樓梯井裡迴盪，搭配好幾名男性的嗓音。他們的長袍窸窣磨擦，長劍碰撞。我們突然間被包圍了，隨我們的步伐一起往下移動。我聞到燃燒的瀝青、煙霧和汗水味，還有無比強烈的恐懼氣息。有人以我聽不懂的語言大叫。那是純粹的絕望呼號，懇求幫助。鎖子甲喀噹作響，一劍揮落。我聽見他痛苦呻吟。

腳步聲繼續往前行進，我們每踏出一步，令人窒息的恐懼就更加強烈鮮明。求饒聲消失了——我豎起耳朵，他們的慘叫更加響亮，更加絕望淒厲。越來越大聲，越來越大聲……接著被其他聲響吞沒——隆隆腳步聲和沙沙搖晃的鎖子甲——最後只剩下一道響徹天際的哭號，歇斯底里的恐懼尖叫……

我猛地收手。

消失了。我吸了一大口煙霧瀰漫的空氣，焦慮地掃視牆面。謝天謝地。一瞬間我的影子看起來有些不一樣。更高、更瘦、更清晰，微微駝著背……不，還是一樣。那些聲響消失了。

我摸回手套，重新包住麻木的手指。消失了……

然而並非如此。我依然聽得見。微弱而遙遠，尖叫聲不斷迴盪。

「呃，兩位……」我開口。

洛克伍德突然停住腳步。他大喊一聲。「原來如此！我這個智障！」

喬治和我愣愣看著他。「什麼？」喬治問：「怎麼了？」

「明明就近在眼前！」

「什麼東西？」

「一切的解答。啊，我真的是蠢到有剩！」

我皺起眉頭，一手按住腦袋。我在聽。專心聆聽。「洛克伍德，等等。你沒聽到——」

「我受夠了。洛克伍德，你這幾天老是陰陽怪氣的。快告訴我們是怎麼一回事。」喬治說：

「一定和費爾法有關，既然是他的委託把我們逼到這一步，我想你欠我們一個解釋。」

洛克伍德點頭。「沒錯。不過要先找到源頭，然後——」

「不對。現在就告訴我們。」

尖叫聲不斷膨脹，儘管微弱，壓迫感卻越來越重。燭光閃爍，牆上的陰影扭曲。「洛克伍德。」我哀求：「快聽。」

「喬治，我們要保持警戒。現在沒空說明。」

「那就說快一點，長話短說。」

「不！你們兩個——給我閉嘴！」他們看著我。我雙手按住太陽穴，咬緊牙關。恐怖的尖叫聲以最高音量從牆面炸出。「你們沒聽到嗎？」我小聲說：「是尖叫聲。」

洛克伍德皺眉。「什麼？不……應該不是。」

「聽我的！這就是那道階梯！我們現在就要離開。」

洛克伍德稍一遲疑，但他是優秀的領導者，不會輕忽如此強烈的警告。他抓住我的手。「好，我們帶妳到下面。說不定到那裡就聽不見聲音了。說不定只有妳可以——」他突然閉上嘴，收緊手指。我感覺到他腳步一晃，聲浪再次湧起，它首度突破某種超自然的阻礙，就連沒那麼敏銳的耳朵都能聽見。

我回過頭。喬治也僵住了，他瞪大雙眼，說了些話，可是我聽不見。尖叫聲凌駕了一切。

「往下！」洛克伍德大吼。我至少看到了他的嘴形。「快！」他腳步飛快，但還是緊緊握著我的手，用力一扯。喬治搖搖晃晃地跟上，用拳頭緊緊堵著耳朵。我們一路往下衝，在化爲螺旋的光影中，燭火瘋狂跳動，我們的影子在牆上游移。

尖叫聲在周圍此起彼落，從梯階和石牆裡迸出，音量讓人膽寒，像是接連不斷的重擊般疼痛，但它蘊含的超自然壓力才是最難忍的部分，我噁心想吐，腦袋幾乎要炸開，世界在眼前旋轉。聲響中帶著對死亡的恐懼，無邊無際、永無止境，繞著我們打轉、撕扯我們的心靈。

往下再往下、轉彎再轉彎，跟著我們衝刺的影子頓時不屬於我們，化爲更黑暗的身影，頂著尖頂修士帽，細瘦的手臂抓向牆面。往下、往下——跌落、跳躍、撞破蜘蛛網。轉圈、轉圈——牆上那些戴著兜帽的人影起伏不定，一路追著我們跑。手指的影子又撈又抓，階梯沒有盡頭，尖叫聲如同燒紅的鐵棒般刺進我們的頭顱，我只希望這道可怕的聲響能消失——

然後我們在階梯盡頭踩空一步，跌進方形小房間。

我們跌成一團，蠟燭掉落，沿著石板地滾動。尖叫聲和狂奔帶來的暈眩害我們無力起身。那些聲響沒有停歇。現在那些奔流的人影從樓梯散出，沿著房間邊緣飛舞，以極度狂亂的姿勢舞動。它們的手腕上掛著繩索的陰影。

「那些修士。」我驚叫。「是那些修士！在這裡遇害的修士！」

傳說中有七名修士。七名修士因爲瀆神罪名，被活活丟進一口井裡。

我抬起頭，看著微微傾斜的地板。傾倒的燭光照亮中央的漆黑圓洞，周圍堆著石塊，旁邊是……

我們與那口井之間有一個萎縮的小小形體，由破布和白骨構成，一層層的蜘蛛網讓它的輪廓柔和不少。骨骸的頸子歪成不自然的角度。一隻空蕩蕩的袖子伸向圓洞，彷彿是想往前爬行，墜入黑暗。

所以費茲偵探社的男孩在差點就被尖叫聲逼死前抵達階梯盡頭。我猜他是在盲目奔逃時絆了一跤，摔斷脖子。

至少他死得痛快。我要被尖叫聲逼瘋了。我硬是爬了起來。太難了。無論是移動，還是思考，都好難。身旁的洛克伍德和喬治也努力掙扎。洛克伍德耳中流出血絲。

他像是醉漢般搖搖晃晃地抓住我們的領子，把我們扯向他。「找到源頭！」他大喊：「一定就在這裡。就在這個房間裡！」

他推開我們，喬治腳步一晃，倒向牆上的其中一道人影輪廓。瞬間從他身旁的石牆伸出一隻透明的手，手指修長，骨節分明，手臂上生著白色體毛，手腕掛著一截磨損嚴重的繩索。它伸向喬治，洛克伍德搶先一步，從腰帶上抽出一顆鹽彈，擲向石牆。鹽粒四散，燒出綠色火光。那隻手連忙縮回，牆上的人影像蛇一般瘋狂遊走伸縮。

我們三人都在房間裡踉踉蹌蹌地橫衝直撞，雙手亂摸，到處尋找。沒有任何成果。這房間沒有通往其他地方，沒有出口，牆上沒有架子，什麼都沒有，只有牆壁、石塊，以及靜靜等待的漆黑井口。

一陣白光閃過，鹽和鐵粉炸開。喬治對著角落的人影丟出燃燒彈。牆泥從石牆上崩落，整個房間狠狠震了一下。離爆炸處最近的人影閃爍一下，接著繼續舞動。

絕望降臨。我們已經使出渾身解數，這是困獸之鬥。鐵粉、鹽彈、燃燒彈——全部砸向石牆，想要殲滅那些鬼影，想要平息可怕的尖叫聲。石磚裂開，煙霧冒出，一片片蜘蛛網燒了起來。帶著各色火星的鹽粒和鐵粉飛散，撒了滿地。慘遭殺害的修士身影仍舊舞動不止，它們的尖叫聲不絕於耳。

沒有用。沉重的壓力瞬間吞噬了我。我們永遠找不到源頭，現在腰帶和斜掛在肩上的皮帶都空了，彈盡糧絕……我的動作越來越慢，幾乎拖不動腳步。喬治在另一個角落抽出長劍，盲目地四下亂砍，幾乎沒意識到究竟有沒有刺中牆面。洛克伍德站的位置離井口很近，他皺起眉頭，東張西望，顯然還在尋找解決之道。

可憐的洛克伍德。根本沒有什麼解決之道。我們的天賦毫無用途，我們的武器耗盡了。

我垂下雙臂和腦袋。我們絕對找不到源頭。永遠找不到源頭，尖叫聲永遠不會停歇。

除非……

我遲緩地望向井口。

我真蠢。確實有辦法阻止尖叫聲。從吵雜到寧靜，從痛苦到祥和，是那麼容易。

喬治還在樓梯口，他丟下佩劍，跪倒在地，蜷縮起來，雙手抱頭。他背後的牆上，那些人影得意地狂舞。

我緩緩走向前。圍著磚頭的井口，柔軟的灰色矮牆，通往平靜的黑暗……

是的，就是這麼簡單，這麼顯而易見。我明明都知道。這就是這棟大宅允諾的未來，早在幾個小時前我在門口猶豫不決時就已經決定了。我知道它會引導我來到這裡——一步一步，從那些脆弱的第一型鬼魂、鬼魂霧氣、邪惡的低語，來到那間血腥的房間，最後繞下長長的螺旋階梯。終點永遠都是這裡。這個地方。沉默的所在地，大宅與所有靈異現象的核心，沉默永無止盡。簡單得很。只要再跨出幾步，尖叫聲就會停歇。我也會成為寂靜的一部分。

第一步很輕鬆。正當我要跨出第二步時，突如其來的痛楚在我胸口炸開，冰冷犀利的抽動。我稍一遲疑，拉扯繞著脖子的束繩。痛楚來自墜子……爆發的能量。即便隔著銀玻璃也感覺得到。安妮．瓦德——究竟要給我惹多少麻煩！沒關係，她可以和我一起解脫。

井口靜靜等待。它帶給我美好的願景。我不再猶豫，心裡只剩解脫的快感，踏出最後一步，跨過邊緣……

就這樣懸在上頭，靠向黑暗深淵。

有什麼東西揪住我，把我抓得死緊。有什麼東西把我拉回安全的石板地上。是洛克伍德。他蓬頭垢面，大衣破了好幾處，沾上各種污漬。鮮血沿著襯衫領子流下。他緊緊扣著我的腰際，把我拉向他。

「不行。」他在我耳邊說：「不行，露西。不該是這樣的。」

說完，他放開手，低下頭，把肩上的鐵鍊放下來，丟在地上。「火柴！」他大吼：「妳身上的火柴交出來，還有鐵鍊！」他往腰帶上摸索。「我要更多鐵粉，還有妳手邊的銀封印。快動！

我們在磨蹭什麼！」他高喊。「這口井就是源頭，還用說嗎？訪客就是從這裡生出來的。」

他的意志力突破鬼魂禁錮，突破那些不絕於耳的尖叫散發的澎湃力量。我丟下我的鐵鍊，解開那些道具。我打開腰帶上的小袋子，取出一盒日出公司的火柴。洛克伍德扯下他腰帶上最後一顆燃燒彈。最大的那顆。深紅色包裝的那顆。工業級的爆炸威力，連著長長的引信，好給人足夠的時間遠離。

洛克伍德掏出折疊刀，切斷引信，只留下一小截。

「拿去！點燃這一段！」

他已經離開我身旁，忍受著令人窒息的巨響，把我們的鐵鍊拖向井口。牆面上的七道身影暫停撲騰，它們似乎突然戒備起來。手臂從石牆內擠出，纏向我們；第一顆頭頂剃光的腦袋鑽了出來。

我擦亮火柴，點燃那截泡了油的引信。火星閃爍，亮起小小的光點。

洛克伍德把鐵鍊和銀封印踢進井口。他搖搖晃晃地後退，從我手中接過投擲彈，在我耳邊大吼：「快跑，露西！往樓梯跑！」

可是我動不了。那股往井底延伸的致命拉力依然存在。我的身體像是泡在瀝青裡，連轉身的力量都擠不出來。

現在那群訪客掙脫了牆壁，從四面八方飄向我們。最近的兩個幾乎要碰到還縮在地上的喬治。其餘五個朝井口匯聚，雪白的臉龐在腐朽的兜帽下若隱若現。眼窩空洞，露出一口森森利齒。尖叫聲繼續攀升。

洛克伍德拿著燃燒彈，跌跌撞撞地撲到井邊，那截引信幾乎燒完了。

他丟下燃燒彈，火光照亮井壁，瞬間消失。

洛克伍德轉過身，我看到他尖瘦蒼白的臉頰，黑眼迎上我的視線。

披著兜帽的人影撲向我們。

下一秒，尖叫聲停了，人影凝固，這個世界炸成一片無聲的強光。

23

我突然醒來，渾身疼痛交加。我猛然睜眼，看到我的姊姊們、洛克伍德、身穿漂亮夏季連身裙的安娜貝爾．瓦德。他們對我微笑；我看得一清二楚，他們的身影緩緩交疊，看起來像是飄浮在雲端。

我才不信。腦袋陣陣抽痛。我狠狠瞪著它們，直到那些身影崩解消失，只剩我一人待在另一個黑漆漆的地方。

雖然很暗，但還不至於伸手不見五指。黑暗中亮著銀色微光。安靜，但還不到全然的寂靜。我耳朵裡嗡嗡作響。

是種像是蚊子在嗡嗡飛舞、尖銳又細小的鳴響，聽見這聲音時，我頓時欣喜萬分。這代表我的耳朵還沒失靈，代表我還沒死。這裡不是寂靜的井底。

除此之外，空氣中還充滿了硝煙味，我嘴裡嚐到苦苦的藥味。我的側臉壓在堅硬的石板上。每動一根手指都痛得要命。感覺像是從霍普先生的書房窗戶再摔下來一次，每一條肌肉都在痛。我翻過身，坐起來，感覺到一層細粉從我的頭髮和皮膚飄落。

我坐在可怕的地下密室角落，古井爆炸的威力把我吹得老遠。前額沾著黏膩的鮮血。我身上——和房裡其他東西一樣——沾滿白色灰粉和鐵粉，空氣中塵埃未定。我咳了幾聲，吐掉嘴裡的東西。咳嗽害我的頭更痛了。

一道白煙從房間中央的井口升起，被來自深深井底的銀光照亮，帶著詭異的脈動。房裡亮起強烈的鎂光，還聽得到微弱的振動從某處傳來，我感覺得到來自石板的衝擊。

井邊有幾塊磚頭消失了，一道彎曲的裂痕劃過地板，幾處石板往上翹起。裂痕從井口衝向牆面，牆上的石塊鬆脫，其中一、兩塊掉了出來，其他則是移位突出。比較小的碎石散了滿地，有的落在倒地的身軀上。

三具人體，被白色粉塵覆蓋。三具人體，被爆炸的威力沖到各處。沒有半點動靜。

可憐的費茲偵探社男孩當然有理由不動。他早就習慣了。

至於洛克伍德和喬治……

我小心翼翼地慢慢爬起，貼著牆面站好。再怎麼頭暈目眩，都比方才滿腦子尖叫聲要好上太多。我感覺腦袋遭到超自然攻擊挖了一個洞，整個人被掏空似的，彷彿大病初癒、剛從床上爬起來般虛弱。

喬治離我最近。他躺在地上，四肢大張，看起來像是要在雪地上畫出天使圖案的小孩，不過他的眼鏡被炸飛，一隻手流著血。他呼吸沉重，肚皮起起伏伏。

我跪在他身旁。「喬治？」

呻吟，咳嗽。「太晚了。讓我……讓我睡……」

我用力搖晃他，賞了他一巴掌。「喬治，給我醒過來！喬治，拜託。你還好嗎？」

他睜開一隻眼睛。「哎唷。本來就只有臉還不會痛的說。」

「來——你的眼鏡。」我從灰粉裡撈出眼鏡，放在他胸口。其中一邊鏡片裂了。「快起來。」

「洛克伍德呢？」

「不知道。」

我在房間另一端找到側身倒地的洛克伍德，他的大衣往外散開，像是折斷的翅膀。他一動也不動，臉上蒙了一層白灰，有如雪花石膏雕像，光滑白皙又冰冷。一片牆泥打中他，他的頭髮沾著鮮血。我跪在他身旁，拂去他額頭上的灰粉。

他睜開眼睛，明亮清晰的目光凝視著我。

我清清喉嚨。「嗨，洛克伍德。」

他恢復警醒。我首先看到他一臉困惑，接著才慢慢回過神來。

「喔……露西。」他眨眨眼，咳了咳，勉力起身。「露西。我還以爲妳……沒事。妳還好嗎？狀況如何？」

我猛然起身。「嗯，沒事。」

喬治隔著破裂的鏡片盯著我。「我看得一清二楚。」

「什麼？看到什麼？我又沒有怎樣。」

「沒錯。妳怎麼沒賞他一巴掌？怎麼沒用力搖晃他？還眞是雙重標準耶。」

「別擔心。」我回答。「我保證下一次會把他打醒。」

喬治咕噥一聲。「很好……不過妳到時候八成會把我踹醒。」

「我會謹記在心。」

□

銀色煙霧不斷從井底噴出，我們就著這片幽光重振旗鼓。雖然洛克伍德和喬治都被幾片瓦礫擊中，先前的靈擾也對我們帶來極大影響，我們遭受的爆炸衝擊力相對輕微。佩劍還在，可是鐵粉與鹽彈都用完了。喬治的鐵鍊還在，洛克伍德和我的都丟進井裡了。

我們做的第一件事是分享剩餘的果醬三明治與能量飲料。喬治和我坐在一塊大石頭上咀嚼口糧，擠在一起取暖。洛克伍德站在一旁，冷著臉凝視那片煙霧。

「一開始就該對這口井下手。」喬治說：「要不是被噁心的尖叫聲搞得頭昏眼花，我早就想到了。它一定就是源頭，真的。那些修士的屍骨都在那裡，他們就死在裡面。」

我默默點頭。是的，他們就是死在這裡——在那之前還遭到綁縛，從樓上拖到這裡。他們知道自己面臨什麼樣的命運。這段臨終之旅的恐慌深深滲入螺旋階梯兩側的石牆……

「現在我拼湊起來了。」喬治繼續說：「那些修士的靈魂非常古老，死狀悽慘，帶來的影響遍及整棟大宅，觸發其他所有的訪客。因為這裡發生過這種事，日後才會有那麼多大宅的居住者發瘋，做出那些可怕行徑。」

「那些深受史塔金喜愛的殘酷公爵和總是在鬧自殺的夫人。」我吞下最後一口三明治。「你認爲現在都結束了？」

「希望是如此。」喬治盯著滾滾煙霧。「那顆燃燒彈肯定噴出一大堆鐵粉、銀粉、鎂粉。要是我們運氣夠好，這些東西混在屍骨之間，能讓它們安靜到我們把這口井封印起來。階梯以後就安全了，紅色房間大概也是。」

「你相信房間裡的血和這群修士有關？」我問。

「我相信就是他們，以不同的形態顯現。他們是變形鬼，在每個地方展現出不同樣貌。紅色房間裡是傾瀉而下的鮮血，階梯上是尖叫的人影，到了這裡甚至能變出具體的幻影，雖然這不是它們最愛的僞裝。雖然說是『它們』，事實上那些鬼魂的行動一致，所以才會惹出如此強大的鬧鬼事件。如此徹底的融合也不是前所未有。雪伯恩城堡的案子不是很有名嗎？」

「也許吧。洛克伍德，你怎麼想？你很安靜耶。」

他沉默了好一會，愣愣看著煙霧。只看到他單薄的黑色輪廓，破爛的大衣掛在身上，活像是羽毛遭到風雨吹亂的鳥兒。「我怎麼想？」他輕聲說：「我想我們差點死了兩次。」他轉身看著我們，滿臉是血，頭髮亂翹，灰粉隨著他的動作飄落，像是一片雲朵。「我想我們運氣夠好才能活下來。我想我明白得太遲了，嚴重低估了敵人。身爲領導者，這是無法寬恕的缺失，我深感抱歉。不過呢——」他的語氣越發嚴肅，話從牙縫間擠出來，「現在都結束了。」

喬治和我盯著他看。「呃，是不錯啦。」我說：「或許你可以告訴我們到底是怎麼——」

「我需要工具！」洛克伍德突然大叫，喬治和我忍不住縮了一下。他突然恢復生機，大步橫越房間，衣襬在背後翻飛。「鐵棍、撬棍——什麼都好！來吧！快點！我們不能繼續浪費時間了！」

「我是有撬棍。」我往腰帶摸去。「可是——」

「很好。給我。」他從我手中搶過撬棍，蹦蹦跳跳地奔向受損的石牆，將撬棍末端插進兩塊石頭間。「別傻傻坐著啊。」他吼叫：「怎樣？你們是來野餐的嗎？我們要逃出去。」

喬治和我掙扎著起身。「等等，洛克伍德。我們在地底下耶，你怎麼知道哪裡有路？」

「看看煙往哪裡飄！」洛克伍德轉動撬棍，鬆脫的石塊砸往他雙腳中間，他跳到一旁避開。

「要是煙出得去，我們也出得去！」

確實是如此。儘管喬治和我剛才都沒有多加注意，從井底飄出的灰白煙霧並沒有積在房間裡，而是飄過天花板，順著氣流被吸進牆縫。

「兩邊壓力不一樣。」洛克伍德大喊：「煙被吸往更大的空間。肯定是地窖。牆的另一邊一定就是地窖。爆炸已經幫我們完成一半的勞力活了，只要挖出更大的洞就好。來吧！」

我們感染到他的活力，抖掉僵硬與疲憊，握起刀子和撬棍，移開鬆動的石磚，撬開它們的左鄰右舍。洛克伍德動作俐落，往撬棍施力，在必要時刻赤手空拳扳動石塊。他雙眼發亮，緊抿起唇。

「今晚我們面對兩道難題。」他一邊說著，狠狠敲打牆泥。「它們看似相關，其實完全不同。首先是康比柯瑞大宅的鬧鬼事件，這已經結束了。這些修士的鬼魂消失後，其他騷動也能順利抹除。危機已經解除。第二個麻煩呢——」他丟開撬棍，幫喬治拉出一塊中型尺寸的石磚，「與我們的朋友約翰．威廉．費爾法有關，目前尚未解決。」

石磚掉落，摔成碎片。我撥開滿地瓦礫。洛克伍德和喬治繼續朝牆中央最脆弱的區塊進攻。

「所以說費爾法怎麼了？」我問。

「打從一開始，這件事就有什麼地方錯得離譜。」洛克伍德說：「他邀請我們來到這裡可不只有點古怪。沒錯，他提出的條件慷慨到不可思議，但這讓一切更加怪異了。明明就能去找費茲或羅特威，或是其他十多間知名偵探社，爲什麼刻意挑上我們呢？我們近日的成績有點……普通，他卻說對我們相當佩服。」

「他說他也曾經白手起家。」我拉扯一顆石頭。「他說他喜歡我們的熱情，還有——你的腳小心一點！喔，抱歉，喬治——我們的獨立精神。」

洛克伍德勾起嘴角。「沒錯，他確實這麼說過。這個理由實在是太薄弱了——只要調查他年輕時代的經歷，就會發現他的財產都是從他父親那裡繼承來的。除了委託我們之外，還有三個疑點讓我困擾不已。第一，爲什麼是現在？大宅在他手上放了好幾年了，爲什麼突然急著解決鬧鬼問題？第二，爲什麼急成這樣？他只給了兩天時間讓我們準備，太荒謬了！還有第三，究竟是爲什麼要禁止我們帶燃燒彈？」

「是啊，最後這點我也想不通。」喬治說：「正常人不會在沒有帶上足夠燃燒彈的狀況下與A級訪客對峙。」

「我們就會。」洛克伍德應道：「費爾法很清楚這點。他知道我們急著籌到那筆鉅款，而他同樣急著找我們來這裡，願意幫我們結清六萬鎊債務，只要我們來到此處。在我眼中，他要不就是個有錢的神經病，要不就是別有目的。我想知道究竟是哪一個，因此我隔天馬上就來康比柯瑞村走了一趟。」

「打穿了！」喬治又挖出一塊石頭，殘破的牆面中央出現一個小小開口，再過去是黑暗與空虛。

洛克伍德點點頭。「很好。休息一下吧。露西，現在幾點？」

「凌晨三點。」

「夜晚快結束了。我們得在天亮前離開這裡。好，我跑來村裡，裝成四處漂泊的行商，挨家挨戶地拜訪兜售。」

「你賣什麼？」喬治問。

「你收集的漫畫，喬治。喔，別擔心，我沒賣掉半本，價錢設太高了。總之，這給了我和本地人說話的機會。」

「你問到什麼？」我問。

洛克伍德一臉懊悔。「老實說我的鄉下人口音行不通。沒有人聽得懂我在說什麼。三個魁梧的貨車司機不曉得爲什麼被我惹毛，把我追趕到磨坊水池前。等我改良口音後，一切都順利極了。我打聽到費爾法的一些謠言，得知他常搭乘自家工廠的貨車來到大宅，車上肯定載滿了嶄新的鐵製品。他付錢找了幾名本地人幫忙扛貨進屋，大多是普通居家用品——門上的護符、掛在窗前的吊飾之類的——但裡面有些東西更大，塞滿了整個大型木板箱。過了幾天，他又會把那些東西運走。本地人很清楚他在打什麼主意——拿康比柯瑞大宅的鬼魂來測試新產品的防護力。這沒什麼不妥。」洛克伍德撥順頭髮，盯著牆面。「每一間公司都這麼做。可是問題又來了——既然這個地方這麼有用，他爲什麼突然要找人驅鬼呢？爲什麼找我們來這裡？」

「而且爲什麼不多對我們說明危險性？」我補充。「假如他在這裡做實驗，就算對隱藏的階梯一無所知，他至少會知道紅色房間的狀況。」

「沒錯……對了，等一下來對付這塊大石頭。要是能挖開它，就連喬治都有機會擠過去。」喬治簡短的回應淹沒在我們的撬棍敲打石塊的吵雜聲中。我們花了好幾分鐘對付剩餘的石塊，費盡全力，好不容易才撬出一半，結果它又滑了回去。我們又休息了一會。

「簡單說，我很懷疑費爾法本人和他的動機，在火車上看了喬治的調查結果，我腦中浮現更多疑點。費爾法年輕時玩得有多瘋。他父親多希望他能乖乖做生意，而他卻在倫敦狂歡作樂好幾年，喝酒賭博，想當演員。若不是露西帶來的關鍵線索，這些都對我毫無意義。」他充滿戲劇性地暫停。

「那是……」喬治問。我很慶幸他問了，連我自己都不知道。

「她讓我看了這個。」他直起背脊，往大衣的幾個口袋裡摸了一陣，丟出薄荷糖包裝、蠟燭屁股、幾團打結的細線，最後掏出一張皺巴巴的紙，攤開後傳給我們。

這是喬治從檔案館影印回來的雜誌內頁，介紹五十年前富家子弟在倫敦奢華的咖啡廳和賭場享樂的行徑。安妮．瓦德就在噴水池前的團體照正中央，以及雨果．布雷克的獨照，那張臉對我笑得跋扈。

「看噴水池邊。」洛克伍德說。

在微弱的鎂光之下，難以看清細節，所以喬治打開他的手電筒。那排打扮入時的名媛公子後方還有一群年輕人，身穿講究合宜的白色領帶和燕尾服外套。他們圍繞著一座純裝飾的噴泉台座，其中一人爬上噴口下的台座，其他人站在旁邊。他們看起來富有、活潑、興致高昂。其中身材最高的青年站在噴泉的陰影中，稍稍和其他人拉出距離。他的體型壯碩，肌肉結實，胸膛廣闊，濃密的長長黑髮。頭髮和陰影遮住他半張臉，不過最重要的特徵——大大的鷹勾鼻、濃密的眉毛、稜角分明的方正下巴——一清二楚。

喬治和我默默盯著那道身影。

五十年來，他消瘦不少，但確實就是他。

「費爾法……」我低喃。

喬治故作聰明地點點頭。「我也想到了。」

我狠狠瞪著他。「什麼？你少來。你根本沒想到！」

「好啦……」他把影印紙遞還給洛克伍德。「總之我就覺得他有夠可疑。」

「所以我拿這張紙給安妮．瓦德的鬼魂看的時候，她會氣得發飆是因為——」我咬咬嘴唇。大衣下的銀玻璃匣子冷冷地貼著我的皮膚。「可是這沒辦法證明——」

「沒錯。」洛克伍德說：「這本身算不上證據，只有證明一個關鍵——費爾法撒了謊。他來見我們的時候，口口聲聲說他沒聽說過安妮．瓦德，大費周章地假裝不記得她的名字。但顯然他認識她。他年輕時也是那夥人的一分子。」

「不只如此！」我的心臟跳得好沉，頭暈目眩，彷彿回到那道螺旋階梯上，但這回和鬼魂的喧囂完全無關。是我的記憶在尖叫，我想起先前溜出我腦海的細節。「她也是演員。」我說：「和費爾法一樣。你們還記得嗎？舊報紙上說她原本在劇場界擁有大好前程，可是放棄了，因為……某個原因。」

「因為雨果．布雷克。」洛克伍德說：「她受到他的影響，然後——」

「如果我們推測的方向沒有錯，是不是該加快腳步？」喬治突然開口，敲敲突出的石塊。「再過不久天就要亮了。」

沒有人持反對意見。我們默默朝那顆石塊進攻，擠出最後一分力氣，用兩根撬棍和一把刀狠狠攻擊頑固的牆泥，直到它放棄抵抗，落到地上。撞擊的回音漸漸消失，我們愣愣看著那個洞。

洛克伍德走上前，瞇眼往裡面看。「什麼都看不到……可能是地窖的角落，就是我看到修士冒出來那邊。很好……只要能上樓，我們馬上從前門離開。喬治，手電筒給我，我先進去。」

他咬著手電筒，跳起來一頭鑽進我們挖出來的洞。一擠一推，雙腳一蹬，他往前推進，消失在洞裡。

寂靜。

喬治和我等著。

牆的另一端亮起微弱燈光，洛克伍德的聲音跟著飄來。「抱歉，我剛才弄掉手電筒了。」他小聲說：「沒事了，這裡確實是地窖。來——露西先。」

我沒有花太多時間。手臂和腦袋抵達另一頭時，洛克伍德馬上把我拉出來。

「妳盯著四周，我來幫喬治。」他還是壓低嗓音。「夜晚快結束了，我猜其他訪客差不多要安靜下來，不過總有突發狀況。」

我守在一旁，握著手電筒和長劍，洛克伍德使勁幫喬治擠過牆洞。我只看得見一小圈範圍。濃重的陰影遍布地窖的拱形天花板，越過最近的拱門，破舊的酒架往黑暗中延伸。鬼魂霧氣散得一乾二淨。或許我們對那口井的攻擊影響到了整棟大宅的鬼魂。眞相如何實在是無從判斷。

不過呢，此時此刻我最掛念的不是鬼魂。我想的是照片中的金髮女子，以及噴泉旁的男子。其中的暗示狠狠撞擊我的心。

「都準備好了嗎？」等到喬治擠過來，洛克伍德小聲說：「我們要用最快的速度離開這棟房子，穿過庭院。我要跑到道路旁的破爛柵門。只要能在天亮前抵達那裡，就可以——」

「先回答我的問題。」我說：「你認爲闖空門也是費爾法在背後搞鬼？」

「當然。得知計畫失敗，他馬上啓動備用計畫，也就是把我們找來這裡。」

「他想要這個墜子？」

他點頭。「都是爲了這個墜子，還有它能證明的事。」

「洛克伍德先生，它能證明什麼？」一道低沉的嗓音響起。

金屬鏗鏘作響。兩道人影從拱門另一側逼近。他們有著成年男性的身材，卻頂著變形的龐大腦袋。其中一人手持左輪手槍，另一人手中的提燈直直照向我們，強光讓我們一時目眩，眼睛刺痛不已。

「不准動！」那道嗓音下令。我們的手已經移到劍柄上。「今晚沒空陪你們玩劍。把你們的武器放到地上，不然子彈就往你們身上招呼。」

「聽他的話。」洛克伍德解開佩劍，丟到地上。喬治也乖乖跟進，我是最後一個。我凝視黑暗，望向聲音的來源。

「快點，卡萊爾小姐！」對方催促。「還是妳要我一槍射穿妳的心臟？」

「露西……」洛克伍德握住我的肩頭。

我讓長劍落地。洛克伍德收回他的手，擺出彬彬有禮的姿態。「露西、喬治。」他說：「容我再次介紹我們的東道主兼贊助人，約翰．威廉．費爾法先生——費爾法鋼鐵公司的董事長，知名工業家，曾經是個演員，當然了，他還是殺害安妮．瓦德的凶手。」

24

這名老人還穿著前晚那套白襯衫和灰色長褲，但其他衣著都變了。他的外套換成一件亮晃晃的長版鋼鐵網衣，服貼著胸膛，鬆垮垮地掛在腹部上，有如閃耀的水幕。襯衫袖子包著他的上臂，但手腕和雙手戴上中世紀騎士般的金屬手套。和先前一樣，他拄著牛頭犬拐杖——只是現在少了木頭杖身，露出藏在裡頭的細刃長劍。最古怪詭異的是他的頭盔，圓滑的鋼鐵便帽，後方延伸加長，環繞著後頸，突出的皮製護目鏡卡在護額下方。鏡片玻璃反射燈光，看不到他的雙眼。總而言之，費爾法先生活像是被魔鬼附身的青蛙，既可怕又可笑。

他舉起提燈，站在被迴旋煙霧折射出的光圈中凝視我們。接著他勾起嘴角，露出那口銀牙。

「喔，洛克伍德先生，你眞是冷靜到了家。」費爾法說：「我承認，我更佩服你了。可惜我們是在這種情境下認識，不然我可以賞你一個吃上一輩子的鐵飯碗。」

眞不知道洛克伍德是怎麼做到的，儘管左輪手槍指著他的胸口；儘管大衣破破爛爛、滿身血跡；儘管衣服沾上鬼氣、鎂粉、鹽巴、灰粉；儘管頭髮掛著蜘蛛網，臉頰和雙手布滿擦傷，他依然站得直挺挺的，神色泰然。

「你人眞好。」他說。「不過——你不向我們介紹你的朋友嗎？」他望向持槍的男子。「我們還不認識他呢。」

這名男子比費爾法略矮一點，但肌肉發達，挺著寬肩。他的臉──就我能看見的範圍──看起來年紀不大，鬍鬚修得乾乾淨淨。他也身穿護甲，戴著青蛙般的頭盔，腰間皮帶掛著一支細刃長劍。

費爾法乾巴巴地笑了幾聲。「派西．葛瑞比，我的司機兼個人助理。在漢伯頓偵探社被費茲併吞前，他在那裡擔任調查員。非常優秀，劍術至今還是一樣高明。你們其實已經見過面了。幾天前的半夜，派西曾經造訪過貴社。」

「喔，是的。那位蒙面的不速之客。我捅了你一劍，對吧？肚子還好嗎？」

「還行。」葛瑞比說。

「洛克伍德先生，這不過是你對我們造成的一連串傷害中的冰山一角。看看這面牆！」他朝著滿地石塊和參差不齊的洞口比畫，挾帶著鎂粉的煙霧正從牆洞緩緩飄出。「老實說我相當震驚。我確實要求諸位不准攜帶燃燒性武器進入我的大宅。」

「還眞是不好意思。」洛克伍德說：「往好處想，我們找到了源頭，也將之摧毀了。早上銀行一開，我很期待我們的第二份酬勞。」

又是一陣乾笑。「洛克伍德先生，我也很敬佩你這份瘋狂的樂觀主義，但我得說最讓我意外的是你竟然能活下來。我眞心以爲紅色房間的恐怖現象早就殺了你們。看著你們走進去，我把門鎖上……沒想到你們卻從屋子的另一個角落，像髒兮兮的蚯蚓似地冒出來！眞是始料未及。看來你們找到離開那個房間的路，光是這點已經夠了不起了，接著還找到核心的源頭……說吧，是緋紅公爵嗎？那是我最愛的理論。」

「錯了，是階梯和那些修士。我們找到他們葬身的古井。」

「眞的？井？從那裡冒出來？」不透明的護目鏡在提燈的光線下閃爍，他的嗓音越發若有所思。「眞有意思……請你們現在就說清楚。」

喬治在我身旁不安地動了動。「呃……洛克伍德，我不認爲提到那口井是個好主意。」

洛克伍德咧嘴一笑。「喔，費爾法先生是個講理的人。更何況，他也想先和我們談一談——對吧，費爾法？」

頭盔下毫無聲響。費爾法身旁的男子也沒有半點動靜，那把左輪手槍的槍口懸在黑暗中，指著我們的身軀。

「沒錯。」費爾法的嗓音頓時轉爲冷酷果決。「我們換個更舒服的環境來聊聊吧。我累了，需要坐一下。葛瑞比，送我們的朋友到圖書室。要是這兩個男孩輕舉妄動，你就隨意往這個女孩身上開槍。」

洛克伍德說了些話，可是我完全沒聽見。在震驚與恐懼之下，怒火越燒越旺。這是費爾法不加思索的結論——我的危險性最低，是團隊中的弱點。他認爲可以利用我來控制其他人，而我本人幾乎不構成威脅。我板起臉，直視正前方，和另兩人一起走過費爾法面前，爬上樓梯。

□

圖書室裡的檯燈調到最高亮度。在黑暗中待了好幾個小時後，強光對我們來說太過刺激，我們靠向最近的椅子，雙手遮著臉。葛瑞比打手勢要我們坐下，站到書櫃旁，雙手輕鬆地抱在胸前，那把槍就枕在他鼓脹的二頭肌上。我們默默等待。

緩慢而痛苦的拐杖點地聲總算橫越主廳，費爾法踏進圖書室。頭上鋼盔閃閃發亮；燈光同時也照亮他顯眼的鷹勾鼻，使得他更像是駝背笨重的猛禽。他有些遲疑地走向掛滿照片牆面前的皮椅，長長舒了一口氣，整個人埋進椅子。在他坐下時，金屬護具下襬散在他身旁，敲出細碎的撞擊聲。

「總算。」他說。「聽到爆炸聲後，我們在那個被詛咒的地窖守了好幾個小時。好啦，葛瑞比，可以脫掉那些東西了。鬼魂不會闖進這裡。」

他彎著頸子，摘下頭盔，接著是護目鏡。這些裝備在他的額頭留下紅色壓痕。漆黑雙眼中滿是不快，歲月深深刻入那張臉。

他年輕時的樣貌意氣風發地從牆上的照片凝視我們——那是身為演員的費爾法，肌膚光潔，面貌英挺，戴著耳環，身穿突顯胯下曲線、太緊的緊身褲，憂鬱地注視塑膠骷髏頭。那張照片下，現實中的費爾法疲憊傾頹，憔悴困頓，在椅子上猛咳。看到他在歲月的摧殘下完全變了個人，看著他的內在與外在力量被時光抽乾，實在是奇妙的體驗。

葛瑞比也脫掉頭盔，露出相當單薄的腦袋，和他壯碩的身軀有些不相稱。他理了軍人似的平頭，薄薄的嘴唇帶著一股戾氣。

費爾法將護目鏡和頭盔擱在手邊的小桌子上，壓著幾個小時前洛克伍德翻閱過的那疊書。他心滿意足地環視房間一圈。「我喜歡這間圖書室。這是我的前哨。到了夜裡，它是生者與死者間的防線。我常常來這裡測試我的工廠最近製造的新產品。這些鋼鐵家具讓我安全無虞，但我還是準備著這套鎧甲，以便安然深入這棟大宅。」

喬治扭了扭。「你的鎧甲看起來就像戲服。」

費爾法瞇細雙眼。「庫賓斯先生，在這樣的時刻污辱我？這是明智之舉嗎？」

「這個嘛，被穿著鐵裙子的老瘋子拿槍挾持，運氣已經背到極點。」喬治說：「也沒辦法更慘了。」

老人笑得刺耳。「走著瞧吧。不過你可別小看這些東西。這套『戲服』是用先進材質的鋼鐵製作——主要的成分是鐵，提供驅鬼力量，同時摻雜了鋁合金來減輕重量。行動自如，銅牆鐵壁般的防禦力！頭盔也是工藝的結晶。洛克伍德先生，你知道調查員最脆弱的部位是頸子嗎？這道帽緣能減低這項危險……你要不要也來一套？」

洛克伍德聳聳肩。「還挺……獨特的。」

「又錯了！可以說它設計精緻、別有巧思，但它一點都不獨特。致力於創新研發的不只是費爾法鋼鐵公司。還有這副護目鏡——」他恢復理智。「我們可能有點離題了。」

費爾法往後靠上椅背，默默凝視洛克伍德好一會才緩緩開口：「在地窖裡，我聽到你們提及某個墜子，說它能證明某件事。出自純粹的好奇，我很想知道它能『證明』什麼，如果真有其事的話。然後呢——」他勾起嘴角，「或許你們可以告訴我那個墜子的下落，是在哪裡找到的。」

「我們並不是很想合作。」喬治說：「到時候你只會把我們丟進那口井。」他帶著血跡的蒼白臉龐露出強烈的不馴。我猜我的表情也差不多，只是多了深深的嫌惡。我幾乎無法直視費爾法。

但洛克伍德還是一副和鄰居寒暄的態度。「沒事的，喬治，我可以告訴他到底是要證明什麼。有必要讓他知道自己的處境有多絕望。」他蹺起腳，上身後傾，一副心滿意足的模樣。「好啦，費爾法，正如你的猜測，我們在安娜貝爾．瓦德的屍體上找到這個墜子，馬上就知道它是凶手送她的禮物。」

費爾法揚手打斷他。「等等！你怎麼會知道？」

「多虧了這位露西的靈異感知能力。她在觸碰墜子時感應到強烈的殘留情緒，將安妮．瓦德的神祕仰慕者與她死亡的一瞬間連接起來。」

那顆碩大的腦袋轉了過來，黑眼注視我幾秒。「啊，沒錯，敏銳的卡萊爾小姐……」他的語氣讓我起雞皮疙瘩。「不過呢，在法律上這只是一派胡言。沒辦法證明什麼。」

「確實是如此。」洛克伍德說：「因此我想搞清楚刻在墜子上的字有什麼意義。外側的 *Tormentum meum, laetitia mea*——『我的折磨，我的幸福』之類的垃圾話。這沒什麼內涵，只能告訴我們訂做這條項鍊的傢伙是個裝模作樣的自大鬼。不過呢，許多殺人凶手都是如此，對吧，費爾法？我們需要更多。」

圖書室裡一片寂靜。老人的坐姿毫無改變，粗糙雙手擱在鑲著飾釘的椅子扶手上。他的腦袋往前伸，展現出強烈的關注。

「接下來是墜子裡面的部分了。如果我沒記錯，應該是A‡W；H.II.2.115。A、W、H三個字母，以及一串神祕數字。首先呢，我們被字母誤導，思路錯得離譜。我們的直覺反應是認定A W代表安娜貝爾．瓦德，H自然就是仰慕者的大名。當時的報紙特別拿她和雨果．布雷克的關係大做文章。所以這個可能性感覺不小。見到她最後一面的人是他，因此他成了本案偵辦初期唯一的嫌犯。今日的警方沒有忘記布雷克，馬上就逮捕了他。」

「事實上呢，布雷克完全是個幌子。」洛克伍德繼續說下去：「要是有好好研究墜子裡的刻字，我應該要反應過來才對。安妮．瓦德的姓名縮寫都在上面，爲什麼仰慕者只剩一個字母？後面那串數字H.II.2.115又是怎麼一回事？是某種密碼？日期？很遺憾，當時我完全走進死胡同了。」

他瞄了手錶一眼，對我咧嘴而笑。「費爾法，露西改變了一切。她找到一張你與安妮．瓦德都入鏡的合照，我馬上就知道你是把我們騙來這裡。前往此處的火車上，我看了資料，得知你早年混過劇場，想到安妮．瓦德也當過演員。我猜這大概就是你們的交會點。我也發現你是以自己的中間名當作藝名。威爾．費爾法。如此一來，A‡W有了新的詮釋。不是安妮．瓦德，而是安妮和威爾。」

老人仍然毫不動搖。或許他的腦袋稍微垂下一些，雙眼被陰影籠罩，無法看清。

「最後的密碼我到昨天傍晚才破解。」洛克伍德說：「當時我們正在調查尖叫的階梯，在那之後有點忙碌，還找不到機會確認。但我想我們可以查到『H.II.2.115』是你和安妮．瓦德共演的劇目中的台詞。肯定是什麼濃情蜜意的玩意兒，讓你們兩個結下不解之緣。只要深入調查，一定能證明你們兩個熟得很。」他望向牆上的巨幅照片。「要我猜的話，我認爲是《哈姆雷特》，畢竟這似乎是你最愛的劇目，不過除了你有誰知道呢？」他笑了笑，雙手在膝上交疊。「好啦，費爾法——如何？是不是該輪到你替我們解惑了？」

費爾法一動也不動。他該不會睡著了吧？洛克伍德說話落落長，這倒是很有可能。書櫃旁的持槍男人換了個姿勢，顯然他終於耗盡耐性了。「先生，快要四點半了。」他說。

嘶啞的嗓音從皮椅上，從那張遍布陰影的臉上傳來。「知道了。洛克伍德先生，我只有一個問題。墜子在你手上，你爲什麼沒有馬上交給警方？」

洛克伍德沉默了好幾秒。「我想是自尊心。我想自己解開密碼。我想讓洛克伍德偵探社獨享榮耀。這是我的過失。」

「原來如此。」費爾法抬起頭，若說他先前是垂垂老矣，現在的他可說是行將就木，雙眼亮著鬼魅般的光芒，灰暗皮膚吸附在骨頭上。「自尊心眞是個壞東西。你的自尊心差點害死你自己和你的同事。我的自尊心帶給我一輩子的悔恨。」他嘆息。「你的證據很好，直覺更是犀利。刻字代表的劇目正是《哈姆雷特》，安妮和我很久以前演過這齣劇。那是我們結緣的契機。我飾演哈姆雷特王子，她是王子的未婚妻歐菲莉亞。墜子上的數字指的是第二幕第二場，第一百一十五行至一百一十八行——

『汝可懷疑星辰爲火炬，
汝可懷疑烈日移轉，
汝可懷疑事實虛假，
但且相信吾予汝之愛。』」

老人停頓一下，凝望黑暗。「哈姆雷特獻給歐菲莉亞的情詩。他說他對她的愛眞實無欺，比天地間的一切都還要眞切。是的，在劇中，她投水自盡，他中毒身亡，但這個原則還是不變。那是他們之間的激情……而激情正是我和安妮兩人的共通點。」

「可是沒有阻止你殺了她。」我第一次開口。

費爾法的視線投向我，黑眼陰沉如石塊。「卡萊爾小姐，妳年紀還小，對這種事物一無所知。」

「錯了。」我全力展現輕蔑。「我很清楚安妮．瓦德體驗過的一切。碰到墜子的時候，我全都感覺到了。」

「眞好。」費爾法說：「我總認爲妳這種天賦帶來的困擾肯定遠遠大於好處。感受其他人死前的痛苦？對我來說不太有吸引力。」

「我理解的不只是她的死亡。」我低聲說：「我感受到她戴著這條項鍊時體驗的一切情緒。

我知道她在你身邊承受的一切。」那些記憶仍舊清晰。我依然嘗得到那名女子的歇斯底里，她瘋狂的嫉妒，她的悲痛與憤怒；還有，最後，最後的最後——

「妳這個才能還眞是荒謬。」費爾法說：「眞是太沒有意義、成不了大事。那麼妳一定知道安妮·瓦德這個人是多麼陰鬱、難以相處。她的個性反覆，脾氣惡劣，但又無比美麗。我們在幾個業餘劇團合作過，讓我們有共處的藉口，因爲我們的關係得保密。安妮的出身不夠高尙——她父親是裁縫師之類的——要是我的雙親知道她的存在，絕對會解除我的繼承權。嗯，最後安妮要求公開我們的關係。我當然拒絕了——怎麼可能會答應——所以她離開了我。」他嘴角往後扯，銀牙閃爍。「她有一陣子和雨果·布雷克廝混，那個沒用的花花公子。他不是什麼好東西，她很清楚。過了不久，她又回到我身邊。」

他搖搖頭，提高嗓音。「抱歉，我得說安妮任性得不得了。她和我不認同的人來往，包括布雷克，不顧我早就禁止她與他見面。我們常常吵架，越吵越激烈。某天晚上，我悄悄跑去她家，進了她的屋子。她不在家，我就在屋裡等。當我看到她被那個壞胚子雨果·布雷克送回來的時候，妳可以想像我有多憤怒。她一進門，我馬上就和她對質。我們吵得不可開交，最後我失去控制。我打了她。她一動也不動地倒在地上。我一拳就打斷了她的頸子。」

我打了個寒顫。在她人生的終點，最後的痛苦與恐懼。是的，我也感受到了。

「洛克伍德先生，你從我的立場來想想——」費爾法繼續說下去：「我這個全英格蘭最頂尖的工業帝國的繼承人，跪在被我殺害的女性屍體旁，我能怎麼做？一旦報警，我就完蛋了——絕對要蹲牢裡，說不定要面對絞架。兩條人命就被一時的瘋狂摧毀了！要是把她丟在原處，無法保證我能順利脫身。會不會有人看到我進屋？我可無法確定。因此我踏上第三條路。我要把屍體藏起來，隱瞞罪行。洛克伍德先生，我幾乎花了二十四個小時，替我親愛的安妮打造了臨時墓穴。那二十四個小時在這五十年間如影隨形。我得要找到適當的隱藏處，敲破那面牆，把材料運進屋裡掩蓋那個洞——全都不能被人看到。我每分每秒都恐懼著被人發現，每分每秒都在屍體旁拚命勞動……」老人閉上眼，顫抖著吸了口氣。「嗯，我完成了任務，從此之後背負著那段回憶過活。然而我費盡心力——眞是諷刺——竟然忘記了那個墜子！我完全沒有想到它，它溜出我的腦海。過了幾個禮拜，我才想起它的存在，意識到它有一天可能會……帶來麻煩。確實是如此。看到你們的報導，我猜你們已經找到它了，不斷思考要如何解決這個麻煩。經過旁敲側擊，發現警方對此一無所知，這給了我一絲希望。我把焦點轉到你們身上，先試著偷走它。葛瑞比失敗後，我不得不動用更激進的手段，確保你們不會聲張。」他嘆了口氣，銀牙間吹出尖銳氣音。「康比柯瑞大宅的鬼魂也辜負了我的期待，現在我只能親手解決你們了。不過在我動手前，還有最後一個簡單的問題——你們把我的墜子放在哪裡？」

沒有人開口。我用心中的耳朵傾聽，屋裡一片寂靜。訪客都消失了。我們只剩眼前活生生的敵人——殺人凶手、他的隨從，還有一把槍。

「別讓我等太久。」費爾法冷靜極了，殺害我們的意圖看來完全沒有影響他的心情。洛克伍德看起來和他一樣神色自若，說不定更加放鬆。「感謝你透露的內情，非常具有啓發性，也非常有用，幫我們浪費了一點時間。抱歉，我剛才忘記提到再過不久就會有客人上門。一抵達此處，我馬上請司機送信給靈異局的伯恩斯督察。我給了他足夠的資訊，相信能激起他的興趣，請他在天亮時來這裡與我們會合。」

喬治和我瞪著他。我想到那個信封、那個計程車司機、洛克伍德遞出去的鈔票……

「他應該很快就到了。」洛克伍德漫不經心地繼續說著。他往後一靠，雙手往斜上方伸展。「換句話說，費爾法，你沒戲唱了。我們就休息一下吧。要不要請葛瑞比幫大家泡茶？」

老人的面容讓人不敢逼視，憎恨、恐懼、難以置信如同一波波浪潮般捲過，他愣了好一會。最後表情恢復清明。「你在吹牛。」他說：「就算不是又怎樣？等其他人來到這裡，你們已經在和訪客搏鬥的途中悲慘喪命，一個接著一個跳進鬧鬼的井底。我會無比慌亂。伯恩斯找不到半點證據。我就問最後一次，墜子在哪？」

沒有人開口。

「派西，對那個女孩開槍。」費爾法下令。

「等等！」洛克伍德和喬治一起跳起。

「好啦！」我大叫。「別這樣！我這就告訴你。」

眾人看著我站起來。費爾法上身前傾。「很好。我就知道妳會第一個屈服。好啦……小妞，妳把墜子藏在哪裡？哪個房間？」

「露西——」洛克伍德開口。

「喔，它不在波特蘭街。我把它帶來這裡了。」

我注視著老人的臉，看到他的雙眼喜悅地瞇起，嘴唇勾起竊喜的隱約笑容。還有他的表情，在一瞬間裂了一縫，像是一扇骯髒的窗戶般讓我看見他最真實、最深沉的本質。那是他平時隱藏在浮誇虛僞的工業鉅子外殼下的事物，甚至比那番不帶感情的漫長懺悔藏得還要深。這一晚我在康比柯瑞大宅已經見識夠多了，可是那道蒼老嘴唇勾起的興奮微笑？喔，這是殺人凶手對自己的愛，是最讓人反胃的玩意兒。眞想知道多年來，有多少人成了他的手下亡魂，他又是如何處理得一乾二淨。

「那就拿出來吧。」他說。

「沒問題。」我以眼角餘光看到洛克伍德盯著我，想方設法吸引我的注意。我沒有對上他的視線。沒有必要。我已經下定決心了。我知道自己要怎麼做。

我反手從後頸拉出繫繩，銀玻璃匣子從領口冒出時，我似乎看見一抹蒼白的火焰在匣子裡閃爍，不過圖書室燈光明亮，或許是我看錯了。我一手捧著匣子，拔開匣栓。

「喂，那是銀玻璃……」葛瑞比突然開口。「爲什麼要把墜子收在裡面。」

我掀開蓋子，把項鍊倒在我掌心，同時聽見喬治倒抽一口氣。費爾法也說了些話，但我沒有理他。我專心捕捉另一道聲響——正從遠處迅速接近。

墜子冰冷刺骨，冷到掌心幾乎被凍傷。「來，請自便。」我說。

說完，我伸長手臂，別開臉。

年輕時的費爾法困在牆上那張照片裡，雙腿打開，流露出英勇氣質，若有所思地凝視陳腐的骷髏頭。蒼老的費爾法坐在圖書室裡，愕然凝視我手中的墜子。

氣流掃過我的側臉，把我的頭髮往後吹起。椅腳在地毯上擦出尖銳的聲響，桌子移動。房裡所有的書本狠狠撞向書架背板，敲出轟然巨響。派西．葛瑞比正要拿他的槍做什麼，卻被吹得往後倒下，用力撞上書櫃，癱倒在地。洛克伍德的椅子撞上喬治的椅子，他們兩人都被從我手中湧出的勁力壓在椅子上。

圖書室裡所有的燈泡一齊熄滅。

不過屋裡沒有陷入黑暗。在我眼中，圖書室變得更加明亮，因爲那名女子來了。她穿著那件印上橘色花朵的漂亮夏季連身裙，站在我和費爾法之間，異界光芒如同流水般從她身上溢出，光流洶湧，沖過椅子和地毯，在閱讀桌之間飛濺，形成明亮冰冷的潮流。

「我好冷。」一道聲音響起。「好冷好冷。」

空洞的敲打聲傳入我腦中，就是我在席恩路那一夜聽到的細微聲響，彷彿是指甲抓過石膏板，或是釘子咚咚刺入木頭。和心跳一樣規律。除此之外房裡一片死寂。鬼魂女子的視線與我交會一瞬，接著她轉頭面對椅子上的老人。

費爾法感應到了，但他無法看清她。他瘋狂地東張西望，手指往桌上亂抓，找到護目鏡，按在眼前。他隔著護目鏡往前看，皺起眉頭，臉龐突然變得呆滯，全身肌肉僵硬。

鬼魂女子飄向他，光芒從她的髮梢飄落。

護目鏡從費爾法手中滑下，歪歪地掛在他的鼻梁上，接著掉了下來。他眼中滿是倉皇和無邊恐懼。如同守禮的紳士見到女士進入房間時的反應一樣，他緩緩地、搖搖晃晃地起身。站在桌前等待。

女子展開雙臂。

或許費爾法想要移動。或許他想抵擋。可是他受到鬼魂禁錮的束縛，右手輕輕抽搐，無助地懸在腰帶上。

一旁的洛克伍德掙脫鬼氣影響，拉扯喬治的手臂，把他拖到椅子後面，避開鬼魂的攻勢。一縷縷異界光芒宛如粗大的手指，從四面八方逼向費爾法。女子終於觸碰到他，鬼氣在鐵裝甲上嘶嘶啵啵作響。女子的身形微微一晃，但她沒有消失。她凝視老人的雙眼。他張開嘴，似乎要說些什麼……她把他扣在身前，將他扯入冰冷的懷抱。

費爾法只發出一聲空洞的慘叫。

異界光芒消失了。

房裡一片黑暗。我傾斜手掌，墜子落地，摔成碎片。

「快！喬治——抓住葛瑞比！」洛克伍德大喊。只能依稀看見司機踉蹌衝過房間，在家具間跌跌撞撞，往主廳逃竄。洛克伍德從壁爐旁抓起撥火鉗，追了上去。喬治也加入追逐，往葛瑞比的後腦勺丟了一顆抱枕。葛瑞比低頭閃過，他的輪廓在主廳拱門邊隱約可見。他轉過身，火花一閃，砰，一顆子彈從我們之間射入黑暗。

洛克伍德和喬治追到拱門，腳步稍停，又繼續追上。突然間，叫嚷聲和碰撞聲傳來，幾道人聲揚起，不顧疼痛的手掌，我也踉蹌著趕到主廳——沒想到會目睹司機癱坐在地，洛克伍德的撥火鉗指著他的喉嚨，正門敞開，伯恩斯督察和一群神色肅穆的調查員擁入大宅。

Lockwood & Co.

第五部

之後

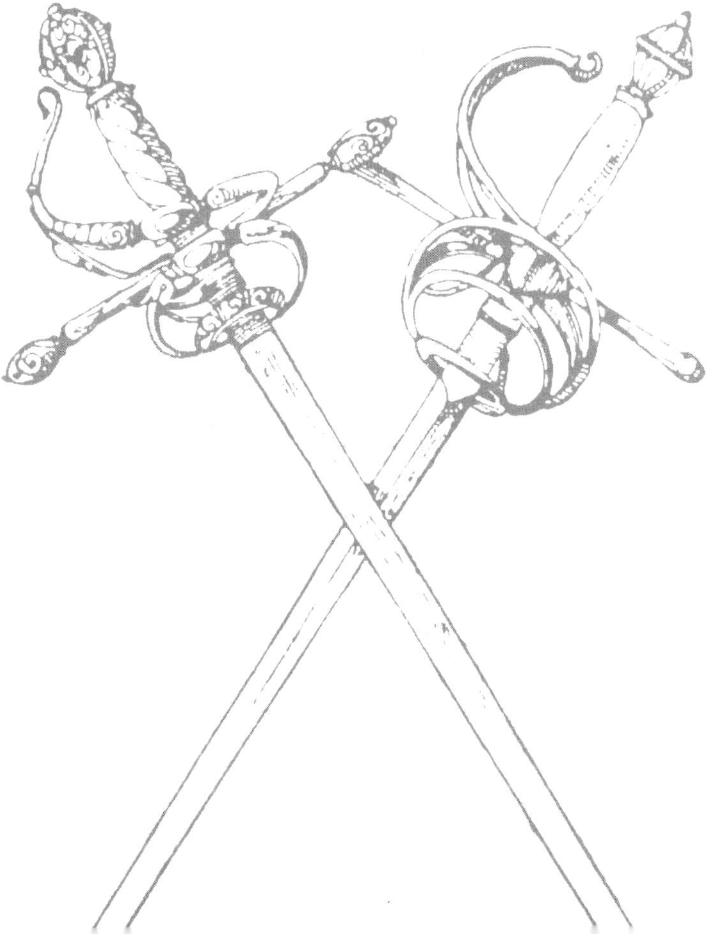

25

不知道洛克伍德在送給伯恩斯督察的信中寫了什麼，總之達到了他期待的效果。前一天傍晚，計程車司機把信封送達蘇格蘭警場；到了半夜，伯恩斯已經召集了兩車靈異局的職員和調查員，前往柏克郡。他們在凌晨三點出頭抵達康比柯瑞村，車子在四點開到柵門前。開門時遭遇了不小的阻礙（伯特．史塔金以爲他們是從他的包心菜田冒出來的幽靈，從小屋窗內射出一大堆鐵粉子彈），導致他們停在大宅門外時已將近五點。即便如此，他們還是比洛克伍德要求的提早整整兩個小時到場，剛好擋住派西．葛瑞比的去路。

可惜他們來不及救我，沒有爲我趕上。

不是鬼魂觸碰之類的傷害，但我離安妮．瓦德最後的顯現太近，使得我極度暈沉。酷寒陷入我的骨頭，還有我捧著墜子的右掌心凍傷了一塊。這一夜我們已在大宅裡承受過種種折磨，再加上這次打擊，我能站著已經不錯了。靈異局剛抵達時的混亂場面在我腦中只剩一團模糊的畫面。

不過在那之後狀況漸漸好轉。費茲偵探社的急救人員替我打了一針腎上腺素，幫我提振精神。他的同伴幫我包紮凍傷的手。一名靈異局職員人很好，盡全力幫我泡了杯好茶。就連伯恩斯四處吆喝命令途中，也在我休息的沙發旁停下腳步，拍拍我的肩膀，問我狀況如何。我很好，多謝關心，能把主導權交給別人眞是太好了。

當然了，情勢並不會因爲我退到場邊而不再運作。還有很多事情要忙。首先就是司機派西．葛瑞比，他遭到拘捕。他沒有看見費爾法死前的慘況，但感應到的鬼氣足以讓他陷入恐慌，讓他打開話匣子。被人從地上拎起來時，他開始滔滔不絕地訴說他所知的內情。

接下來是那群全副武裝的調查員，他們帶上長劍、燃燒彈、鹽彈，四處揮舞砲管似的手電筒，朝大宅各處慢慢挺進。關鍵字是「慢慢」。他們大多是費茲偵探社的一線人員，其中混了幾名譚迪和葛林堡的人馬，全都萬分戒備，每走一步就感測超自然力量的存在。康比柯瑞的惡名沉甸甸地壓在他們心頭，在門邊戒備的年長監督員也一樣。洛克伍德和喬治開開心心地站在一旁，看著他們清場、來來回回地傳令，對每一道磨擦聲、每一片陰影大驚小怪。

他們的第一站當然是圖書室，迴旋的手電筒光圈照亮費爾法的屍體。他趴在房間中央的地毯上，雙眼瞪得老大，像是祈求似地展開雙臂。急救人員準備好了腎上腺素的針管，但一眼就知道不必浪費資源。已經太遲了。費爾法遭到第一級的鬼魂觸碰，全身浮腫發青，早已斷了氣。調查員在墜子落地處和房間各處仔細探查，沒有測到半點殘留的超自然力量。安妮．瓦德的鬼魂已經隨著殺害她的凶手一起消逝。

接著，在伯恩斯的命令下，調查員散到大宅各處，從東翼找出費爾法的僕役，到西翼確認我們的說詞有幾分眞實。洛克伍德和喬治跟著他們來到紅色房間門外，房門深鎖。聽了洛克伍德的建議，從費爾法的口袋裡找到鑰匙。衝鋒小隊戰戰兢兢地踏進房裡，發現裡頭空空如也，安靜又冰冷。

喬治可樂了——聽候伯恩斯差遣的人員之一就是我們的老朋友奎爾．奇普斯，還有他的跟班金髮女孩與頂著蓬鬆亂髮的男孩。喬治樂呵呵地近距離看伯恩斯對他們下令，不時插嘴給建議。

「穿過密道就是那道知名的階梯。」他說：「我認爲我們已經清除掉那些尖叫的陰影，不過或許可以請奇普斯去探探。樓梯底下是那口古井，修士就是在那裡遭到屠殺。或許他的團隊也可以下去看一眼。不行嗎？他們看起來不太情願。好吧，如果那個太可怕的話，他們應該可以應付一樓廁所裡面的灰霧。」

剩餘的危機很快就解除了。第一道曙光穿透長廊的窗戶，把地板染成溫暖的金黃色。

□

依循傳統，伯恩斯督察就連不情願地恭喜我們成功破案時也是臭著一張臉。他在半亮半暗的圖書室裡，鬍鬚像鬃毛似地往外散開，痛斥洛克伍德把墜子的事情瞞了他那麼久。

「我有權以隱瞞情報起訴你。」他咆哮。「或是從犯罪現場竊取證物。或是無謀地拿你自己還有這兩個跟著你團團轉的蠢蛋性命開玩笑。光是來到這裡，你就等於是故意把自己交到殺人凶手手中！」

「只是殺人嫌犯。」洛克伍德說：「當時我還沒解開墜子裡頭的密碼。」

伯恩斯翻翻白眼，用力哼了聲，鬍鬚被氣流沖得高高飛起。「好啊，殺人嫌犯！並沒有比較好聽！我還注意到你沒想過要讓庫賓斯或卡萊爾小姐參與決策。」

我確實也對這件事耿耿於懷。

洛克伍德深吸一口氣。他總算意識到得要好好向喬治和我，還有伯恩斯解釋一切。「我別無選擇，得接受費爾法的邀請。這是償還債務的唯一手段。至於我們面對的危險，我對我們團隊的能力相當有信心。露西和喬治是全倫敦最優秀的調查員，你也可以從我們的成果看出這點。我們消滅了龐大的群聚訪客，制服果斷殘忍的敵人。全都是在沒有成年監督員的陪同下完成，伯恩斯先生。」他露出最燦爛、最耀眼的笑容。

伯恩斯皺皺臉。「收好你的牙齒。天才剛亮，我還沒吃早餐……喂！奇普斯！」奎爾．奇普斯抱著三個巨大的透明塑膠箱，舉步維艱地從我們身旁走過。其中兩箱裝滿費爾法的劇場紀錄剪貼簿，現在成了靈異局的調查證據；第三個箱子裝了一套鎖子甲，摺得整整齊齊，還有兩頂造型詭異的頭盔。「第二套鎖子甲在哪？」伯恩斯發問。

「還在屍體上。」奇普斯答道。

「好，我們得在他腫得更嚴重前從他身上剝下來，可以請你現在跑一趟嗎？」

「別再磨蹭啦。」喬治高喊：「快動手！」

「對了，我突然想到。」等奇普斯離開，伯恩斯皺起眉頭。「那些頭盔，是費爾法帶來的玩意兒？」

「是的，伯恩斯先生。」洛克伍德語氣天真無邪。「我們也很納悶那是什麼。」

「你可以繼續納悶下去，因爲我要扣押它們。現在它們歸靈異局管了。」督察遲疑幾秒，嘴邊的鬍鬚抽動。「費爾法有沒有……對你們提起這些怪東西？」他突然發問：「或是他喜歡在這裡搞什麼鬼？」

洛克伍德搖搖頭。「伯恩斯先生，我想他光是要除掉我們就忙不過來了。」

「這也不能怪他。」伯恩斯以銳利的視線打量我們。「對了，其中一頂頭盔似乎少了護目鏡，有印象它掉到哪裡去了嗎？」

「沒有，先生。說不定一開始就沒有。」

「或許吧……」伯恩斯帶著探尋的眼神狠狠掃過我們，轉身去打點送我們回倫敦的相關事宜。我們在原處等待，癱在圖書室椅子上倒成一團。我們沒有說話。有人又替我們送了一杯熱茶。我們默默看著日光照遍田野。

□

幾個禮拜後，清理靈異地點的專家再次進入康比柯瑞大宅，發現屋裡的超自然力量大幅減弱。參考過我們的報告後，他們的首要任務是挖開那口井。在深深的井底，他們找到七名成年男性的陳年枯骨，原本是被繩子綁在一起，現在混得不分你我，還沾上大量銀鐵碎片。遺體運出大宅後送去銷毀。之後，正如洛克伍德所料，大宅其餘部分的靈擾也隨之瓦解。在主廳石地板下和某間臥室的老舊衣櫃裡找到幾處次等源頭，不過在修士的遺骸消失後，依附在外圍的第一型鬼魂也消失得一乾二淨。

洛克伍德想方設法，希望能參與大宅的最終清理任務，然而我們的提案被那處產業的新主人否決。他們是費爾法的姪子和姪女，現在公司由他們接管。他們不喜歡那棟大宅，在確認屋裡安全無虞後馬上就賣掉了。隔年它成了小學校舍。

費爾法沒有直系繼承人，他終身未婚，也沒有親生子女。或許安娜貝爾．瓦德真的是他畢生摯愛。

墜子的殘骸被伯恩斯的手下掃起來，裝進特製的銀玻璃罐子。無論鬼魂的靈魂還纏在上頭，或是如我個人認為的早已離去，我都不知道，因為我再也沒有看到它。

失蹤的費茲調查員的屍體也在那一晚由他現在的同行帶出來，離開那口古井。過了一陣子，洛克伍德收到偵探社老闆潘妮洛．費茲的親筆信函，她是傳說中的偵探社創辦人梅莉莎．費茲的直系後代。她在信中恭賀我們的成就，感謝我們找到她孩提時代的朋友兼同事的屍體。他名叫山姆．麥卡西。根據紀錄，他過世時才十二歲。

26

康比柯瑞驚魂

「紅色房間」的血腥顫慄　尖叫的階梯揭密　Ａ．Ｊ．洛克伍德的專訪詳見內頁版面

近日，康比柯瑞大宅的一連串事件及其屋主——知名工業家約翰．威廉．費爾法的猝逝引發各界揣測。在今日的《泰晤士報》，將由其中主角之一，洛克伍德偵探社的安東尼．洛克伍德先生向各位揭露那一夜的駭人真相。

洛克伍德先生接受本社的獨家專訪，描述他的團隊在大宅撞見可怕的第二型訪客群聚，發現祕密通道，以及埋藏在大宅深處的「死亡之井」。

他也向本社記者說明在與鬼魂展開最後對峙時，費爾法先生遭到鬼魂觸碰，死於心臟病發的來龍去脈。「他違背我們的忠告，進入那側房間。」洛克伍德先生說：「他非常有膽識，我相信他想親眼目睹訪客的真面目，然而調查員以外的人員進入鬼魂活動的區域是非常危險的。」

洛克伍德先生也坦然說起安娜貝爾．瓦德謀殺案的最新發展。「我們找到最新的證據，證實原本的嫌犯雨果．布雷克先生與本案完全無關。儘管殺害她的凶手身分仍舊是

未解之謎，我們很榮幸能挽救這名無辜人士的聲譽。敝社樂於提供這方面的服務。」

洛克伍德訪談全文：見四至五版

約翰・費爾法的訃聞與謝啓：見五十六版

當代最有前景的靈異偵探社列表：見八十三版

□

回到倫敦後，過了一個禮拜，等吃飽睡足，體力完全恢復，我們在波特蘭街三十五號辦了一場派對。規模不大——其實就我們三個——但這並不影響洛克伍德偵探社大肆採購的雄心壯志。喬治從轉角的小店訂了一大份綜合口味甜甜圈。我買了一些縐紋紙彩帶，掛在廚房各處。洛克伍德從騎士橋區提回兩個巨大的柳枝籃子，裡頭裝滿香腸捲、果凍、派餅、蛋糕、可樂、薑汁汽水等奢華點心。大餐上桌，淹沒了每一個廚房檯面，我們坐擁各式美食。

「敬康比柯瑞大宅！」洛克伍德舉杯。「敬它帶給我們的成就！我們今天接了一個新案子。」

「很好啊。」喬治說：「希望別再是那個和貓沒完沒了的老太太。」

「不是。是切爾西女子學院。他們提報在宿舍區出現幻影，沒有四肢的男人以鮮血淋漓的軀幹在浴室地板上爬行。」

我拿了個香腸捲。「聽起來潛力無窮。」

「是啊，我也很期待。」洛克伍德拿了一大片鮮肉派。「最新的《泰晤士報》專訪還眞有用，我們總算得到應有的曝光率了。」

喬治點點頭。「因爲我們沒有把康比柯瑞大宅燒掉。不過呢，仔細想想，我們倒是殺了我們的客戶。總有進步的空間嘛。」

洛克伍德替大家倒滿飲料，我們愉快地安靜享用。

「眞是遺憾。」過了一會我又開口。「伯恩斯要你隱瞞費爾法的事情。他以前幹過的好事應該要攤在太陽下給大家看。」

「這點我當然是百分之百認同。」洛克伍德說：「但我們面對的是相當強大的家族，更是全英國數一數二的大公司。要是他們的領導人身爲凶手兼惡棍的眞相被爆出來，後果肯定不堪設想。靈擾一天比一天嚴重，靈異局可不樂見那種狀況。」

我放下叉子。「不堪設想又怎樣？這種假話怎麼算是伸張正義？不會有人知道費爾法的眞面目，或是安妮．瓦德，或是——」

「露西，多虧了妳，安妮．瓦德的鬼魂總算得償所願。」洛克伍德打斷我。「妳已經替她討回公道了。無論從哪個角度來看，這都是最棒的結果。安妮．瓦德找到殺害她的凶手，費爾法遭到懲罰，伯恩斯也能粉飾太平……而且伯恩斯想讓我們閉嘴，隱瞞眞正案情，他就得要放我接受

《泰晤士報》採訪，分享其他刺激的細節。我們拿到了免費的廣告機會。賓果。皆大歡喜。」

「除了費爾法。」喬治說。

「喔對。除了他。」

「不知道靈異局還隱瞞了什麼？」我說：「你們有沒有看到他們馬上就衝進大宅，開始搜走各種證物？感覺比起費爾法的罪行，他們對他的護具和頭盔更感興趣。那頂頭盔眞的有夠怪……我還滿想多看幾眼。」

洛克伍德惋惜地笑了笑。「這可不太容易。它已經收進蘇格蘭警場的地下室庫房，妳再也看不到那些玩意兒了。」

「幸好我摸走了這副護目鏡。」喬治取下掛在他椅背上的厚重玻璃眼鏡。「這東西很不尋常，就我看來沒有半點效果。只是有點模糊，擾亂你的視力……上面還有個奇怪的小記號——就在這裡。露西，妳認爲這是什麼？」

他把護目鏡遞過來，比我想像的還要重，摸起來好冷。我瞇眼細看，只能在左邊鏡片的內側邊緣看到小小的印記……「有點像是變形的豎琴。就是希臘人用的，有雙邊彎弧那種。你看，可以看到三條琴弦……」

「對。可以確定這不是費爾法公司的商標。」喬治把護目鏡丟到桌上，落在果凍旁邊。「我想我只能繼續做實驗了。」

「就交給你啦！」洛克伍德說完，我們再次乾杯。

「薑汁汽水快喝完了。」喬治突然開口。「甜甜圈也該補貨啦。這項重要的任務可以託付給我。」他跳了起來，打開通往地下室的門，鑽了進去。

洛克伍德和我面對面坐著，我們迎上對方的視線，笑了笑，別開臉。突然間氣氛變得有些尷尬，像是回到了我們剛認識那陣子。

「露西，聽好，有件事情我一直想問妳。」

「好啊，問吧。」

「回到圖書室，葛瑞比要開槍射妳那時候……妳掏出項鍊，故意放那個鬼魂出來，對不對？」

「沒錯。」

「妳救了我們一命，顯然這是很好的決定。妳這次做得很好。只是我在想……」他盯著桌上的三明治看了好一會。「妳怎麼知道它不會攻擊我們？」

「我不知道。反正費爾法是鐵了心要對我們下手，這值得冒險一試。」

「好吧……所以只是碰運氣。」他遲疑一下。「所以鬼魂沒有對妳說話？」

「沒有。」

「她沒有叫妳把墜子拿出來？」

「沒有。」

「在火災那一夜，她真的沒有要妳把墜子從她身上拿下來？」

「沒有！」我對他露出我的招牌譏諷笑容。「洛克伍德……你是在指控我遭到那個鬼魂控制？」

「並不是。只是有時候我不太懂妳。在圖書室那時，妳捧著那條項鍊，看起來一點都不害怕。」

我嘆了口氣。老實說從那一刻開始，我也一直掛記著這件事。「說眞的，不難猜出那個鬼魂的目標是費爾法，這是可以預料的發展。可是你說得對。我很確定她不會再攻擊我們。不過她沒有告訴我。我算是感應到她的意圖。我的天賦有時候會產生這種效應。不只是讀出過去的情緒，同時也隱約感受到鬼魂現在的想法。」

洛克伍德皺眉。「之前有一、兩次，我注意到妳似乎知道與我們對峙的訪客的一些微妙特質。比如先前柳樹下的鬼魂。妳說他在悼念逝去的摯愛……還是妳聽到他這麼說？」

「沒有，他完全沒有說話。我只是感覺到。說不定我搞錯了。很難判斷什麼時候能相信這些感受，什麼時候又不行。」我拎起一顆巧克力太妃糖，把玩一會又放回去。我突然下定決心。「洛克伍德，問題在於我不一定每次都能猜對。之前我犯過大錯。我還沒有說過來倫敦前最後一趟任務出了什麼事。我感應到那個鬼魂不對勁，可是我不信任自己的直覺，而我的監督員也沒有聽我的想法。那是變形鬼，把我們都騙過了。可是我幾乎就看破它的偽裝。要是我聽從深層的直覺，說不定能及時帶大家離開……」我垂眼盯著桌布。「結果我沒有行動。死了好多人。」

「聽起來應該是妳的監督員的錯，和妳沒有關係。」洛克伍德說：「聽好，小露，妳在康比柯瑞順從直覺行動，因此救了我們一命。」他對我微笑。「我信任妳的天賦及妳的判斷，很榮幸能得到妳這個優秀的員工。好啦，別再為了過去的事情擔心個沒完！過去屬於鬼魂。我們都做過讓自己後悔莫及的事情，重點在於未來——對吧，喬治？」

喬治踢開門，雙手抱著一箱薑汁汽水。「玩得開心嗎？你們怎麼都沒在吃？還有一堆好菜等著我們解決……混帳，我忘記甜甜圈了。」

我迅速起身。「別擔心，我去拿。」

□

地下室氣溫低了一些，所以我們把食品都收在這裡。離開溫暖的廚房，我打了個哆嗦，熱辣辣的臉頰微微刺痛。我咚咚走下鐵階梯，聽另外兩人的聲音穿透天花板。能和洛克伍德聊聊讓我心情輕鬆多了，不過我也樂得能找到藉口溜走。想起過去、想起我與鬼魂的聯繫不是件容易的事。我沒有對他撒謊。那個女生並沒有給我任何指示——至少不是在意識的層面上。潛意識的交流？說真的我也搞不清楚。但在這個特別的夜晚，我不覺得有什麼好困擾的。今晚我們要好好放鬆；今晚我們要肆意享樂。

甜甜圈放在最冷的保險庫裡，我先前把托盤放在門邊的架子上，伸手就拿得到。我連燈都懶得開，直接鑽了進去，卻被一大盒鮮蝦雞尾酒盅口味的洋芋片絆倒——喬治好心把這個垃圾丟在地板正中央。我失了平衡，往前摔向架子，先撞倒了什麼堅硬的東西，接著倒在什麼柔軟的東西上。

用膝蓋也猜得到我壓在什麼上面。那堆甜甜圈。好吧，可以給洛克伍德吃。

我爬起來，拍掉裙子上的糖粉，往黑暗中摸索托盤的位置。

「露西……」

我僵住了。門板咻地關上，除了四道細細的黃光，房裡一片漆黑。

「露西……」

低沉的嗓音，直接在我耳邊響起。遙遠又接近。你懂的。

我手邊沒有長劍，沒有工作腰帶。沒有任何招架之力。

我盲目地反手往後面摸索門把。

「我一直看著妳……」

找到門把了；稍微拉開，不要開太大。時機還不到。那四道黃光把黑暗穿刺成一大片灰網。就在我面前，在甜甜圈上一層的架子，蓋著圓點手帕的圓柱體。

「是的……」低語繼續傳來。「來吧……就是這樣。」

我伸出手，掀開手帕。今天拘魂罐裡的鬼氣亮著白綠微光，那張恐怖臉龐完整顯現，精準地疊在骷髏頭上，我幾乎看不見骨頭在哪。鼻梁修長，眼窩空洞，嘴巴咧起邪惡的笑意，光點在眼窩中央閃爍。

「好長一段時間。」鬼魂說：「我一直在呼喚妳。」

我盯著它看。

「沒錯……小姑娘。靠近一點，我們來聊聊。」

「門都沒有。」我凝視著銀玻璃材質的罐子，鬼魂被困在裡面。剛才跌倒的時候我把它撞倒，不過罐子沒破，玻璃完整平滑。所以到底是哪裡出了差錯？

「喔，別這麼冷淡嘛。」那張臉露出受傷的表情。「妳和其他人不一樣。妳很清楚。」

我彎腰湊近，打量蓋子上的塑膠封印。沒錯，被我撞到的地方，其中一個黃色安全栓歪掉了，往旁邊轉開，露出一點我沒見過的鐵質細網。

「妳不像那個洛克伍德一樣冷酷，也不像庫賓斯那樣卑鄙低劣。」鬼魂繼續說：「喔，他對我做的那些好事，那些酷刑！有一次——妳不會相信的——他把我放進浴缸，然後——」

我往黃色安全栓伸手。罐子裡那張嘴連忙開合。「不，等等——！妳不是眞心想這麼做的。妳不會吃虧的。對妳說，我可以告訴妳很多事情。很重要的事情。像是這個：死亡即將降臨。」

那張嘴幾乎咧到耳朵去了。「好啦，妳有什麼感想？」

「再見。」我的手伸向塑膠栓塞。

「這不是針對妳！」鬼魂大喊：「死亡即將降臨在每一個人身上。爲什麼？因爲一切都顚倒了。死者復活，生者赴死，不變的事物改變了。露西，無論你們怎麼努力都沒用，你們無法扭轉大勢——」

或許不行，但我絕對可以轉上栓塞。

我這麼做了。聲音戛然而止。我凝視罐子裡的人臉，它的嘴動個不停。整張臉搖搖晃晃，細小的泡泡在鬼氣周圍打轉。

不。今晚是我們的慶功宴。我不會讓罐子裡的愚蠢鬼魂毀了我的好心情。

我把圓點手帕蓋回罐子上，端起托盤，打開門，離開保險庫。我橫越地下室，緩緩爬上螺旋梯。

走到半途，我聽見洛克伍德在廚房裡狂笑。喬治在說話。他正說起某件往事。

「……這時我發現他什麼都沒穿！想像一下！永遠沒褲子穿！」

洛克伍德又笑了起來。我是說眞正的笑。他肯定正在仰頭大笑。

突然間，我好想回到廚房，和他們共享那個笑話。我加快步伐，端著一盤稍微被壓扁的甜甜圈，離開黑暗，走向溫暖明亮的房間。

《洛克伍德靈異偵探社1　尖叫的階梯》完

《洛克伍德靈異偵探社2》即將出版

Lockwood & Co.

名詞表

*代表第一型鬼魂、**代表第二型鬼魂

Agency, Psychical Investigation 靈異事件調查事務所

專門調查鬼魂造成的污染、損害的行業。倫敦市內有十多間事務所，最大的兩間（費茲和羅特威爾）旗下有數百名調查員；最小的（洛克伍德）則只有三名員工。事務所大多由成年監督員負責營運，但調查的重責大任幾乎都落在擁有強大超自然天賦的少年孩童肩上。

Apparition 幻影

鬼魂顯現的形體。幻影通常會模仿死者的外貌，不過也有是動物或物體的案例。有的幻影可能是極罕見的形貌。最近的萊姆豪斯碼頭一案中，惡靈變成發出綠光的眼鏡王蛇，惡名昭彰的貝爾街恐怖事件的鬼魂則是以拼布娃娃的外形現身。無論強弱，大部分的鬼魂不會（或是無法）改變外表。唯一的例外是變形鬼。

Aura 靈光

許多幻影周圍會散發出光芒或氣息。靈光大多相當微弱，以眼角餘光看得最清楚。強烈明亮的靈光稱爲異界光芒。少數幾種鬼魂，像是黑暗惡靈散發的黑色靈光，比它們周遭的夜色還黑暗。

Changer** 變形鬼**

罕見而危險的第二型鬼魂，力量強大到能夠在顯現後改變外表。

Chill 惡寒

鬼魂在近處時，氣溫驟降的現象。這是即將顯現的四種徵兆之

一，另外三種是無力、瘴氣、潛行恐懼。惡寒可能會擴散得很廣，也可能集中在某些特定的「冰點」。

Cluster　群聚
一群鬼魂占據一個小區域

Cold Maiden*　冰魔女*
朦朧灰暗的女性形體，通常穿著老式連身裙，從遠處看不太清楚。冰魔女會散發出強大的悲傷與無力，但極少接近生者。

Creeping fear　潛行恐懼
一種無法說明的恐慌，通常會在鬼魂逐漸顯現時體驗到，會伴隨惡寒、瘴氣、無力出現。

Curfew　宵禁
英國政府爲了對付靈擾爆發，在幾個人口眾多的地區強制設立宵禁。在宵禁期間（從太陽剛下山到黎明），普通人得盡量待在屋內，受房屋障蔽保護。許多城鎮以警鐘來提示宵禁開始與結束。

Dark Spectre　黑暗惡靈****
恐怖的第二型鬼魂之一，形成一片會移動的黑暗。有時稍微看得見那片黑暗的中央幻影，有時那片黑影沒有形體，帶著流動感，可能會縮小成跳動心臟的尺寸，或是迅速擴張、吞噬整個房間。

Death-glow　死亡光輝
死亡地點殘留的能量。死得越悽慘，光芒就越旺盛。強大的能量可存留好幾年。

Defences against ghost　對抗鬼魂的障蔽

三個主要的防禦措施依照效用強弱來排序，分別是銀、鐵、鹽。薰衣草也能提供些許保護，亮光和流動的水亦同。

DEPRAC　靈異局

靈異現象研究與控制局（The Department of Psychical Research and Control）的簡寫。這個政府機關致力於與靈擾爆發有關的事務，調查鬼魂的本質，尋求摧毀最危險的鬼魂的方式，並監控那些互相競爭的事務所。

Ectoplasm　靈氣

構成鬼魂的奇異物質，極不穩定。高濃度靈氣對生者極度危險。

Fittes Manual　《費茲教戰守則》

英國第一間靈異事件調查事務所創辦人梅莉莎．費茲撰寫的名作，是鬼魂獵人的教學手冊。

Ghost　鬼魂

死者的亡魂。從古至今，鬼魂一直存在，但是受某些不明原因的影響，它們越來越普遍。鬼魂分成許多型態，大致有三種類型，詳見「Type One　第一型」、「Type Two　第二型」、「Type Three 第三型」。鬼魂總是盤據在源頭附近，那裡通常是它們死去的地點。鬼魂在天黑後力量最強，特別是子夜到凌晨兩點之間。大部分的鬼魂不會留意生者的存在，或是不感興趣。少數鬼魂極具敵意。

Ghost-fog　鬼魂霧氣

帶著綠色光澤的蒼白薄霧，有時會伴隨著顯現冒出。可能是由靈氣構成，冰冷、讓人不舒服，不過本身並沒有危險性。

Ghost-jar　拘魂罐

以銀玻璃製作，用來禁錮源頭的容器。

Ghost-lamp　驅鬼街燈

射出明亮白光的電力街燈，可以驅趕鬼魂。大部分的驅鬼街燈都加裝了遮罩，會整夜定時開啓與關閉。

Ghost-lock　鬼魂禁錮

第二型鬼魂展現的危險力量，可能是無力的延伸。受害者的意識會慢慢消退，被龐大的絕望擊倒。他們的肌肉變得無比沉重，再也無法自由思考移動。大部分的案例中，他們只能僵在原地，無助地等待飢餓的鬼魂接近……

Ghost-touch　鬼魂觸碰

與幻影直接接觸，這是具攻擊性鬼魂最致命的力量。一開始是尖銳龐大的寒意，冰冷的麻痺感會傳遍全身。人體器官一一衰竭；肉體很快就會發紫腫脹。患者若未即刻接受治療，性命難保。

Gibbering Mist*　訕笑霧氣*

沒有形體的脆弱第一型鬼魂，不斷重複的瘋狂笑聲引人注意，那聲響聽起來總像是從你背後傳來。

Grey Haze*　灰霧

沒有影響力，甚至可說是乏味的鬼魂，典型的第一型。灰霧似乎缺乏凝聚成幻影的力量，只能呈現一團團閃耀微光的霧氣。可能是因爲它們的靈氣很稀薄，即使人類從中間走過，灰霧也不會造成鬼魂觸碰的傷害。主要影響是散播惡寒、瘴氣、不安。

Haunting　鬧鬼
詳見「Manifestation　顯現」。

Iron　鐵
抵擋各種鬼魂的重要障蔽，歷史悠久。一般人會以鐵製飾品保護家園，並隨身攜帶鐵製護符。調查員會攜帶鐵製細刃長劍和鐵鍊，作爲攻擊與防禦的道具。

Lavender　薰衣草
人們相信這種植物的濃郁甜香可以驅趕邪靈。因此，不少人佩戴乾燥的薰衣草束，或是將之燒出刺鼻的煙霧。調查員有時會攜帶薰衣草花水，用來對付脆弱的第一型鬼魂。

Listening　聽覺
三種超自然天賦中的一種。有這項能力的靈感者能夠聽見死者的聲音、過去事件的回音、其他與鬧鬼有關的超自然聲音。

Lurker*　潛行者*
某種第一型鬼魂，盤據在陰影之中，幾乎不動，絕不接近生者，但會散發出強烈的焦慮與潛行恐懼。

Magnesium flare　鎂光彈
裝了鎂、鐵粉、鹽、火藥的金屬小瓶子，瓶口用玻璃封住，還加裝點火裝置。調查員用來對付敵對鬼魂的重要武器。

Malaise　無力

當鬼魂接近時，人們往往會感到憂鬱倦怠。在某些極端的案例中，無力感會擴大為危險的鬼魂禁錮。

Manifestation　顯現

鬼魂出現。涵蓋各種超自然現象，像是聲音、氣味、異樣感、物體移動、氣溫下降，瞥見幻影。

Miasma　瘴氣

一種令人不快的氣息，通常涵蓋討人厭的滋味與氣味，在鬼魂顯現時出現。常會伴隨著潛行恐懼、無力、惡寒。

Night watch　守夜員

一整群小孩在太陽下山後看守工廠、辦公處、公共區域，多半是接受大公司和地方議會的雇用。雖然這些孩子不能使用細刃長劍，不過會手持鑲著鐵製尖端的守夜杖抵擋幻影。

Other-light　異界光芒

某些幻影散發出的詭異光芒。

Phatasm　幽影****

任何維持半透明、輕盈形象的第二型鬼魂都稱為幽影。除了朦朧輪廓和少數面部五官細節，幾乎看不見幽影。儘管外型虛幻，它們不比更有存在感的惡靈安全，反而因為難以捉摸而更加危險。

Phantom　幽靈

鬼魂的另一種泛稱。

Plasm　鬼氣

詳見「靈氣　Ectoplasm」。

Poltergeist　騷靈****

具備破壞力的強大第二型鬼魂。釋放爆發性的強大超自然能量，甚至能讓沉重的物體飄到半空中。它們不會構成幻影。

Problem, the　靈擾爆發

目前影響英國的傳染性鬧鬼現象。

Rapier　細刃長劍

靈異事件調查員的正式武器。鐵製劍刃的尖端有時會鍍上銀。

Raw-bones　骨骸****

一種令人不快的罕見鬼魂，外表是鮮血淋漓、沒有皮膚的屍骸，圓滾滾的眼睛，外露獰笑的牙齒。不受調查員歡迎。許多專家認爲它是死靈的變體。

Salt　鹽

常用來抵擋第一型鬼魂的障蔽。效用比鐵和銀弱，但便宜許多，能用在許多居家環境中。

Salt-bomb　鹽彈

裝滿鹽巴的投擲用小型塑膠袋，打中目標時會炸開，鹽巴四散。調查員會用此逼退比較弱的鬼魂。面對較強的對手用處不大。

Screaming Spirit　尖叫怪****

一種嚇人的第二型鬼魂，不一定會形成看得見的幻影。尖叫怪會發出恐怖的超自然尖叫，有時足以讓聽者嚇到無法動彈，導致鬼魂禁錮。

Seal 封印
一項物品，材質通常是銀或鐵，能夠用來包裹或是覆蓋源頭，阻止鬼魂逃逸。

Sensitive, a 靈感者
擁有卓越超自然天賦的人。

Shade* 虛影*
標準的第一型鬼魂，或許是最常見的訪客。虛影看起來可能會像惡靈一般眞實，或是虛幻如幽影，不過它們完全沒有那兩類鬼魂的危險智能。虛影似乎對生者的存在渾然不覺，通常會展現出固定的行爲模式。它們投射出悲傷與失落的情感，不過鮮少展現憤怒或是任何更強大的情緒。它們幾乎都是人類的形貌。

Sight 視覺
能看到幻影和其他鬼魂現象（像是死亡光輝）的超自然能力。三種超自然天賦中的一種。

Silver 銀
抵擋鬼魂的重要障蔽。很多人佩戴銀製首飾當作護符。調查員會在佩劍上鍍銀，這也是封印的關鍵材質。

Silver-glass 銀玻璃
特製的「防鬼」玻璃，能夠關住源頭。

Solitary** 獨行者**

少見的第二型鬼魂，通常只會在偏遠危險的地方（基本上是戶外）現身。它往往會披上消瘦孩童的僞裝，身處峽谷或是湖泊對面。它絕對不會接近活人，但會散發出極端的鬼魂禁錮，能打倒附近的每個人。獨行者的受害者爲了解除這種恐怖的體驗，常會跳下山崖或是投入深水中。

Source 源頭
鬼魂進入現世的物體或是場所。

Spectre** 惡靈**
最常遇到的第二型鬼魂。惡靈一定會形成清晰精緻的幻影，有時幾乎與實體無異。它通常會重現死者生前或是剛死時的模樣。惡靈比幽影實在，不像死靈那樣恐怖，行爲模式也與它們不同。許多惡靈不會輕易傷害人類，僅執著於它們與生者間的交易——可能是揭露某個祕密，或是導正過去犯下的錯誤。然而，有些惡靈極具攻擊性，很想接觸人類。應當要極力避開這些鬼魂。

Stalker* 隨行者*
似乎容易受到人類吸引的第一型鬼魂，隔著一段距離跟蹤生者，但從不會冒險接近。聽覺高超的調查員有時會感應到隨行者枯瘦雙腳緩緩飄過的咻咻聲，還有來自遠方的嘆息呻吟。

Stone Knocker* 投石怪*
超級無聊的第一型鬼魂，除了發出輕敲聲，幾乎什麼都不會做。

Talent 天賦
看到、聽到，或是以其他方式偵測鬼魂的能力。很多小孩生下來就擁有某種程度的超自然天賦。這種技能往往會在成長期間漸漸消退，不過少數的成人依舊保留這份力量。如果擁有一般水準以上的天賦，孩童可以加入守夜員行列。能力格外強大的孩子通常會加入事務所。天賦的三個主要類別是視覺、聽覺、觸覺。

Touch　觸覺

從物體上感應超自然震盪的能力，那些物體得與死亡或是鬧鬼事件有緊密連結。這類震盪會化作視覺影像、聲音，或是其他的感官印象。這是三種天賦中的一種。

Type one　第一型

最弱、最常見、最不危險的鬼魂等級。第一型鬼魂極少察覺到它們的周遭環境，多半會重複某個單調的行爲模式。常遇到的案例包括：虛影、灰霧、潛行者、隨行者。參見冰魔女、訕笑霧氣、投石怪。

Type two　第二型

最危險、最常鬧事的鬼魂等級。第二型鬼魂比第一型強大，殘留著某種程度的智能。它們清楚意識到生者的存在，可能會想造成傷害。最常見的第二型鬼魂依序是惡靈、幽影、死靈。參見變形鬼、騷靈、骨骸、尖叫怪、獨行者。

Type Three　第三型

極度罕見的鬼魂，僅有梅莉莎．費茲通報過，爭議不斷。據聞它能與生者進行完整的溝通。

Vanishing point　消失點

鬼魂在顯現後，消失蹤影的確切地點。通常是尋找源頭下落的絕佳線索。

Visitor　訪客
鬼魂。

Ward　護符
某種用來驅趕鬼魂的物體，材質通常是鐵或銀。小型護符可當成首飾佩戴；大型護符則是掛在屋子周圍，通常同樣具備裝飾性。

Warning bell　警鐘
用來提示宵禁開始的巨大鐵鐘，在鬼魂肆虐嚴重時也會敲響。政府在許多小型村鎮豎立警鐘，作爲驅鬼街燈的便宜替代品。

Water, running　流動的水域
古時候便有人觀察出鬼魂不喜歡橫渡流動的水域。到了現代，英國人有時會利用這個常識來對付它們。倫敦市中心擁有交錯的人工運河或是渠道，來保護主要的商圈。有些店主會在前門挖出小水溝，引入雨水。

Wraith　死靈**
一種危險的第二型鬼魂。與惡靈的力量和行爲模式雷同，但外表更加駭人。它們的幻影是死者死亡時的模樣：憔悴、凹陷、瘦得驚人，有時候還腐敗生蟲。死靈通常以骸骨的形貌現身，散發出強大的鬼魂禁錮。參見「Raw-bones　骨骸」。

洛克伍德靈異偵探社1 尖叫的階梯 / 喬納森．史特勞（Jonathan Stroud）著 ; 楊佳蓉 譯. -- 初版. --
臺北市 : 蓋亞文化, 2023. 01
面 ;　公分
譯自 : *The Screaming Staircase*
ISBN 978-986-319-708-9（第1冊 : 平裝）

873.57　　111017569

Light 022

洛克伍德靈異偵探社 1 尖叫的階梯

作　　者　喬納森．史特勞（Jonathan Stroud）
譯　　者　楊佳蓉
封面裝幀　莊謹銘
編　　輯　章芳群
總 編 輯　沈育如
發 行 人　陳常智
出 版 社　蓋亞文化有限公司
地址：台北市 103 承德路二段 75 巷 35 號 1 樓
電話：02-2558-5438　傳眞：02-2558-5439
電子信箱：gaea@gaeabooks.com.tw
投稿信箱：editor@gaeabooks.com.tw
郵撥帳號 19769541　戶名：蓋亞文化有限公司
法律顧問　宇達經貿法律事務所
總 經 銷　聯合發行股份有限公司
地址：新北市新店區寶橋路二三五巷六弄六號二樓
電話：02-2917-8022　傳眞：02-2915-6275
港澳地區　一代匯集
地址：九龍旺角塘尾道 64 號龍駒企業大廈 10 樓 B&D 室
電話：+852-2783-8102　傳眞：+852-2396-0050
初版一刷　2023年01月
定　　價　新台幣 399 元
Published and Printed in Taiwan

GAEA ISBN 978-986-319-708-9